강호풍 新무협 판타지 소설

FANTASTIC ORIENTAL HEROES

절대고수 2

강호풍 新무협 판타지 소설

초판 1쇄 찍은 날 § 2011년 5월 26일
초판 1쇄 펴낸 날 § 2011년 6월 2일

지은이 § 김용희
펴낸이 § 서경석

총괄팀장 § 유경화
편집책임 § 어정원
편집 § 주소영

펴낸곳 § 도서출판 청어람
등록번호 § 제1081-1-89호
등록일자 § 1999. 5. 31
어람번호 § 제2-2100호

주소 § 경기도 부천시 원미구 심곡2동 163-2 서경B/D 3F (우) 420-822
전화 § 032-656-4452 팩스 § 032-656-4453
http://www.chungeoram.com
E-mail § chungeoram@chungeoram.com

ISBN 978-89-251-2531-2 04810
ISBN 978-89-251-2529-9 (세트)

강호풍 新무협 판타지 소설

FANTASTIC ORIENTAL HEROES

絶代高手

절대고수

2

도서출판 청어람

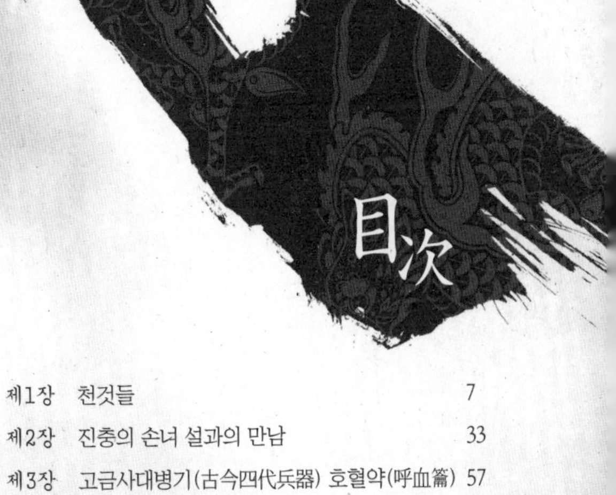
目次

第一章
천것들

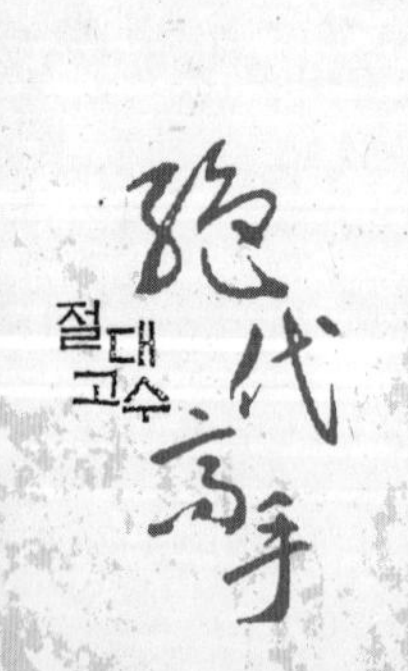
절대
고수

1

사람뿐만 아니라 말도 비명조차 지르지 못하고 황천길을 떠났다. 그만큼 패겁혈마의 기형도가 보여준 속도와 힘은 경이로웠다.

흑겁단의 폭주와 느닷없는 사고로 인해 시끄럽던 이른 아침의 대로는 패겁혈마의 한 수로 인해 쥐 죽은 듯이 조용해졌다.

패겁혈마는 살기가 번들거리는 눈으로 아직 거리를 두고 있는 무루와 유라를 향해 시선을 던졌다.

"흐흐, 왜, 불만이라도 있냐? 그렇다면 덤벼라. 얼마든지 상대해……."

고성을 지르던 패겁혈마의 얼굴이 와락 일그러졌다.

두 연놈이 말에서 내려 자신들이 아침에 죽인 세 노인의 시신을 수습해 대로 옆에다 놓는 중이었다.

어이가 없는 것도 정도가 있는 법이다. 동료를 죽이고 있는데 상관도 없는 촌로 세 명의 시신 따위나 수습하고 있다니!

"너희들, 대체 뭐냐?"

그런 질문이 나올 수밖에 없었다. 무루가 흘낏 패겁혈마를 보더니 대꾸했다.

"잠시 기다려라."

무루가 이렇게 나오니 패겁혈마의 곤혹스러움은 더욱 커졌다. 자신보다 한참 아래인 놈이 분명하건만 초면에 반말이었다. 아니, 그보다 더 황당한 것은 동료가 죽었는데도 신색의 변화가 전혀 없었다.

동료가 맞긴 한 걸까? 뭔가 느낌이 이상하지만 아무래도 상관없었다.

"뭐라? 기다려라? 크크큭. 그렇게 계속 건방지게 나온다 이거지. 뭐, 좋아! 어차피 너희 연놈도 살려둘 생각은 애초부터 없었으니까."

무루는 패겁혈마의 얘기를 더 이상 들을 가치도 없다는 듯이 고개를 돌려 버렸다. 그리고는 죽은 노인 중 한 노인의 얼굴을 가만히 살펴보았다. 당연히 패겁혈마의 눈에 쌍심지가 켜졌다.

"감히 어르신이 말씀하시는데 대가리를 돌려? 딴짓을 해? 오냐! 지금 당장 네놈도 동료를 따라 저승으로 보내주마!"

패겁혈마가 당장에라도 달려들 듯한 태세를 갖추며 칼을 다시 곧추세웠다. 한번 피를 본 그의 도신에서 핏방울이 밑쪽으로 주르륵 흘러내렸다. 그때 대로의 옆 벌판에서 키득거리는 소리가 그의 고막을 자극했다.

"허허허, 참 재미있는 분이시군요. 방금 절 죽였다고 지껄이신 겁니까? 저는 분명 경고했습니다, 절 건드리면 애먼 사람이 다칠 것이라고!"

서슬 퍼렇던 패겁혈마의 얼굴에 당혹스러움이 거미줄처럼 번져 갔다. 지금 이 목소리는 좀 전에 자신이 죽인 청년의 것과 흡사했다. 아니, 똑같았다.

패겁혈마의 고개가 흔들리며 천천히 옆을 향해 돌았다. 그리고 그의 눈이 태어나 가장 커졌다.

"헉! 이, 이게 대체 어떻게 된……."

그는 너무 놀라 자신의 육중한 몸을 한차례 크게 휘청거리다가 말에서 떨어질 뻔했다. 자신이 죽였던 창백한 청년이 멀쩡히 살아 있다. 그것도 모자라 히죽 웃으며 자신을 조롱하듯 바라보고 있었다.

패겁혈마는 불신의 눈으로 구위영을 노려보다가 시선을 앞으로 돌렸다. 원래 저 애송이가 죽었던 자리.

그곳에는 말과 함께 한 사내가 일도양단되어 있었다. 문제는 죽은 사내가 자신의 직속 수하인 흑겁단의 부단주라는 사실이었다. 그렇다면 자신이 부단주를 죽였단 말인가?

"내, 내가 귀신에 홀리기라도 했단 말인가, 아니면 지금 꿈이라고 꾸고 있는 건가?"

그는 현기증을 느끼며 침을 꼴깍 삼켰다. 진즉 들기 시작했던 이상한 느낌이 이제야 피부에 생생하게 와 닿았다.

이들은 결코 애송이가 아니었다.

패겁혈마는 무루와 유라, 그리고 구위영을 번갈아보며 미간을 찌푸렸다. 무슨 사술을 쓴 것은 분명한데 그것의 정체를 알 수 없으니 울화가 치밀었다.

이런 상황에서 필요한 건 수하들이다. 일단 수하들을 시켜 저들의 실력을 파악하는 것이 급선무였다. 수하 몇 놈이 죽는 과정에서 저들의 장단점을 알 수 있을 터.

"애들아!"

"옛!"

낙마로 인해 부상을 입은 자들 중 정신을 잃지 않은 흑겁단원들까지 일어서며 힘차게 대답했다. 평소에 패겁혈마의 군기가 얼마나 가혹한지 알 수 있는 장면이었다. 그러나 그 고함에서는 패겁혈마만큼이나 당황한 느낌이 역력히 묻어났다.

대체 왜 단주는 애송이가 대로에서 빠져나가는 중에도 부단주를 보며 말을 했는지, 그리고 결국엔 부단주를 죽였는지 이해할 수 없었기 때문이다.

그래도 끽소리조차 못 낸 건, 가끔 패겁혈마의 성정이 폭발할 때 수하 하나둘 죽어나간 적이 없지 않았기 때문이다.

그럴 때에는 괜히 긁어 부스럼 만들지 말고 침묵해야 한다는 것을 경험으로 알고 있는 수하들이었다.

그야말로 어정쩡하게 서 있다가 죽은 부단주만 불쌍한 신세였다. 그러나 머리가 혼란스러워도 단주의 명에는 따라야 했다. 단주가 성질 더럽고 괴팍하기는 했지만, 자신들도 그에 못지않았다.

기절을 한 십여 명을 뺀 육십여 명의 힘찬 대답에 패겁혈마는 다시 의기양양해졌다. 고수나 하수나 쪽수가 주는 여유와 안도

감은 마찬가지인 법이다.

"전원 발검!"

"넵!"

차아아앙!

육십여 개의 병장기가 동시에 허공으로 빠져나왔다. 흔들거리는 은빛의 철들이 금방이라도 무루 일행을 향해 치달을 준비를 마쳤다.

상황이 이쯤 되면 저 세 연놈은 바짝 긴장해야 한다. 그러나 그들은 여전히 태평한 모습이었다.

구위영은 여유롭게 말을 무루에게 몬 다음 밑으로 내렸다.

"형님, 혹시 아는 분이십니까?"

유라가 무루 대신 시신 중 한 사람을 가리켰다.

"긴가민가했는데 어렸을 적에 몇 번 뵌 적이 있는 분이시대. 화양촌(花陽村)이라는 옆 마을의 촌장이셨다고."

구위영이 고개를 끄덕거리며 무루에게 물었다.

"어떻게 돌아가셨는지 알아볼까요?"

무루는 적잖이 당황스러웠다. 대체 무슨 방법으로?

"가능하냐?"

"만약 이 혼백이 억울하게 죽었다면 가능합니다. 한을 안고 죽은 넋은 바로 저승으로 떠나지 않고 시신 주변에서 얼마간 배회하려는 습성이 있거든요. 다만 하루를 넘기면 보통 저승사자가 직접 끌고 갑니다만 죽은 지 얼마 안 되는 것 같으니까요. 단지 말할 수 있는 시간은 극히 적습니다."

무루는 반신반의하며 고개를 끄덕였다. 그러자 구위영이 죽은 촌장의 입을 벌려 손에 쥐고 있던 청동환을 넣었다. 그리고는 들리지도 않는 낮은 목소리로 뭔가를 중얼거리기 시작했다.

이 황망한 장면에 흑겁단도 눈을 동그랗게 뜬 채 지켜보았다. 조금 떨어져 있던 진설 일행도 이상한 분위기를 간파하고는 숨죽인 채 보고 있었다. 호기심이 두려움을 누르고 있는 것이었다.

또한 여기서 서둘러 빠져나가려는 모습을 보인다면 오히려 수상하게 여긴 흑룡문의 제재를 받을 수도 있음을 우려한 것이기도 했고 말이다.

패겁혈마도 예외는 아니었다. 머리끝에 오른 분기는 잠시 이따 풀면 됐다. 지금은 궁금증이 화를 살짝 눌렀다. 그는 구위영을 지켜보며 중얼거렸다.

"말로만 듣던 주술사로군."

하지만 그는 고개를 갸웃거렸다.

주술사에 대한 소문은 가끔 들어본 적이 있었다. 무당처럼 부적 따위로 귀신을 쫓는 일이 보통 그들이 하는 일이었다.

어쩌면 방금 전처럼 잠시 사람의 눈을 현혹시킬 수도 있겠다 싶었다. 물론 그 수준이 놀랍긴 했지만 말이다. 그러나 죽은 사람을 두고 대체 무얼 하겠다는 것인가?

시신에게 말을 하게 만들겠다고?

그러나 어이없어하면서도 호기심에 찬 그의 눈이 이내 화등잔만 해졌다.

시신이, 죽은 자가 눈을 뜨더니 말을 한 것이다.

"나를 부르신 분은 누구십니까?"

크지도 작지도 않은 음성. 생기를 잃어 한없이 무미건조한 목소리.

그러나 그 소리에 흑겁단원들은 질겁하며 몇 걸음씩 뒤로 물러설 정도였다. 그들의 눈에 드리워졌던 흉흉함에 황망함이 싹 텄다. 그들이 옆의 동료와 수군거리며 구위영과 시신을 뚫어지게 보았다.

구위영이 고개를 숙이며 말했다.

"번잡한 이승을 떠나 안식을 취하시는 혼백께 미욱한 사람이 묻고 싶은 것이 있어 폐를 저질렀습니다."

"……."

"죄송합니다. 왜 돌아가신 것인지 그 사연만 알려주십시오."

죽은 촌로의 핏기없는 하얀 얼굴이 경련을 일으켰다. 그의 눈가로 핏물이 흘러나왔다. 죽은 자가 피눈물을 흘리고 있는 것이다.

"흐흐흑! 제발 저희들에게 아량과 선처를 베풀어주십시오. 마을 사람 모두가 먹을 것이 없어 초목을 끓여 먹고 있습니다. 저희들에게는 정말 세금을 낼 여력이 없습니다. 아니면 추수가 끝날 때까지 조금만 기다려 주십시오. 제발……. 흐흐흑."

그렇게 울던 시신의 눈꺼풀이 스르르 감겼다. 구위영은 갑자기 십 년은 더 나이 들어 보이는 피곤한 얼굴로 무루에게 말했다.

"이 노인장께서 죽기 전까지 저들에게 간청했던 말인 것 같습니다."

무루는 석상처럼 굳어 있었고, 유라는 분개했다. 그녀는 고개를 홱 돌려 흑겁단을 보며 외쳤다.

"세금이라니? 내 비록 강호 견식이 적다 해도 한 마을이 무림 방파에 세금을 낸다는 말은 들어본 적이 없어!"

패겁혈마가 싸늘히 비웃었다.

견식이 적다는 말은 강호초출이라는 의미일 터였다. 그러니 저들의 싸가지가 어느 정도 이해되었다. 세상 물정 모르는 풋내기들이었다. 그러니 감히 저따위로 건방을 떨 수 있을 테지.

하지만 놈들은 운이 없었다. 어차피 강호초출 때에는 수많은 시행착오를 겪게 마련이지만 하필 호랑이 코털을 건드리다니 말이다.

"어쨌거나 아주 특이한 재주를 가진 놈들이로군. 주술사라……."

그는 유라의 질문을 무시하며 무루 일행을 훑었다.

성질 같아서는 죽여야 했다. 수하들이 여럿 다치고 자신이 부단주를 죽이게 만든 놈들이다.

하지만 이놈들에 대한 소유욕이 가슴 구석에서 일었다. 이런 재능을 가진 녀석들이라면 꽤 써먹을 구석이 많을 터였다.

죽이긴 아깝고 부려먹는 게 현명한 선택이라 결론짓는 건 어렵지 않았다. 아니면 문주님께 바쳐도 좋을 듯싶었다. 문주님은 무공뿐만 아니라 재능있는 자들이라면 인재 확보에 열을 올리는 사람이니까.

그리고 저 계집은 죽립에 면사를 써 얼굴의 전모를 확인할 수는 없었지만 큰 눈망울이 상당히 매혹적이었다. 또한 가녀린 듯하면서도 동시에 풍성한 몸매가 상당히 마음에 들었다.

그 두 가지만으로도 살려줄 이유는 충분했다. 저 계집은 앞으로 자신의 노리갯감으로 오늘의 무례함을 두고두고 갚아갈 테니까.

"내 말을 듣는다면 너희들을 살려줄 수도 있다."

유라가 자신을 무시한 패겁혈마를 향해 발끈해서 나가려는 것을 무루가 제지했다.

"너는… 구위영을 좀 돌보고 있어라."

죽은 혼을 이승으로 불러내는 소혼술은 심력을 상당히 소진시킨다. 그래서 구위영은 진땀을 흘리며 헉헉대고 있었다. 유라는 당장 저자들을 패버려야 직성이 풀릴 것 같았지만 일단 고개를 끄덕이며 구위영을 돌봤다.

유라의 질문을 무루가 대신했다.

"요즘은 무림 방파에서도 세금을 걷나?"

패겁혈마가 반문했다.

"내 밑으로 들어오겠느냐?"

"세금을 내지 않아서 이들을 죽인 것인가?"

"들어오지 않으면 죽는다."

각자 서로 하고 싶은 말만 해댔다. 무루는 이맛살을 찌푸리고 패겁혈마의 말에 답했다.

"당신 뜻을 따를지는 내 질문에 어떻게 답하느냐에 달렸다."

패겁혈마의 한쪽 눈이 일그러졌다. 그는 기형도를 흔들며 잠시 생각에 잠겼다가 이내 씩 웃었다.

"좋아, 대신 질문은 단 세 개다. 대신 나도 너희들에게 질문을 하겠다."

"좋아, 그럼 내가 먼저 묻겠다. 이들을 왜 죽였지?"

패겁혈마는 계속되는 반말이 상당히 거슬린다 생각했다. 그러나 잠시 후에 버릇을 고쳐주면 된다는 생각으로 화를 꾹꾹 눌렀다. 한편으로는 자신의 이런 인내심이 놀랍기까지 했다.

"세금을 못 내겠다고 그랬으니까."

"당신들은 관도 아닌데 왜 세금을 걷지?"

"크크큭. 멍청하군. 저자들이 관에다 세금을 내는 이유가 무엇이냐? 지켜주니까 그런 거지. 그와 마찬가지다. 우리 흑룡문은 저들을 지켜주고 있다. 그러니 당연히 세금을 내야지."

구위영을 부축해 말을 태우러 움직이던 유라가 결국 참지 못하고 빽 소리를 질렀다.

"미친 개소리하고 있네. 그런 말도 안 되는 말이 어디에 있어?"

패겁혈마가 음산하게 웃으며 유라의 몸매를 다시 한 번 쓱 훑었다. 역시 마음에 들었다. 까칠한 성격도 그의 음심에 불을 지폈다.

거칠고 우악스러운 그의 성정 때문에 수청을 드는 계집들은 늘 벌벌 떨었다. 오랜만에 저런 계집을 굴복시키는 것도 재미있는 일이겠지. 그는 아랫도리가 묵직해지는 것을 느끼며 무루에게 물었다.

"저 계집의 질문도 포함되나? 마지막 세 번째 질문으로?"

무루는 고개를 저었다. 그리고 물었다.

"화양촌 사람들이 당신들에게 보호를 요청했나?"

패겁혈마는 어이없다는 표정으로 답했다.

"왜 우리가 저런 천것들의 의견을 물어봐야 하지?"

무루의 미간이 와락 일그러졌다. 그는 패겁혈마의 얼굴을 뚫어지게 보다가 결국 피식 웃었다.

"천것들… 천것들이라……. 후후후. 그렇군."

답은 나왔다.

저들은 보호한다는 명목으로 강제로 세금을 거둔 것이다. 아마 그것을 관에 말하면 쥐도 새도 모르게 화양촌 사람들을 죽이겠다고 협박했겠지.

가슴 한 자락이 왠지 뜨거워졌다.

세상은 변하지 않았다. 아니, 더 독해졌고 각박해졌다. 힘있는 자들의 오만함과 횡포는 더 거세졌다. 자신의 가족들을 죽였던 그때보다 더.

무루는 고개를 들어 하늘을 보았다.

청명한 가을 하늘이 때없이 맑고 푸르렀다. 아침의 시린 공기는 청량했다.

서른세 번의 인생에서 그의 마음은 어떤 노인보다 더 가라앉아 있었다. 어지간한 일에도 쉽게 분노할 것 같지 않았다. 그런데 이자들이 자신의 가슴을 지피고 있었다.

막연히 복수해야겠다는 심정이었다. 그러나 다시 생생하게 예전의 기억이 살아났다, 그의 나이 열세 살 때.

그때의 처참함과 분노가.

가슴속의 야수가 오랜만에, 아주 오랜만에 튀어나오려고 포효하는 것이 그의 귓가를 울렸다.

패겁혈마가 입을 열었다.

"이젠 내가 질문할 차례인가? 자네들의 배짱과 재주가 마음에 들었다. 사문이 따로 있나?"

밑으로 거둘 때 거두더라도 뒤에 배후가 있는지는 짚어야 했다. 무루가 상념을 접으며 대꾸했다.

"다른 두 질문은?"

무루의 음성이 왠지 좀 전보다 서늘해진 것 같았다.

패겁혈마는 무루를 쏘아보며 정말이지 고약한 말버릇이라 생각했다. 아무리 생각해도 말하는 본새가 싸가지없다. 그는 이왕 인내한 김에 조금만 더 참자고 스스로를 다잡았다.

"크크, 한 번에 답하겠다는 건가? 뭐, 그것도 괜찮겠지. 첫 번째 질문은 너희들의 사문이 있냐는 것이고, 둘째는 왜 우리를 막아섰냐는 것이다. 그리고 마지막 질문은… 여기서 개죽음을 당하겠느냐, 아니면 내 밑으로 들어오겠느냐?"

무루가 싸늘하게 미소 지었다.

차가움.

패겁혈마는 그 순간 오한을 느꼈다. 등줄기를 타고 오르는 오싹함. 영문을 몰라 움찔하던 그는 무루를 향해 외쳤다.

"어서 내 질문에나 답해라!"

무루가 입을 열었다.

"내가 왜 너희 같은 천것들의 질문에 답해야 하지?"

패겁혈마와 흑겁단원 전체가 입을 쩍 벌렸다. 그리고 그건 진설 일행도 마찬가지였다.

2

패겁혈마는 분노로 전신이 타버릴 것만 같았다.

이렇게 오만불손한 놈들은 당장 죽여 버려야 했다. 자신이 모처럼 인재 확보를 해보려는데 찬물을 끼얹다니! 이따위 인재들은 필요없었다.

"얘들아, 죽여라! 모조리 죽여 버려라! 요 버릇없는 세 연놈과……."

패겁혈마는 시선을 돌려 떨어져 있는 진설 일행을 주목했다. 저 둘은 이 셋과는 별 상관이 없는 자들 같았다. 그러나 그건 중요한 것이 아니다.

세 놈의 분탕질로 흑겁단 수하들이 부상을 입었고, 자신이 실수로 부단주를 참했다는 것.

그 광경을 목격했다는 이유만으로도 충분히 죽을 이유가 되었다.

"저 두 연놈도 갈가리 찢어 죽여라!"

"존명!"

패겁혈마의 명에 구위영과 유라는 입을 쩍 벌리며 놀란 얼굴을 했다. 아무리 거친 자들이라고 해도 이렇게까지 안하무인인 인간들이 있을 줄은 몰랐던 것이다.

그러나 강서 땅, 그것도 흑룡문의 본가가 있는 이곳에서 사방 백 리 안은 정말로 흑룡문의 말이 어떤 법보다 더 무서운 곳이었다.

어쨌든 정말 대경한 이들은 진설과 그 호위무사였다. 애꿎게 불똥이 튀어 꼼짝없이 죽게 된 그들은 부리나케 반대쪽으로 향해 말머리를 돌렸다.

마른하늘에 날벼락이 떨어졌다. 그들은 애초에 멀찍이 도망가지 않은 것을 한탄했다. 그러나 언제나 후회는 늦는 법이었다. 그렇다고 꼼짝 않고 칼바람을 맞을 수는 없었다.

"아가씨! 어서!"

호위무사인 곽철(郭鐵)의 말에 진설도 허겁지겁 말머리를 뒤로 돌렸다. 급히 말을 재촉하는 그들의 뒤로 흑겁단원들의 고함이 덮쳤다.

"죽여라!"

"크하하하! 저 계집은 내 것이다! 가슴을 도려내 주마!"

"어림없는 소리! 계집은 내가 죽일 것이야!"

그 장수에 그 수하!

흑겁단원들은 끔찍한 소리를 내뱉으며 무루를 향해, 구위영과 유라를 향해, 그리고 진설 일행을 향해 쫘악 퍼져 나갔다. 아니, 막 퍼져 나가려 할 때였다.

무루의 손 하나가 움직였다. 순간 그의 장심(掌心)에서 종선기가 봇물처럼 흘러나왔다. 그 기운은 땅으로 스며들더니 거침없이 지하를 달렸다.

ㅊㅊㅊㅊㅇㅇㅇ……

움직이려던 흑겁단원들이 뭔가 이상함을 느끼고는 멈춰 섰다. 주변의 땅에서 울리는 기이한 소리.

ㅊㅊㅊㅇㅇ.

어느새 스산한 괴성이 자신들이 서 있는 대로(大路) 전체로 퍼져 나가더니 점차 커졌다. 수십만 마리의 곤충 떼가 동시에 날갯짓을 하는 듯한 소리가 땅 밑에서 울려 나오니 흑겁단은 영문을 몰라 웅성거렸다.

그들이 타고 있는 말들이 비명을 지르며 앞발을 폴짝폴짝 뛰었다. 그 와중에 십여 명이 넘게 바닥으로 떨어져 내렸다.

단숨에 십여 장을 훌쩍 넘게 달렸던 진설과 곽철도 고개를 뒤로 돌렸다가 의아한 눈으로 그 광경을 보았다. 그리고 그 둘의 눈과 입이 찢어질 듯이 커졌다.

대로와 대로 주변 벌판의 흙이 허공으로 치솟기 시작했다.

토벽(土壁)!

흙이 위로 물길처럼 솟구쳐 하나의 벽을 이루었다. 그 일렁거리는 토담이 삽시간에 흑겁단 전체를 아우르더니 오륙 장의 높이까지 치솟아 시야를 가렸다.

종선기는 모든 기운의 근원이었고, 특히나 음양오행의 기운은 종선기의 의지에 철저히 따랐다.

음과 양의 기운은 그 충돌로 벽력(霹靂)을 가능하게 했고, 토(土), 수(水), 화(火)의 기운은 토우(土雨), 수룡(水龍), 수탄(水彈), 염호(炎虎)란 무공을 탄생시켰다.

그리고 금(金)의 기운은 철의 기운을 강하게, 혹은 무디게 만들 수 있었고, 목(木)의 기운은 생기(生氣)를 도왔다.

기실 집중적으로 연구하지 않았기 때문에 위력이 대단하지 않아 무공이라 하기엔 약간 무리가 있었다. 그러나 무루는 이 무공들에 요즘 들어 흥미를 느끼고 있었다. 그래서 이곳으로 오는 도중에도 틈틈이 음양오행의 무공을 연습하고는 했다.

그리고 본격적으로 관심을 갖게 된 음양오행의 무공은 점점 더 위력이 더해지고 있었다.

어쨌거나 패겁혈마를 비롯한 흑겁단은 이 기막힌 괴사에 아연실색했다. 거친 흙바람으로 인해 눈조차 제대로 뜨기 힘들었다.

"이, 이 무슨 조화란 말이냐?"

"뭐냐, 이건?"

그들의 황망한 외침이 터져 나오기 시작할 때, 무루가 담담히 중얼거리며 들고 있던 한 손을 휘이 저었다.

"토우(土雨)."

그의 상단전과 중단전에 연결되어 있는 고리의 회전이 더욱 가속화되면서 장심을 통해 더 많은 종선기를 쏟아냈다.

쏴아아아!

치솟던 흙벽이 비처럼 화해 흑겁단에 쏟아져 내렸다. 흑겁단은 눈앞을 가득 채우며 쏟아지는 흙을 피하려 했으나 도망갈 곳은 어디에도 없었다. 푸른 하늘과 허공을 까맣게 덮은 흙.

병장기를 휘두르고 휘둘렀다. 그러나 토우는 아랑곳하지 않고 쏟아져 내렸다.

"커억! 캑캑!"

비명을 지르는 몇몇 흑겁단원의 입으로 흙이 차곡차곡 쌓였다. 억지로 목으로 삼켜도 흙은 벌려진 입속으로 끊임없이 파고들었다. 순식간에 채워진 흙으로 인해 입을 다물고 싶어도 그럴 수가 없었다.

내공이 약한 자들은 토우를 감당할 수 없었다. 그들에게 토우는 발목부터 시작해 어느새 무릎을 지나쳐 허리까지 도달했고,

그러고도 멈추지 않았다.

결국 삼시간에 절반 가까운 흑겁단원들이 생매장당하고 말았다. 일부 내공이 높은 자들도 대개 무릎까지 흙에 묻혀 버렸다. 그들이 내력을 응집해 위로 솟구치려는 순간, 무루가 몸속의 고리를 더욱 가속화시켰다.

우우우우웅—!

그의 몸에서 서기가 일었다. 그 서기가 한순간 강렬해지더니 폭발하듯이 섬광이 일었다.

그와 때를 맞추어 토우가 격렬해졌다.

한순간에 수십 배의 토우가 쏟아졌다. 그 하강 속도도 수십 배에 달했다.

그건 단순한 흙비가 아니었다. 암기였다.

마른 허공에 틈이라고는 찾아볼 수 없는 흙 알갱이와 돌멩이들의 향연.

투투투투투툭—!

흙과 돌 알갱이들이 사람의 옷을 뚫고 피부까지 뚫어 내부로 박혀 들어갔다. 그러나 그 피조차 흐르지 못했다. 흑겁단의 몸은 갈색이 감도는 흙으로 완전히 덮여 버렸기 때문에.

비명조차 지르지 못했다.

입안도 토우로 막혀 버렸기에.

무루가 손을 거두자 거대한 토벽이 스르르 허물어져 내렸다. 이 자리에서 토벽 안에 있었던 일을 확인할 수 있는 안력을 가진 사람은 유라가 유일했다.

그녀는 절정을 넘어선 고수였다. 그런 그녀도 입을 다물지 못하고 충격에 빠져 있었다. 괄괄한 그녀조차 부르르 떨 정도였다.

자욱했던 흙먼지가 가라앉자 대로에 거대한 봉분이 생겨나 있었다. 흑겁단 전원이 말과 함께 생매장당했다.

그렇게 악명 자자하던 흑겁단의 허망한 최후였다.

토벽이 사라지고 흙먼지가 가라앉으면서 시야를 확보한 구위영과 진설 일행은 눈을 껌뻑였다.

대체 무슨 일이 생긴 것인지 이해가 가지 않았다. 그러나 점차 머리가 회전하며 까닭을 안 그들은 유라의 반응과 별반 다르지 않았다.

충격!

머릿속이 하얗게 될 정도의 충격이 그들의 뇌리를 강타했다. 그나마 구위영은 곧 감탄의 시선으로 바뀌었지만 진설과 곽철은 경악의 늪에서 좀처럼 빠져나오지 못했다.

무루가 있는 벌판이 내려다보이는 야산의 정상.

한 중년인과 노인이 방금 펼쳐진 광경에 말을 잃고 서 있었다. 한때 살문의 부문주였던 자와 호광분타의 분타주였던 사자코노인.

그들은 얼마 전까지 돈과 권력을 모두 움켜쥐고 있었다. 그러나 한 번의 실수로 졸지에 쫓기는 신세로 전락해 버렸다. 그들이 생존하기 위해서 선택할 수 있는 방법은 하나밖에 없었다.

자신들을 이렇게 만든 자를 죽여 명예 회복을 하고, 잃은 돈을 다시 되찾아 복귀하는 것이다. 물론 쉽지는 않을 것이다. 하지만 그것이 불가능하다고 여기지도 않았다.

제아무리 천하의 고수라도 약점은 있었다.

특히나 부문주는 특급 살수였다. 완벽하게 기척을 지울 수 있었고, 그런 가운데 독이나 독침을 사용하면 성공률은 십 할이었다. 한 번의 실수도 없었다. 그렇기에 고작 마흔둘의 나이에 그는 살문의 부문주라는 자리까지 올랐다.

그는 전에 무루란 애송이에게 발각된 것도 자신 탓이 아니라고 생각했다. 수하들 때문이었지.

자신이 단독으로 나선다면 저 애송이가 아무리 강해도 죽일 수 있다고 믿었다. 그렇기에 힘겹게 추적해 왔는데 발견하자마자 맞닥뜨린 무루의 가공할 무위에 기가 질려 버린 것이다.

그는 굳이 암살이 아닌 정면 대결을 하더라도 어지간한 절정고수는 누를 자신이 있었다. 그러나 저 괴물 같은 청년은 절대 정면충돌은 피해야 했다.

아직도 뇌리에 남은 기억이 생생했다, 형산의 축융봉 중턱에서 그야말로 복날 개 맞듯 철저하게 얻어터지던 기억이.

사자코노인은 대머리에 송송 돋아난 식은땀을 문지르며 힘겹게 입을 뗐다.

"흑살님, 참으로 무서운 청년입니다."

살문의 전 부문주 흑살(黑殺)이 고개를 끄덕였다. 그의 강인해 보이는 턱이 꽉 문 이로 인해 여기저기 균열이 일었다.

"그렇군. 그때도 강하다는 건 충분히 느꼈지만……."

흑살은 왼손으로 턱을 가볍게 문질렀다. 그가 뭔가 생각에 열중할 때 나타나는 버릇이었다. 그에게 사자코노인이 물었다.

"저 공격에 우리가 갇혔다면 어땠을 것 같습니까?"

흑살은 곧바로 대답하지 않고 턱을 더 강하게 문지르다가 대꾸했다.

"흑겁단이 포악함으로 악명을 떨치지만 고수는 거의 없지. 저들이 저렇게 오만한 것은 강서 땅이니까 가능한 것이야. 흑룡문의 후광을 등에 업고 있으니까."

살수 조직은 다른 조직에 비해 훨씬 많은 정보를 다룬다. 그리고 그는 그 정보를 간추려 살문주에게 보고하는 일도 역임하고 있었다.

그렇기에 흑살은 멀리서 보았음에도 죽은 자들이 흑겁단임을 간파할 수 있었다. 물론 행동거지나 인원수를 고려해 내린 결론이라 완벽하다고 할 수는 없었지만.

사자코노인이 의문점을 물었다.

"흑겁단이었습니까? 하지만 흑겁단주인 패겁혈마는 검기상인(劍氣傷人)의 경지를 십 년 전에 넘어섰다는 고수입니다."

말은 그렇게 했지만 사자코노인도 패겁혈마를 대단하게 생각하지는 않았다. 설사 자신이라도 그를 충분히 암살할 수 있었다. 다만 저렇게 많은 수하들과 함께 있다면 불가능했다.

흑살이 크큭 하며 비소를 흘렸다.

"고수도 고수 나름이지. 패겁혈마 따위를 절정고수와 비교할 수는 없다."

사자코노인의 눈이 가늘어졌다.

"그 말씀은 절정의 반열에 오른 자라면 저 공격을 무력화시킬 수 있다는 말씀입니까?"

"그렇다. 호신지기(護身之氣)를 펼칠 수 있다면… 그 정도의 무위를 갖췄다면 오히려 호기를 잡을 수도 있겠지. 흙벽을 뚫고 갑자기 튀어나가 상대의 숨통을 끊을 수도 있을 테니까."

사자코노인이 다행이라는 듯이 미소를 회복했다. 그도 특급을 바라보는 꽤 상당한 실력의 일급 살수였다. 그러나 그 미소는 오래가지 못했다.

"하지만 과연 저놈이 전력을 다했는지는 의문이군."

"예?"

"호신지기로 막을 수 있을지 없을지의 가능성은 반반이라고 해야 하는 게 정확할 거다."

사자코노인의 얼굴이 울상이 되었다.

흑살이 말한 의미는 호신지기가 아니라 호신강기(護身罡氣)를 펼치는 초절정고수는 되어야 안심할 수 있다는 뜻이다. 그렇다면 흑살은 빠져나올 수 있어도 자신은 꼼짝없이 생매장당할 수도 있다는 것이다.

"후우우! 나이도 얼마 안 돼 보이는 애송이가 어찌 저런 무위를 갖추고 있는지 의문입니다."

노인의 말에 흑살은 속으로 비웃었다. 무공이든 학문이든 중요한 건 나이가 아니었다. 세상을 경악하게 만든 천재들은 예전부터 대개 젊은이의 몫이었으니까.

하지만 저놈이 무공의 천재라면 자신 역시 암살의 천재라 불린 몸이었다.

그렇기에 의심 많은 살문주는 자신을 늘 경계했었다.

언제 문주의 자리를 빼앗길지도 모른다는 강박관념에 사로잡힌 한심한 인간이었다.

흑살은 하늘을 우러러 한탄했다.

살문주는 자신의 이번 실수를 옳다구나 반겼을지도 모른다. 아니, 분명 그랬을 것이다. 살문의 많은 수하들의 전폭적인 지지를 받는 자신을 내칠 호기라고 생각했겠지.

흑살은 입술을 지그시 깨물었다.

살문은 자신의 모든 것이었다. 어떻게 해서든지 저놈을 죽여 돌아가 명예 회복을 할 것이라 다짐했다.

시간을 들이고 저자의 성격, 버릇 등을 꼼꼼히 파악할 것이다. 어떤 사람도 하루 종일, 일 년 내내 긴장하고 살지는 않는다. 긴장의 끈이 약간 느슨해지는 순간, 그때가 바로 놈이 명을 다하는 순간이다.

"흑살님, 저놈을 죽이는 것이 가능하시겠습니까?"

흑살은 턱을 매만지던 손을 멈추고 밑으로 내렸다. 그의 신형에서 미약하지만 은은한 살기가 흘러나왔다. 그리고는 굳은 얼굴로 대꾸했다.

"가능한지 못한지는 이제 중요하지 않아. 살기 위해서라도 반드시 해야 할 뿐이지. 또한 진정한 살수의 명예를 위해서라도. 걱정하지 마라."

그 말이 왠지 믿음직스러워서일까?

노인의 안색이 조금은 밝아졌다. 그는 진심으로 흑살을 존경하고 있었던 것이다. 약간의 여유를 회복한 그는 다시 벌판을 내려다보았다.

덕분에 그는 흑살의 눈이 부릅떠지는 것을 보지 못했다. 그의 소매 속에 숨은 양손이 경련을 일으켰다.

'서, 설마 지금 나를 보고 있다는 말인가?'

흑살의 내공의 힘을 빌린 뛰어난 안력은 저 멀리 야산 밑 벌판에 있는 무루라는 애송이가 자신을 보고 있다고 알려왔다. 그리고 왠지 그가 웃는 것 같았다.

지독히 먼 거리였다.

당연히 얼굴 표정이나 시선을 정확히 읽는 것은 불가능했다. 하지만 흑살은 지금 무루가 자신을 보고 웃고 있다고 느꼈다.

"아니, 아닐 거야. 그건… 말도 안 되는 일이야."

그의 떨리며 흘러나오는 나직막한 중얼거림에 사자코노인이 이상한 눈으로 바라보았다. 그러나 흑살의 떨림은 좀처럼 멈추지 않았다.

第二章

진충의 손녀 설과의 만남

절대 고수
絶代高手

1

진설은 공포에 질려 부르르 떨었다.

무루와의 거리는 칠십여 장에 가까웠다. 결코 짧은 거리가 아니었다. 그러나 그녀는 그가 자신을 직시하자 뱀을 마주한 개구리처럼 꼼짝할 수가 없었다. 마치 그의 눈동자가 화인마냥 자신의 눈에 박혔다.

잠깐 허공으로 시선을 돌려 씩 웃는 이상한 행동을 하기도 했지만 다시 자신을 뚫어지게 보았다.

그녀의 호위무사인 곽철도 마찬가지였다. 숨조차 쉬기 힘들었다.

고수, 자신으로서는 도저히 대적할 수 없는 고수였다.

곽철은 오랜 세월이 주는 경험으로 어서 이 자리를 피해야 한다고 생각했다. 너무나 놀라워 입술이 제대로 떨어지지 않았다.

"아, 아가씨, 어, 어서… 피, 피해야……."

하나 정작 말하는 그도 손이 덜덜 떨려 말고삐를 제대로 쥐고 있지 못했다. 짧은 시간에 수많은 생각이 진설과 곽철의 머리에서 폭발했다.

그 기억 속에서도 그들을 처음 보았을 때의 장면이 그들의 손과 발을 더더욱 얼어붙게 만들었다. 그때 저들의 말[馬]은 활기에 넘쳤고, 자신들의 말은 많이 지친 상태였다.

과연 도망갈 수 있을까?

아니, 이런 질문은 부질없었다. 무조건 도망가야 했다. 문제는 몸이 얼어붙어 당최 움직일 생각을 안 한다는 점이었다.

한참 진설을 응시하던 무루가 입술을 뗐다.

"잠깐 할 말이 있소. 이리 와주시겠소?"

무루의 말에 진설과 곽철의 얼굴엔 더욱 짙은 절망감이 어렸다.

무려 칠십여 장의 거리다.

그런데 저 청년이 하는 말이 마치 지척에서 하는 것처럼 또렷하게 들렸다. 고함도 아닌, 그저 내뱉는 말이 그랬다. 다시 한번 자신들로서는 어찌할 수 없는 고수란 것을 느껴야 했다.

곽철이 어찌해야 할지 판단을 내리지 못하고 진설을 보았다. 진설의 어깨가 아직까지 경련을 일으키고 있었다. 진설은 입술을 한번 꾹 깨물었다가 입을 열어 외쳤다.

"무슨 말씀을 하려는 것인지요? 그냥 거기서 말해주시면 안 되겠습니까?"

그녀의 흐트러짐없는 또박또박한 대꾸에 곽철은 감탄했다.

그녀를 보는 무루의 눈빛도 일순간 이채를 띠었다.

"지금 이곳에서 본 것, 누구에게도 말해주지 않았으면 합니다."

무루의 말에 곽철의 얼굴이 확 펴졌다.

가슴을 짓누르던 살인멸구란 단어가 사라졌다. 저들은 자신들을 죽일 의도가 없다는 의미다. 진설도 그 의미를 간파했는지 창백해졌던 얼굴에 약간이나마 생기가 흘렀다.

숨쉬기조차 힘들었는데, 조금은 호흡이 편해졌다.

"물론입니다. 저희는 이곳에서 아무것도 보지 못했고 듣지도 못했습니다."

무루가 씩 웃으며 말했다.

"고맙소."

그의 부드러운 음성이 바람과 함께 당도했다. 그 목소리는 진설의 심장을 따뜻하게 감싸 안는 듯했다. 그 기이한 느낌에 진설은 의아했지만 조심스럽게 답했다.

"벼, 별말씀을요."

"저희 때문에 가던 길이 지체되었겠군요. 괜히 돌아갈 필요 없이 함께 가시겠습니까?"

호의적인 말투였다. 그러나 그 말에 평정을 되찾던 진설과 곽철은 다시 얼음이 되었다.

좀 전의 말은 자신들을 안심케 하는 꼬드기는 말이 아니었을까. 따라잡자면 얼마든 가능하겠지만 귀찮아서 이런 방법을 썼을지도 모르는 일이다.

진설의 얼굴이 울상이 되었다. 이러지도 저러지도 못하는 그녀에게 곽철이 나지막이 말했다.

"도망쳐야 합니다."

진설도 소리 죽여 대꾸했다.

"가능할까?"

"그렇다고 범의 아가리에 스스로 목을 들이밀 수야 없지 않습니까?"

말이야 골백번 맞는 말이다. 문제는 현실성이 있냐는 점이다. 다행이라면 이제는 마비에서 어느 정도 풀려 몸을 움직일 수는 있을 것 같았다.

"하지만 저런 고수들한테서 도망가 봐야 부처님 손바닥 안의 손오공일 텐데."

"그야 그렇지만… 할 수 있는 데까지 최선을 다해봐야 하지 않겠습니까?"

"만약 저들이 살인멸구할 생각이 없다면? 괜히 도망쳤다가 저들이 좀 전에 약조한 것을 깨는 것으로 판단한다면?"

진설의 차분하면서도 사태를 정확히 판단한 의문에 곽철은 말문이 막혔다. 진설의 말대로 도망치는 것은 오히려 저자들로 하여금 의심과 분기만 일게 할 수 있었다.

구위영을 말 위에 앉힌 유라가 그 둘을 보면서 얼굴을 찡그렸다.

"어이, 그쪽 두 사람! 우리 오라버니가 오라잖아! 당장 안 튀어와?"

다시 진설과 곽철은 얼음이 되었다. 겨울이 되려면 아직 시일이 꽤 남았는데 그들은 몸소 얼음이 되는 희한한 경험을 줄기차게 하고 있었다.

다행히 구위영이 그들의 좌불안석을 구해주었다.

"사매, 넌 어째 처음 보는 사람한테도 그리 막말을 하는 것입니까? 대체 예의라고는……."

"사형! 지금 나 욕하는 거야?"

"답답하긴. 너의 그런 무례한 행동이 형님 얼굴에 먹칠을 하는 거라고. 그걸 왜 몰라요?"

구위영이 무루를 짚고 넘어가자 유라는 꿀 먹은 벙어리가 되었다. 그녀는 무루의 눈치를 보다가 말을 정정했다.

"거기 계신 두 분, 이제 고민은 그만하시고 어서 오시지요. 두 분께서 계속 우리를 수상쩍은 시선으로 보고 있으니 기분이 과히 좋지가 않거든요. 이제 그만 우리를 불쾌하게 만들지 마시죠?"

말은 정중해졌으나 내포하는 의미는 오히려 더 섬뜩했다. 무루가 고개를 저으며 진설을 향해 말했다.

"불편하시다면 저희 먼저 가겠소. 약속은 지켜주시길 바랍니다."

그 말을 끝으로 무루는 자신의 말에 올라탔다. 그때 진설이 힘껏 외쳤다.

"하, 함께 가겠습니다!"

그녀의 외침에 곽철의 숨이 넘어갔다.

"아, 아가씨!"

그러나 이미 진설은 말을 앞으로 몰기 시작했다. 곽철은 황급히 그녀를 따라붙으며 속삭였다.

"그냥 보내준다 했습니다. 왜 굳이 불속으로 뛰어드시는 건지 속하는 모르겠습니다."

"살기 위해서야."

"예?"

"어쨌든 악명 높은 흑겁단이 몰살했어. 그리고 우리가 이 길을 이용했다는 건… 길주객잔의 주인이나 점소이가 알고 있어. 그렇다면 흑룡문이 우리에게 의심을 뻗칠 거야."

"그러니 당분간 이곳을 피해 있어야지요."

"안 돼. 만약 무루란 분이 이번 가족들 기일에 나타난다면 어떻게 할 거야?"

"하지만 위험부담이 너무 큽니다."

곽철은 고개를 절레절레 저으며 간곡히 말했다. 그러나 진설은 단호했다.

"어차피 쫓기는 삶이야. 이렇게 도망만 다니다가는 아무것도 할 수 없어."

"아가씨!"

진설이 떨리는 눈동자로 곽철을 보았다.

"저자의 무공이 두렵긴 나도 마찬가지야. 우리로서는 도저히 감당할 수 없는 자들이지. 하지만 우리는 선택의 여지가 많지 않아. 흑룡문이냐, 저들이냐? 그렇다면 저자들을 처음 봤을 때의 느낌을 믿는 것이 낫지 않겠어? 적어도 저들은 우리에게 악의는 없었어. 안 그래?"

"……."

"그리고 지금까지 우리한테 해코지한 거나 협박한 것도 없어. 악인이라면… 좀 전처럼 그렇게 정중한 부탁 같은 건 절대 안 했을 거야. 또한 저들이 선인이라면 궁핍한 처지의 우리를 도와줄 수도 있겠지. 물론 그것까지 바라기는 힘들겠지만."

진설의 말에 일리가 있었지만 곽철은 여전히 불안한 표정이었다. 진설의 말이 계속됐다.

"가장 중요한 건, 지금 도망간다면… 저들은 흑겁단 몰살을 우리에게 뒤집어씌울 수도 있어."

"……!"

곽철의 눈동자가 흔들렸다. 미처 그것까지는 생각 못했던 것이다.

"아저씨, 우리는 이번에 무루 그분을 못 뵌다 해도 다시 또 이곳을 찾아와야 해. 세상천지에 우리가 기대고 비빌 언덕이라고는 이제 그 사람뿐이니까."

곽철은 힘이 없지만 긍정의 뜻으로 고개를 끄덕였다.

자신들이 흑겁단을 몰살시킬 힘이 없다고는 하지만 상대는 그야말로 무지막지하기로 유명한 흑룡문이었다. 일단 잡히면 고문으로 반병신 만드는 건 기정사실이고, 십중팔구 죽게 될 것이다.

둘 사이에 대화가 끊기고 곧 무루 일행과 합류했다. 신색을 어느 정도 회복한 구위영이 빙긋 웃으며 둘을 반겼다.

"허허허, 우리를 너무 그렇게 괴물 보듯 보지 마십시오. 저희 형님께서 맞서지 않았다면 그쪽도 위험했을 것 아닙니까?"

구위영의 말은 진설과 곽철을 안심시키는 데 일조했다. 진설이 힘을 내어 밝게 웃었다.

"예. 그 점 깊이 감사드려요. 본의 아니게 구명지은을 입었습니다."

"별말씀을. 제가 한 것도 아닌데요. 그런데 이렇게 다시 보니 꽤 당차면서도 아름다우시군요."

"예?"

"그냥 그렇다는 겁니다. 제가 좀 솔직한 편이라서요. 아! 오해하지 마십시오. 제가 꼬드기려는 건 아닙니다."

진설과 곽철은 어이가 없었다. 하지만 구위영의 농담은 결국 둘을 픽 하니 웃게 만들었다. 혹시 자신들을 죽이지 않을까 저어했는데 적어도 그런 의도가 없다는 것은 알 수 있었기에.

"호호호, 과찬이십니다."

"과찬이라니요? 저는 오직 진실만 말한다니까요."

유라가 뚱한 얼굴로 웃는 진설을 보다가 무루 옆에 달라붙었다.

"오라버니, 출발 안 해요?"

"가야지."

무루는 대답하며 여전히 웃고 있는 진설을 가만히 바라보았다. 다른 사람은 못 들었지만 무루는 들었다.

진설이 곽철과 나누는 대화 속에 무루라는 자신의 이름이 언급되었던 것을.

진설과 구위영의 썰렁한 대화를 무루가 계속 유심히 바라보자 유라의 눈이 샐쭉하니 올라갔다. 그가 옆의 자신을 두고 다른 여인만 바라보는 것이 싫었다.

"오라버니, 가자니까요."

유라의 목소리가 올라갔다. 그러자 구위영과 진설 일행의 고개가 무루와 유라를 향했다. 무루가 못 말리겠다는 표정으로 유라를 보았다가 다시 진설을 향해 시선을 옮겼다. 그리고는 말을 몰아 진설의 옆으로 다가가서는 말했다.

"마을까지 말동무나 해도 괜찮겠습니까?"

"예? 네! 괘, 괜찮습니다."

잠시 여유를 찾았던 진설의 간이 다시 오그라들었다. 무루가 천천히 말을 몰자 일행도 따랐다.

선두에 무루와 진설이 나란히 섰고, 그 뒤로 곽철과 유라, 구위영이 따랐다. 유라가 무루 옆으로 붙으려는 것을 구위영이 저지했다.

"사매, 지금은 나서지 마세요. 형님께서 저 낭자한테 뭔가 할 말이 있는 것 같은데……."

"하지만……."

구위영이 음흉한 미소를 지으며 낮게 속삭였다.

"형님 의중을 너무 무시하는 건… 형님이 싫어하실 텐데."

유라가 이를 악물며 거친 숨소리만 냈다. 왠지 모를 기분 나쁜 마음이 심장을 터질 것 같게 했고, 그것이 자신도 모르게 몸에서 내력을 살짝 흘러나오게 했다.

그 바람에 죽립 밑으로 얼굴을 가리고 있던 면사가 한차례 나풀거리며 위로 솟구쳤다가 내려앉았다. 그 장면을 불안한 눈길로 보고 있던 곽철의 심장이 쿵 하니 내려앉았다.

'세상에! 저런 미인이 존재하다니?'

곽철은 자신의 눈을 의심했다.

다시 확인하고 싶은 마음이 굴뚝같았으나 얼굴 좀 보여달라고 할 수도 없는 노릇이었다. 늘 함께 다닌 진설도 아름답기로 하면 누구에게도 지지 않았다. 그 때문에 곽철은 진설을 호위하는 것이 다른 사람을 보호하는 것보다 몇 배는 더 힘들었다.

그런데 저 여인은, 아주 찰나 보았지만 숨이 막힐 정도로 눈부셨다. 혹시 자신이 잘못 본 것은 아닐까? 어찌 세상에 저렇게 예쁜 여인이 있을 수 있단 말인가?

그저 잠깐, 아주 잠깐 스치듯 보았을 뿐인데 머릿속이 하얗게 변해 버릴 것 같은 느낌이라니! 너무나 아름다워 도저히 속세의 여인이라 믿기지가 않았다.

'한 번, 다시 한 번 봐서 확인을 해보고 싶은데…….'

곽철은 자신이 좀 전까지 벼랑 사이로 외줄타기를 하는 듯한 심정인 것도 잊고 유라를 훔쳐보는 데에 정신이 없었다.

한차례 바람이라도 불어와 그녀의 얼굴을 가리고 있는 면사를 젖혀주기를 간절히 바라며.

그러나 유라는 온통 앞쪽의 무루와 진설에게만 집중하느라 그것을 눈치채지 못했다.

2

무루는 잠시 고민했다.

어떻게 자신의 이름을 알고 있는 것인지 직설적으로 물어볼까 하는 생각이 먼저 들었지만 이내 고개를 저었다.

본의 아니게 엿들은 그녀와 호위무사의 대화를 통해서 그는 그녀의 성정을 간파했다.

외유내강(外柔內剛)의 여인이었다. 만약 그녀가 불안감을 느껴 어떤 사실을 숨기기로 작정한다면 차라리 죽이는 것이 더 쉬울 인물이었다.

자신과 같은 동명이인(同名異人)일 수도 있겠으나 이번 기일(忌日)이라 언급한 것이 걸렸다. 아무리 생각해도 자신일 것 같았다.

무루는 잠깐의 고민을 끝내고 입을 열었다.

"혹시 소저께서는 안의에서 가장 큰 객잔이 어딘지 아시오? 제가 그곳에서 며칠 후에 지인을 만나기로 했습니다."

"은당객잔(銀堂客棧)이라고 알고 있습니다. 본관만 구층이지요. 본관 뒤로는 두 개의 작은 후원이 있습니다. 그리고 큰 후원을 가진 별관도 따로 가지고 있지요."

"그렇습니까? 예전에는 그런 객잔이 없었는데……."

"아! 오랜만에 오시는 건가요?"

"어렸을 때 살던 제 고향이 바로 여기요."

"아!"

진설이 나직이 탄성을 흘렸다.

처음 만났을 때 이 사람이 보여준 행동이 이해가 갔다. 천천히 주변을 돌아본 것은 유람이 아니라 옛 추억의 회상에 잠겼던 것이리라. 의심이 한 꺼풀 벗겨지는 만큼 안도는 커졌다.

"소저께서는 이곳 분이시오?"

"아닙니다. 저는 이곳저곳 떠돌아다니는 뜨내기일 뿐입니다. 다만 이곳에 볼일이 있어 가끔씩 들르지요."

"무슨 사연이라도 있으신지?"

진설은 숨을 꼴깍 삼켰다. 이제야 이자가 자신의 정체를 캐고 있다는 것을 간파한 것이다. 그녀는 속이 떨렸지만 겉으로는 평온한 얼굴로 미소 지었다.

"별것 아닙니다. 소협께서는 이곳이 고향이라시면서 왜 댁으로 가지 않으시고 객잔을 찾으시는지요?"

진설의 교묘한 화제 전환에 무루가 쓴웃음을 물었다. 만만치 않다는 생각이 절로 들었다.

다시 한 번 그냥 왜 무루라는 사람을 찾느냐 물을까도 싶었지만 참았다. 어떤 의도로 찾는지가 더 중요했기 때문이다. 일단 그는 그녀를 근처에 두고 천천히 알아가기로 결심하고는 물었다.

"소저께서는 어디에 머무십니까?"

"예, 저는 길주객잔이란 곳에서 머물고 있습니다."

"괜찮으시다면 저희와 함께 은당객잔으로 가시지 않겠습니까?"

'어머? 왜요?' 라고 할 뻔했다. 진설은 청년의 의도를 짐작하기가 어려워 미간을 찌푸렸다.

"이곳에 올 때마다 항상 길주객잔에 머물러 그곳이 편합니다. 그리고 은당객잔의 숙박비나 식비가 배는 비싼지라……. 호의는 감사하지만 감당키 어렵습니다."

"머무는 동안 비용은 저희가 지불해 드리지요."

진설의 미간에 잡힌 주름이 깊어졌다.

"소협, 왜 그런 수고를 하시려는지 저는 이해가 되지 않습니다. 혹여 저희가 흑겁단의 일을 발설할까 걱정하시는 거라면……."

무루가 고개를 저으며 진설의 말허리를 가로챘다.

"아닙니다. 다만 소저께서 이 길을 아침에 이용했다는 것을 길주객잔의 몇몇 사람이 알 수도 있을 것 아닙니까? 그렇다면 그곳에 머무는 것이 위험할 수도 있겠지요. 차라리 그곳에 들러 짐을 챙겨 멀리 떠난다고 말하고 저희와 함께 있는 것이 낫지 않겠소?"

"……!"

"또한 흑룡문이 소저를 찾아낸다면 우리가 보호해 줄 수도 있을 것 같아서 말입니다. 소문으로 보건대 괜한 누명이라도 써서 흑룡문에게 잡히면 고생이 심할 것입니다."

진설은 적지 않게 당황했다.

자신을 향한 배려가 세심하고 깊었다. 고마운 한편으로 생면부지의 자신에게 왜 이리 신경을 써주는지 의심도 들었다.

혹시 날 여인으로 보고 수작을 거는 것일까?

진설은 그럴 수도 있겠다 싶었다.

떠돌이 생활을 하면서 참 많이도 무례한 남정네들을 보지 않았던가. 그런 사내들 중에는 지금 이 청년처럼 처음엔 매우 다정하게 접근하는 자들도 있었다. 만약 호위무사인 곽철이 없었다면 자신은 몇 번이고 험한 꼴을 당했을 것이다.

문제는 이 청년은 곽철이 감당할 수 있는 자가 아니란 점이었다. 그녀가 쉽게 결정을 내리지 못하자 무루가 싱긋 웃으며 말했다.

"부담되신다면 거절하셔도 상관없습니다. 그럼 이렇게 하지요. 소저께서 길주객잔에 머무시다 혹여 흑룡문에게 잡혀 핍박을 받게 되신다면 고초당하지 말고 저희를 고발하시오."
"예?"
진설이 정말 놀라 눈을 동그랗게 떴다. 상대가 이렇게까지 나오니 의심한 자신이 부끄러운 마음까지 들었다.
무루는 일부러 그녀를 보며 환하게 웃으며 약간의 종선기를 일으켰다. 그러자 보일 듯 말 듯한 종선기의 기운이 그의 전신을 스치듯 일렁거렸다.
맑고도 부드러운 서기.
"아!"
진설은 부지불식간에 탄성을 흘리고 말았다.
상대의 미소가 눈부셨다. 그의 얼굴 뒤로 눈부신 후광이 비치는 것 같았다. 맑고 청량한 기운이 자신의 가슴 깊은 곳까지 파고드는 듯했다.
그러나 그런 무루를 보는 유라는 숨이 넘어가기 직전이었다.
그렇게 함부로 종선기의 힘을 남용하다니!
절대로 다른 여인에게 그런 모습을 보여주지 말라고 귀가 닳도록 얘기했거늘.
"오라버니!"
참다 참다 뱉은 그녀의 찢어질 듯한 고성에 사람들이 화들짝 놀랐다. 그러나 그녀는 자신을 보는 시선에 아랑곳하지 않고 외쳤다.
"저 낭자께서 곤혹스러워하시잖아요! 편하게 머물던 곳에 계시게 하세요!"
그러나 유라의 간섭은 실수였다.

유라의 말은 진설로 하여금 더욱더 무루 일행을 신뢰하게 만들었다. 아아! 자신들을 이렇게 배려해 주는 사람들이라니! 더구나 남자가 아닌 여인이 이렇게 말해주니 더욱 믿음이 커졌다.

진설이 고개를 숙이며 약간 상기된 얼굴로 무루에게 말했다.

"폐가 되지 않는다면… 함께 머무는 것도 나쁘진 않을 것 같네요. 닷새만 폐를 끼치면……. 아, 아저씨! 아저씨의 생각은 어떠세요?"

그녀가 고개를 뒤로 돌려 곽철에게 의중을 물었다. 모두의 시선이 그를 향하자 곽철이 헛기침을 하고는 어깨를 으쓱했다. 방금 전까지도 그의 눈은 흘끔흘끔 유라를 훔쳐보는 중이었다. 다시 보고 싶었다, 그 믿기지 않는 절대적인 아름다움을.

"아주 좋은 생각이라고 생각합니다."

유라의 면사 안에 가려진 얼굴이 와락 구겨졌다. 그리고 이 모든 광경을 한 발 뒤로 물러나 냉정하게 보고 있던 구위영은 속으로 폭소를 터뜨렸다.

구위영은 자꾸 터져 나오려는 웃음을 참으려 애쓰며 입을 열었다.

"그러고 보니 이것도 인연인데 아직 우리는 통성명도 하지 못했군요. 저는 구위영이라고 합니다."

물론 이름을 알아보려 한 의미였다. 그는 무루가 이들의 정체를 궁금해하고 있다는 사실을 눈치챈 것이다.

곽철이 냉큼 대꾸했다.

"저는 곽철입니다. 아가씨를 모시고 있는 호위무사지요."

"전 유라예요."

유라가 시큰둥하게 말하자 진설이 뒤이어 입을 열었다.

"저는 설, 진설이라고 합니다."

순간 무루의 눈동자가 흔들렸다. 왠지 낯설지 않은 이름이었다. 그리고 그는 곧 기억 속에서 진충과의 대화를 떠올렸다. 아주 오랜 시간이 지났지만 진충과의 인연은 결코 잊을 수 없는 것이었다. 때문에 간간이 그가 했던 말을 속으로 상기하고는 했다. 그 대화 속에는 분명 진설이라는 이름이 있었다.

민음촌에서 밤을 지새우며 술을 마시며 나눴던 대화에서 진충은 참으로 많이 손녀 자랑을 해댔으니 어찌 잊을 수 있겠는가.

그가 속으로 심호흡을 한차례 하고는 물었다.

"호, 혹시 할아버님의 존명을 알 수 있습니까?"

그의 엉뚱한 반응에 모두가 놀랐다. 갑자기 왜 조부의 이름이 필요한가 말이다. 특히나 진설과 곽철은 눈에 띄게 당황하는 모습을 보였다. 진설이 말을 멈춘 채 긴장이 역력한 어조로 물었다.

"왜죠? 왜 제 할아버지의 성함을 알고 싶어하시는 거지요?"

두려웠다.

혹시 이자들도 할아버지와 관련해 자신을 쫓는 사람들인가? 진설은 그제야 자신이 너무 쉽게 방심했다는 것을 깨달았다.

무루는 자신이 지나치게 흥분했다는 것을 느끼며 호흡을 가라앉혔다. 그리고는 차분하게 말했다. 이젠 굳이 에둘러 돌아갈 필요를 느끼지 않았다.

"혹시 진 자, 충 자를 쓰시지 않습니까?"

진설과 곽철의 얼굴이 새파랗게 질려갔다. 무루가 급히 말을 이었다.

"제 이름은 무루, 한무루입니다, 예전 운남 서남 밀림에서 인연을 맺었던. 혹시 어르신께서 저에 대해 말씀하신 적 없습니까?"

진설과 곽철의 눈이 화등잔만 하게 커졌다. 둘의 입이 쩍 벌어졌다. 그렇게 만나길 소망해도 이뤄지지 않더니 이렇게 보게 될 줄이야. 특히나 진설의 눈에는 어느새 습막이 가득 차 눈물이 그렁거렸다.

"소협께서… 한무루 공자님이시라고요? 정말인가요?"

"공자님은 아니지만 내 이름은 무루요! 어서 말해주시오! 할아버님의 성함을!"

진설의 뺨으로 눈물 한 방울이 또르르 흘렀다. 말로 표현할 수 없는 복잡한 표정이 그 얼굴과 눈물에 담겼다. 그동안의 고통과 좌절, 수많은 역경 속에서도 놓지 않았던 한줄기 미약한 희망.

그녀는 눈물을 흘리면서도 환하게 미소를 지었다. 그건 보는 이들로 하여금 참으로 묘한 처연함을 느끼게 만들었다.

"예. 제 할아버지께서는 진 자, 충 자를 쓰세요. 결국 이렇게 만나뵙게 되는군요. 할아버지께서 얼마나 공자님을 그리워하셨는데요."

무루는 감정이 격해져 진설의 한 손을 자신의 양손으로 덥석 쥐었다. 그 광경에 유라는 다시 숨이 넘어갔다.

"반갑소, 정말 반갑소이다. 혹여 어르신께서도 이 근방에 계신 겁니까? 그렇다면 당장 찾아뵙고 인사를 드려야겠습니다."

진설이 고개를 저으며 눈물을 흘렸다. 그리고 이내 북받치는 음성으로 입을 열었다.

"고맙습니다."

무루가 의아한 얼굴로 고개를 갸웃거렸다. 이유 모를 불길한 예감이 그의 뒷머리를 짜르르 울렸다.

"소저, 그건 또 무슨 말입니까?"

"한줄기 미약한 희망일지언정 공자님을 찾아 헤맨 지 벌써 사 년입니다. 이곳을 매달 들르기 시작한 것도 삼 년이 되었습니다. 그러면서도 늘 불안했습니다. 공자님께서 어떤 분일지 몰라서 그러했고, 할아버지를 잊으신 건 아닐까 해서 그러했습니다."

"하하하! 그럴 리가 있겠습니까? 어르신과 나는 주유와 황개의 인연을 맺었고, 나이를 떠나 벗이 될 것을 약조했소."

"과연, 과연이십니다. 할아버지께서는 정말 멋진 벗을 두셨던 것입니다. 할아버지도 늘 공자님 같은 벗이 있다는 것이 즐겁다 말하시고는 했습니다."

"소저의 할아버지가 없었더라면 지금의 나는 상상할 수도 없소. 아직까지 낭인 나부랭이였을 것이오. 그나저나 어르신께서는 무탈하십니까? 혹여 무슨 말을 전하려 저를 찾으시는 겁니까?"

무루의 질문에 진설은 눈물만 흘려댔다. 그러자 함께 눈시울을 적시고 있던 곽철이 힘겹게 입을 열었다.

"어르신께서는 사 년 전에 돌아가셨습니다."

"……!"

무루의 얼굴이 무겁게 굳어졌다. 진설의 손을 맞잡았던 자신의 손이 밑으로 툭 떨어졌다. 온몸의 피가 모조리 빠져나가는 듯한 기분이었다. 아직도 자신을 향해 웃던 그 너털웃음이 생생한데……. 자신을 진심으로 걱정해 주던 표정이 지워지지 않았는데…….

그가 망연자실한 얼굴로 허공을 바라보자 상황이 이상하게 돌아간다는 것을 느낀 구위영과 잔뜩 독이 올라 있던 유라도 그런 무루를 보고는 숨을 죽였다. 자신들이 낄 수 없는 깊은 사연이 있음을 깨달은 것이다.

반 각의 시간이 그렇게 조용히 흘러갔다.

무루가 깊은 한숨을 터뜨리고는 여전히 흐느끼고 있는 진설을 잠시 보았다가 곽철을 향해 시선을 던졌다.

"누구요?"

진설이 비틀거리는 몸을 이끌고 말에서 내렸다. 그리고는 무루의 말 옆에서 무릎을 꿇으며 간곡하게 외쳤다.

"흑흑, 공자님. 본가의 원수를 갚아주십시오. 제발 부탁입니다. 원수들이 본가 전부를 해쳤나이다. 저만 간신히 살아남았습니다."

무루가 어금니를 질끈 깨물었다.

"그러니까 그 원수가 누구냔 말이오?"

꽉 쥔 무루의 손아귀에서 핏물이 뚝 떨어졌다. 입에서도 혈흔이 비쳤다.

담담하게 말하는 것 같았지만 그의 내부는 폭풍에 잠겨 있었다. 만약 무공이 약한 진설이 지척에 있지 않았더라면 그 무지막지한 기운을 몸 밖으로 표출해 사방이 초토화되었을 터다.

진설이 고개를 떨어뜨리며 힘없이 답했다.

"모릅니다."

무루가 어처구니없는 표정으로 진설을 보았다.

"그게 당최 무슨 말이오?"

"본가를 습격한 자들은 모두 복면을 하고 있었습니다. 그리고 지난 사 년 동안 우리를 쫓는 자들도 역시 정체를 알 수 없었습니다."

곽철이 괴로운 표정으로 말을 받았다.

"도망치기에 급급했던 세월입니다. 솔직히 아직까지 아가씨와 제가 살아 있는 것도 천운이란 말밖에는……."

무루가 진설과 곽철을 번갈아 보다가 입을 열었다.

"그나마 다행이군."

곽철이 영문을 몰라 물었다.

"그게 무슨 말씀이십니까?"

"그자들이 당신들을 쫓고 있다면 내가 당신들을 미끼로 그들의 정체를 밝힐 수 있을 테니까."

말이야 맞는 말이었다. 그러나 말이란 것이 '아' 다르고 '어' 다른 법이다.

곽철은 무루가 자신들을 미끼로 사용하겠단 말에 약간 감정이 상했다. 진충 어르신은 이 청년이 자신들을 보호해 줄 것이라 말했는데…….

그러나 진설은 아니었다. 그녀는 고개를 들어 무루를 올려다보며 말했다.

"고맙습니다."

무루가 무슨 의미냐는 표정으로 묻자 진설이 방싯 미소 지었다.

"원수를 갚아주시겠다는 말씀 아니십니까?"

여전히 눈물을 흘리면서도 그녀는 웃고 있었다. 그 애절함을 보며 무루는 아주 오래전 자신의 모습을 떠올렸다. 왠지 그때의 자신과 닮은 것 같았다.

무루는 말에서 내려 그녀의 어깨를 쥐고는 일으켰다.

"울지 마시오. 원수를 갚을 날을 위해 이 눈물을 아껴두시오. 반드시 그 원수를 갚아드리겠소."

진설이 무루를 보며 고개를 끄덕였다.

"고, 고맙습니다."

결국 진설이 북받치는 설움과 기쁨을 감당치 못하고 무루의 가슴에 얼굴을 묻었다. 무루는 잠시 멈칫했다가 흔들리는 그녀의 가녀린 어깨를 힘껏 잡고 등을 두드려 주었다.

"그동안 고생 많았소."

그 짠한 광경에 곽철은 눈시울을 붉혔고, 구위영은 어깨를 으쓱하며 침묵했다.

다만 유라는 숨이 넘어가다 못해 기절 일보 직전이었다. 그러나 차마 이런 상황에서 여인의 속내를 표현할 수는 없어서 몸만 부르르 떨었다.

'오, 오라버니가 저 계집을 안았어! 그것도 내가 시퍼렇게 눈 뜨고 있는 이 자리에서!'

유라의 절규가 심장을 터뜨렸다.

第三章

고금사대병기(古今四代兵器) 호혈약(呼血籥)

절대고수 絶代高手

1

구위영과 유라는 은당객잔의 옆에 있는 마구간에서 나란히 대치하고 있었다.

"사형, 지금 뭐하자는 거야? 왜 저 계집과 아저씨의 말까지 우리가 대신 맡겨주겠다고 그러냐고? 우리가 뭐 저 인간들의 종이라도 된다고 생각하는 거야? 그리고 그렇게 하인이 되고 싶으면 사형 혼자 하지 왜 나까지 억지로 끌고 오냐고?"

구위영이 혀를 끌끌 차다가 답했다.

"이게 다 사매를 위한 거예요."

바짝 독이 오른 유라와는 달리 구위영은 여유만만, 천하태평이었다.

"뭐? 그건 무슨 지나가던 똥개가 하품하는 소리야? 저들의 말까지 우리가 챙기는 게 왜 날 위한 거야? 난 오라버니한테 갈 거야. 사형 혼자 말 맡기고 따라와."

유라가 씩씩거리며 발걸음을 뗐다. 구위영은 마을에 들어오는 길에 산 접선을 펼치며 덥지도 않은데 부채질을 해댔다. 괜찮은 수묵화가 그려진 접선은 왠지 자신이 군자임을 돋보이게 하는 것 같아 그는 기분이 좋았다.

"역시 사매는 바보예요. 내가 형님 없을 때 사매를 위해서 진심 어린 조언을 하기 위해 빼낸 것임을 정녕 모르겠다는 말입니까? 난 정말이지 사매가 형님과 잘되길 바란다 이 말씀입니다."

유라의 발이 석상처럼 굳었다. 그녀는 곧바로 고개를 돌려 구위영의 눈빛과 얼굴을 세밀히 탐색했다.

"그거… 진심이야?"

"물론! 제가 허언을 할 사람입니까?"

유라의 큰 눈이 또르르 굴렀다. 그러나 고민은 필요없었다. 사형의 머리는 자신도 인정하고 있었다. 구위영이 말을 이었다.

"지금 사매가 성질대로 행동한다면 형님이 그런 사매를 여인으로 봐줄까요? 아무리 예뻐도 그건 껍데기일 뿐이죠. 물론 사내라는 게 그 껍데기만으로도 환장하는 놈들이 많긴 하지만 형님은 예외가 아닐까요?"

정곡을 찌르는 말에 유라의 눈가가 파르르 떨렸다. 감정을 다친 그녀가 말문을 열지 못하자 구위영이 부채를 접고 다가와 속삭였다.

"사매는 지금과 같은 상황이 생긴 것이 위기라고 생각하지요? 하지만 원래 위기는 기회란 말도 있잖아요. 내가 보기엔 이 상황을 잘만 이용하면 사매는 형님에게 제대로 된 눈도장을 콱

찍을 수 있을 텐데…….”

털썩.

유라가 구위영 앞에서 무릎을 꿇었다.

“사형! 내가 사형 존경하는 거 알지?”

갑작스런 유라의 행동에 능글맞게 굴던 구위영조차 일순간 당황했다. 천방지축 왈가닥의 대명사라 할 수 있는 사매가 무릎까지 꿇다니!

막연히 사매가 형님을 어느 정도 사모하고 있는 줄은 알았지만 이 정도일 줄은 몰랐던 것이다. 구위영은 헛기침으로 당혹감을 숨기고는 짐짓 태연한 표정을 지었다.

“사매가 나를 존경했습니까?”

유라가 죽립을 벗어 가슴에 포개며 고개를 끄덕였다. 사슴 같은 눈망울을 본 구위영은 속으로 한숨을 쉬었다.

세상의 어느 사내가 유라의 이런 천진무구하며 아름답기 그지없는 눈을 보며 거절을 말할 수 있을까?

“좋아요. 사매가 이렇게까지 나오는데 사형으로서 보고만 있을 순 없죠. 잘 들어요. 원래 남자는 여자의 눈물, 따스함에는 취약이죠. 왠지 보듬어주고 싶은 마음이 들거든요.”

유라가 마뜩찮다는 듯이 입술을 툭 내밀었다.

“나보고 가식적으로 울란 말이야? 아님 약한 척하라고? 왜, 죽을병이라도 걸린 척할까?”

그녀의 뿌루퉁한 말에 구위영이 혀를 찼다.

“쯧쯧, 그런 말이 아니에요. 난 지금 사매가 처한 상황을 지적하고 있는 거죠. 저 진설이란 여인은 그야말로 청!순!가!련!형!

의 대명사인 걸 모르겠어요? 특히나 형님께서 저 낭자의 할아버지한테 큰 은혜를 입었으니 안타깝게 여기는 마음이 오죽이나 크겠습니까? 내가 형님 입장이라도 진 소저를 동정하는 마음이 생길 수밖에 없지요."

유라가 벌떡 일어서며 낮게 으르렁거렸다. 그 큰 눈에서 사람을 잡아먹을 듯한 시퍼런 노기가 줄줄이 흘러나왔다.

"사형은 지금 내 편을 드는 거야, 아니면 저쪽 편을 드는 거야?"

유라가 발끈했지만 구위영은 태연하게 소리없이 웃었다. 그래, 그게 원래 네 모습이지 하는 반응이었다.

"허허허, 당연히 사매 편이죠. 성질 좀 죽이고 내 말을 끝까지 들어봐요. 원래 몸에 좋은 약은 입에 쓰다고 하잖아요. 기분 나쁜 말일지는 몰라도 내 말이 그른 건 아니죠? 일단 위기를 기회로 만들기 위해서는 정확한 현실 파악이 먼저예요."

"음, 계속 말해봐."

유라는 마음에 들지는 않지만 귀를 쫑긋 세웠다.

"사매는 지금 형님에게 호법이나 여동생 같은 느낌일 뿐이에요. 우리의 오랜 동거 생활로 가족 아닌 가족이 되어버린 거죠. 여인의 느낌이 아닌……. 그게 가장 문제예요."

유라는 아미를 잔뜩 찌푸렸지만 묵묵히 고개를 끄덕였다. 사형의 말은 정말 썼지만 진실이었다.

"자, 지금부터가 본론입니다. 형님은 아마 진 소저가 계속 마음에 밟힐 겁니다. 복수를 해야 하지만 진 소저를 외롭게 방치할 수도 없지요. 특히 진 소저를 노리는 놈들도 있다니까."

"그렇겠지."

"그러니까 우리가 그 짐을 나눠 지는 겁니다."

유라는 도통 무슨 뜻인지 모르겠다는 눈으로 고개를 갸웃거렸다. 구위영이 최근 들어 자주 짓는 사특한 미소를 선보이며 속삭였다.

"사매가 진 소저를 보살피겠다고 나서는 것이죠."

"뭐? 내가 왜? 미쳤어? 가뜩이나 불여우같이 예뻐서 기분 나쁜데……."

객관적인 미모로 따지면 솔직히 유라 그녀를 능가할 여인은 세상에 거의 존재하지 않는다고 해도 과언이 아니었다. 그렇게 그녀는 절대적인 아름다움을 소유했다. 그러나 모든 것은 상대적인 법이다.

남의 떡이 커 보인다고, 유라는 자신의 미모는 잊고 진설의 청순하면서도 뭔가 애절해 동정심을 불러일으키는 외모가 부담스러웠다. 자신의 자신만만하고 당당한 아름다움과는 상극이었다.

구위영이 답답하다는 듯이 가슴을 쳐댔다.

"에구, 이 맹추야. 사매가 그렇게 나서봐요. 그럼 형님은 사매를 다시 보게 될 걸요? 사매한테 그런 세심함과 다른 사람을 동정하고 아끼는 따스한 마음이 있다는 것을 느끼게 되겠죠."

유라의 큰 눈이 번쩍 뜨였다.

그녀는 언제 분통을 터뜨렸냐는 듯이 예의 예쁜 얼굴을 환하게 만개시켰다. 그녀가 진심으로 행복한 표정을 짓자 주변의 공기가 달라지는 듯했다. 평범한 사물들도 싱싱하게 빛이 나는 듯했다.

"오오, 좋아. 아주 좋아. 계속 말해봐, 사형!"

"또 사매가 형님의 마음을 편하게 해주고 짐도 덜어주게 되니 고마움도 느끼겠지요."

"그렇지. 계속 말해. 그 고마움이 날 사모하는 연심으로 바뀐다고 말하라고!"

유라의 격한 진심에 구위영이 일순간 당혹했다. 그러나 곧 미소를 지었다. 이럴 때의 사매는 세상 그 누구보다도 천진하고 귀여웠다.

"맞아요. 그겁니다. 그러기에 우선 형님이 사매를 다시 볼 계기가 필요해요. 그래서 바로 이번과 같은 위기가 사매에겐 기회인 것이죠."

유라는 양손을 번쩍 치켜들며 만세를 외치려다가 금방 풀이 죽은 모습을 보였다.

"그런데 과연 그것만 가지고 오라버니가 날 여자로 봐줄까? 오히려 더 여동생으로서 기특하다는 느낌만 받을 수도 있잖아."

구위영은 솔직히 속으로 감탄했다. 무공 외엔 아둔한 유라다. 그러니 이런 세심함이 놀랍기만 했다.

"사매, 천릿길도 한 걸음부터라 했어요. 하나씩 바꿔 나가는 거죠. 그리고 지금 가장 중요한 건, 적은 옆에 두어야 한다는 겁니다. 그래야 진 소저와 형님 사이의 일을 사매가 낱낱이 파악할 수 있지 않겠어요?"

"음, 그럴까?"

"에구, 답답하기는. 내 말이 정답이에요. 만약에 사매나 내가 진 소저를 안 도우면 형님은 어떻게 할 것 같습니까? 늘 진 소저 주변에서 맴돌 것 아닙니까? 언제 습격받을지도 모르는 진 소저를 그냥 두기 어려울 테니까요."

유라가 퍼뜩 정신을 차렸다.

"그, 그건 싫어."

"그러니까 사매와 내가 나서야지요. 우리가 그들을 보호해주고, 형님은 원래 하려던 복수를 하게 해주는 거죠."

유라가 고개를 세차게 끄덕였다.

"좋아, 알았어. 그렇게 하겠어."

"예, 사매는 진 소저와 아주 친해져야 합니다. 그래서 진 소저가 외로움에서 벗어날 수 있게 도와줘야 해요. 진 소저가 밝고 활기차지면 형님도 그녀에게 쓰는 걱정과 관심을 덜하게 될 테니까."

유라가 눈을 동그랗게 뜨며 팔짱을 풀어 박수까지 쳤다.

"맞아! 정말 그렇겠다!"

"허허허, 이제야 감이 좀 잡히나 보군요. 사매가 형님에게 여인으로 보이고, 그리고 여인으로 다가설 수 있는 건, 바로 사매가 진 소저에게 얼마나 정성을 쏟느냐에 달려 있는 겁니다. 이건 앞으로도 마찬가지예요. 형님이 아끼는 사람들을 사매도 마음으로부터 아껴주세요. 따뜻하게 보듬어주세요. 진심은 통한다 했어요. 형님은 그런 사매를 결코 외면하지 못할 겁니다. 형님이 어떤 사람인지는 사매도 잘 알잖아요."

유라는 감탄한 얼굴로 구위영을 보았다. 새삼 사형이 다르게 보일 정도였다.

"대단해! 연애 한 번 못해본 사형이 어떻게 이렇게 남녀의 감정을 잘 알아?"

"허허허, 원래 주술 중 상당 부분은 사람의 심리를 먼저 파악하는 게 기본이에요. 또한 내가 그쪽 분야엔 관심이 꽤 있기도 하고."

"고마워, 사형!"

유라는 정말 고마웠는지 금방이라도 울 것 같은 표정을 지었다. 물론 눈물을 흘릴 리 만무했지만.

그녀는 날듯이 깡충깡충 뛰었다. 그런 그녀를 보며 구위영은 부채를 펼쳐 입을 가리고 아무에게도 들리지 않을 혼잣말을 중얼거렸다.

"이로써 진 소저와 사매 간의 어색한 분위기는 피할 수 있겠군. 휴우, 하늘은 알고 있겠지, 내가 모두의 화합을 위해 이리 애쓰는 것을. 이거야말로 진실로 군자가 할 노릇이 아니겠는가?"

구위영은 자화자찬하며 뿌듯한 표정을 지었다.

2

은당객잔의 옆에 위치한 별관.

그 뒤에 자리한 후원 하나를 통째로 빌린 무루는 연못가 곁에서 있는 정자에서 진설과 곽철을 마주하고 차를 마시고 있었다.

무루는 진충이 죽었다는 사실에 어두운 표정을 하고 있었지만 진설과 곽철은 밝은 얼굴이었다.

그렇게 고대하던 무루를 만났고, 또 그는 강했다.

게다가 지금 연못가에서 나란히 앉아 웃으며 뭔가를 쑥덕이고 있는 구위영과 유라는 방금 전 함께 조반을 들다가 자신들의 호법을 자청하고 나서기까지 했다.

유라의 본신 실력은 알 수 없었지만 그 사형이라는 구위영이란 사람의 주술은 정말 놀랍지 않던가.

그런 사형 밑의 사매이고, 자신들의 상상으로는 도저히 가늠이 안 되는 고수인 무루의 호법인 그녀가 안전을 책임진다는 것이다.

사 년 만이었다.

늘 쫓기던 삶에 그들의 정신은 피폐해져만 가고 있었다. 그러나 지금은 어깨 위의 모든 짐을 내려놓고 편안함을 즐길 수가 있었다. 이런 여유로움이 신기할 정도였다. 따스한 차 한 잔의 여유를 즐긴 적이 언제였는지 기억조차 나지 않았다.

가을 후원의 풍경이 이렇게 아름다웠던가?

진설은 행복한 미소를 지으며 앞에 있는 사람과 탁자 위의 찻잔과 주변의 풍광을 새롭다는 듯이 훑었다.

침묵하던 무루가 고개를 들어 진설을 보았다. 진설은 그를 마주 보면서 왠지 모를 설렘을 느꼈다. 이 사람을 그렇게 찾아 헤맨 세월이 아득하게만 느껴졌다.

소름이 돋을 정도로 강한 사람.

그런데 때로는 부드러운 미풍처럼 다가오는 사내. 그녀의 가슴이 갑자기 콩닥거렸다. 그녀는 그 감정이 사무친 반가움 때문이라 생각했다.

"진 소저."

덤덤한 그의 음성에 진설은 살짝 몸을 떨었다가 정색했다.

"예, 공자님."

"음, 일단 그 호칭부터 바꾸는 게 좋겠소. 난 공자가 아니외다."

"그럴 수는 없습니다. 공자님은 제 조부님과 벗이었습니다. 최소한의 예의는 지키게 해주십시오."

무루는 낮게 신음을 흘렸다. 진충을 걸고넘어지니 반박하기가 어려웠다. 그는 호칭 문제는 천천히 해결하기로 하고 화제를 돌렸다.

"일단 알겠소. 지친 심신을 회복할 때까지는 편하게 부르시오."

"예, 공자님."

"혹 어르신이 돌아가신 것이 그 옆에 둔 물건 때문이오?"

진설, 그리고 그녀 옆에 있던 곽철의 눈이 치켜 올라갔다. 작은 봇짐 속에는 몇 가지 짐이 있었다. 그리고 그 안에는 목면 천으로 칭칭 감겨진 문제의 물건이 있었다.

분명 무루가 지적한 것이 그것임을 알아챈 둘은 믿기지 않는다는 얼굴로 서로를 보다가 다시 무루를 향했다.

곽철이 조심스럽게 물었다.

"한 공자님, 그것을 어떻게 아셨습니까?"

"특이한, 아주 사특한 기운을 흘리니까요."

진설이나 곽철 모두 혀를 내둘렀다. 진설이 신기한 듯 물었다.

"그 기운을 감지할 수 있단 말씀이십니까?"

무루가 고개를 끄덕이며 대꾸했다.

"내가 좀 기에 민감한 편이오. 그것 때문에 어르신께서 돌아가신 겁니까?"

진설이 봇짐을 풀면서 답했다.

"예, 그렇습니다. 이것을 할아버지께서 습득하신 것은 바로 공자님과 함께했던 운남 서남 밀림 원정에서였습니다."

무루는 희미한 기억 속에서 진충이 자신에게 했던 말을 떠올렸다. 특이한 기물을 얻었다고 즐거워하던 당시의 모습. 그는 그것에 대해 연구해 보겠다고 했었다.

봇짐 속에서 물건을 꺼낸 그녀는 목면 천을 풀면서 말을 이었다.

"일 년이 넘게 흥미를 가지고 틈틈이 연구하셨지요. 피리인데 불어도 소리도 나지 않는 이상한 옥피리였습니다. 제가 보기엔 색깔이 너무 붉어 마치 핏빛처럼 보이는 그 피리가 요상하기만 했는데 할아버지는 범상치 않은 기물이라 늘 좋아하셨죠."

그녀는 천을 다 풀고는 붉다 못해 지나칠 정도로 시뻘건 옥피리를 꺼냈다. 그 피리를 탁자의 가운데 올려놓으며 말했다.

"할아버지께서는 마침내 이것의 정체를 밝혀내셨어요. 이건… 바로 고금사대병기(古今四代兵器) 호혈약(呼血篇)이었습니다. 이것을 가지고 있던 비적들도 이 피리의 정체를 몰랐던 것은 정말 다행이었던 것이죠. 물론 그들이 이 피리를 사용할 수도 없었겠지만."

칠백 년 전에 사라진 물건이었다.

피를 부르는 피리라는 뜻의 이 무적의 무기는 당시 천하를 시산혈해에 잠기게 만들었다.

호혈약이 허공에 울려 퍼지면 그것을 듣는 사람들은 미치거나 피를 토해내며 죽어갔다. 반대로 근심에 전 사람들을 웃게도 만들고 행복한 사람을 울리기도 했으니 그야말로 사람의 심기를 마음대로 주무를 수 있는 희대의 무기였다.

"하지만 할아버지도 이것을 부는 방법만큼은 알아내지 못하셨어요. 그래서 할아버지께서는 무림의 물건이니 무림인에게 자문을 구하겠다고 생각하신 것이죠."

무루는 호혈약을 내려다보며 한숨을 쉬었다.

"어르신께서 참으로 순진한 생각을 하셨소."

진설이 흐릿한 미소로 동의했다.

"무림인이 아무리 힘에 탐욕스럽다 해도 천호(千戶)란 지위의 관리이니 설마 하셨던 것이죠. 관과 무림은 반역만 아니라면 상관하지 않는다는 불문율을 너무 믿으셨던 거예요."

"그렇다면 범인은 이것을 본 자들이겠군요."

"모르겠어요. 할아버지는 너무 많은 자들에게 이것을 보여주셨어요. 피리의 정체는 숨긴 채 그저 부는 방법을 알 수 있느냐만 주문하신 것이죠."

무루는 관자놀이를 짚었다. 이것을 직접 본 사람일 수도 있고, 아니면 본 사람이 밖으로 나가 다른 이들에게 말한 것이 새어나갔을 수도 있다.

"어쨌든 이것을 가지고 있다면……."

진설이 고개를 끄덕였다.

"예, 그들이 나타날 거예요."

"사 년 동안이나 살아남은 게 용하군요."

무루의 말에 진설과 곽철이 어색하게 웃었다.

그의 말대로 자신들이 지금껏 살아남은 것은 거의 기적이라고 할 수밖에 없었다. 그리고 진충의 사람됨이 좋아 둘을 도우려는 사람들이 적지 않게 있었기 때문이기도 했다.

하지만 결국 그들도 다 죽어갔다. 그럴 때마다 진설은 이 저주받은 피리를 그들에게 내놓고 싶은 유혹에 시달렸다. 그러나 절대 그들에게 뺏기면 안 된다는 것이 진충의 유지였다.

천하를 피로 물들일 수 있는 기물이기에.

부숴 버리려는 시도도 많이 했다. 그러나 어떤 뜨거운 불에서도 녹지 않았다. 아무리 단단한 철로 내려쳐도 흠집 하나 나지 않았다.

더욱 황망한 건 동정호에 버렸을 때다. 가라앉지 않고 둥둥 떠버리는 것을 보며 결국 폐기처분이 불가능하다는 것을 깨달았다.

그렇게 비극은 사 년간이나 계속 이어졌던 것이다.

그동안의 고생을 보지 않아도 알겠다는 듯이 무루가 안쓰러운 얼굴로 진설을 보았다. 진설이 허리를 꼿꼿이 세우더니 말했다.

"호혈약……. 맡아주시겠습니까? 원래 할아버지께서는 공자님이 훗날 찾아오시면 선물로 주겠다고 벼르셨어요."

그녀의 음성에는 제발이지 호혈약으로부터 비롯된 고통에서 벗어나고 싶은 갈망이 가득했다.

무루가 잠시 침묵하다 고개를 끄덕였다. 그리고는 손을 내밀어 호혈약을 움켜쥐었다. 차가운 느낌이 손바닥 안에 가득 퍼졌다. 너무 붉다는 것 외에는 평범해 보이는 옥피리였다.

하지만 무루는 이내 자신의 심장이 요동치기 시작하는 것을 느꼈다. 상단전과 중단전을 연결하는 고리가 원하지도 않았는데 빙글 한 바퀴 돌았다. 몸의 내부를 유유자적 떠돌던 종선기가 뭔가에 데인 듯 화들짝 놀라는 것 같았다. 그러나 그것도 잠시, 그의 내부는 점차 평온을 찾아갔다.

무루는 가만히 피리를 응시하다가 천천히 입에 가져갔다. 곽철이 무슨 의도인지 알겠다며 고소를 머금었다가 입을 열었다.

"공자, 소리는 나지 않습니다. 그것을 보여준 무림인 중에는 음공을 전문으로 하는 고수도 있었고 절정고수도 있었는데……."

삘리리리—

피리에서 맑고 청아한 소리가 잠깐 흘러나왔다. 진설과 곽철은 얼음이 되어버렸다.

무루가 호혈약을 입술에서 떼고 가만히 응시하다가 흐릿하게 웃었다.

"재미있는 물건이군."

진설과 곽철은 좀처럼 경악 속에서 빠져나오지 못했다. 서로 마주 보는 그 둘은 마치 바보가 되어버린 기분이 들었다.

피리 소리를 들은 구위영과 유라가 정자 안으로 들어와 무루 좌우로 앉고는 물었다.

"오라버니, 그건 웬 피리에요?"

무루가 덤덤히 피리를 내려놓자 유라가 냉큼 집었다. 그리고는 어깨를 으쓱하며 입에다 대고 힘껏 불었다. 기실 피리에 관한 관심이라기보다는 무루가 입술을 댔다는 것이 그녀로 하여금 다른 누구보다 먼저 피리를 집게 한 것이다. 그러나 소리는 나지 않았다.

"잉? 뭐야? 아무 소리도 안 나는데?"

구위영이 호기심에 찬 얼굴로 손을 건네자 유라가 순순히 건네주었다. 예전 같으면 별것도 아닌 것 가지고 된다, 안 된다 싸우는 사이였지만 지금 유라는 구위영에게 아주 호의적이었다.

구위영도 입술에 피리를 대고 불어보았으나 소리는 나지 않았다. 그는 인상을 긁으며 호혈약을 살피다가 다시 불었다.

여전히 소리는 흘러나오지 않았다.

그 모습을 지켜보던 진설이 무루를 향해 조심스럽게 물었다.

"어떻게 부신 건지요?"

무루는 오히려 왜 이것을 사람들이 못 부는지 이해가 안 된다는 얼굴로 대꾸했다.

"그냥 불었소."

곽철이 끼어들었다.

"그럴 리가 없습니다. 다시 한 번 불어주실 수 있겠습니까?"

구위영도 호기심이 동했는지 냉큼 피리를 무루 앞에 내놓았다. 무루는 고개를 갸웃거리다가 다시 피리를 잡았다.

삘리리리—

진설과 곽철은 입을 다물지 못했다. 방금 전에 들은 것이 환청은 아니었다. 무루의 피리 소리가 이어지자 그를 둘러싼 사람들은 점차 처연한 표정을 지어갔다.

가장 먼저 진설의 눈에서 눈물이 한 방울 뚝 떨어졌다. 이어서 곽철의 뺨으로도 이슬이 맺혔다.

그것을 모르는 무루는 피리 불기에 열중했다.

기이했다.

자신은 피리 부는 법을 몰랐다. 그래서 그저 불 뿐이었다. 그런데 피리의 청아한 소리가 하나의 멋진 가락을 뽑아내며 후원에 울려 퍼지고 있었다. 그리고 유라의 표정도 점차 슬퍼졌다.

무루가 묘한 기분에 사로잡힐 때, 구위영이 호혈약을 낚아챘다. 갑자기 피리를 뺏긴 무루가 뭔 일이냐는 얼굴로 구위영을 보다가 눈을 치켜떴다.

구위영이 얼마나 입술을 꽉 깨물었는지 아랫입술에 피가 맺혀 있었다.

"무슨 일이냐?"

"제가 묻고 싶은 말입니다."

핼쑥한 구위영의 얼굴이 더 창백해져 있었다. 그의 시선이 앞으로 옮겨지자 무루도 그 눈길을 따라가다가 흠칫했다.

진설과 곽철이 멍한 얼굴로 소리없는 오열을 하고 있었다. 옆에 있는 유라는 그 정도까지는 아니었지만 역시 훌쩍이며 눈가를 훔치고 있었다.

구위영이 물었다.

"대체 어떻게 하신 겁니까?"

"음……."

무루는 낮은 신음을 흘리며 붉은 옥피리를 보았다. 자신도 궁금하긴 마찬가지였다. 그저 피리를 불었을 뿐이거늘.

"요망한 물건이로군."

무루는 약간 짐작이 간다는 얼굴로 고개를 끄덕였다. 자신의 현 감정을 주변 사람들에게 전파하는 것이었다. 진충 어르신이 돌아가셨다는 슬픈 감정이 호혈약을 통해 흘러나온 것이다.

그러나 의문점은 여전히 남았다.

자신은 딱히 어떤 기교를 부린 것도 아니거늘 왜 피리가 반응했는지 알 수가 없었다.

그 말을 구위영에게 하자 간신히 눈물을 멈춘 진설이 힘겹게 입술을 뗐다.

"어쩌면… 호혈약이 공자님을 주인으로 선택했는지도 모르지요. 원래 기물은 스스로 주인을 택한다는 말이 있지 않습니까?"

그녀의 말에 곽철이 고개를 끄덕이며 동의했다.

무루는 긍정도 부인도 않은 채 호혈약을 노려보다가 입맛을 다셨다.

"골치 아픈 물건이군."

딱히 가지고 싶지는 않았다. 그러나 이것이 다른 사람에게 들어간다면 큰 문제가 발생할 수도 있었다.

무루는 피리를 쥐고 있는 손에 힘을 주어보았다. 공력을 실은 힘이었다. 그런데 놀랍게도 피리에서 자신의 힘에 저항을 해댔다.

자신의 공력을 안에 주입할 수가 없는 것이다. 무루의 호기심 어린 눈빛이 더 짙어졌다.

마음을 먹는다면 호혈약의 힘을 제압할 수도 있을 것 같았다.

그런데 왠지 그렇게 하면 피리는 깨져 버릴 것 같았다. 진설은 절대 깨지지 않는다고 했지만…….

부숴 버리고 싶은 충동이 불현듯 치밀었다. 하지만 진충 어르신이 남긴 유일한 것이란 생각이 드니 자못 망설여졌다.

유라가 아직도 슬픔에서 완전히 헤어 나오지 못한, 잠긴 목소리로 말했다.

"그러니까 이 피리가 주인의 마음을 헤아려 사람들을 홀린다는 거야?"

곽철이 대답했다.

"확실하지는 않지만 그런 것 같습니다."

유라가 천진한 눈으로 응수했다.

"말도 안 돼! 그럼 누구를 죽이려는 마음먹고 피리를 불면 그 사람은 죽겠네? 핏."

장난처럼 한 말에 진설과 곽철은 부르르 떨었다. 무루가 그 피리를 다시 입가에 대려 하자 곽철이 울부짖듯이 외쳤다.

"공자! 왜 또?"

무루가 태연히 답했다.

"나도 유라의 의문이 궁금해졌소."

뜨어어억!

진설과 곽철은 피가 바짝바짝 말랐다.

"공자님! 제발!"

"제, 제발 그러지 마십시오. 여기 있는 누군가를 정말 죽이시려는 겁니까?"

그러나 유라는 이상하다는 얼굴로 반문했다.

"아저씨, 정말 저 피리가 사람을 죽일 수도 있다고 믿는 거야?"

"방금 보셨지 않습니까? 멀쩡했던 우리를 슬픔의 늪에 빠뜨린 것을 말이에요."

"헤에, 그거야 곡조가 너무 애잔해서 그런 거지, 사람을 죽이는 것하고는 달라요, 아저씨."

"낭자, 저건 그냥 피리가 아니라 고금사대병기인 호혈약입니다."

"고금사대병기인지 뭔지는 모르지만 그건 말도 안 돼요."

"그렇다고 사소한 의문에 목숨을 걸겠다는 것은 지나칩니다."

티격태격. 앙앙불락.

무루가 결론을 냈다.

"실험해 보면 알겠지."

곽철은 신음 소리를 냈고, 유라는 궁금해 죽겠다는 얼굴로 재촉했다.

"오라버니, 어서 해봐."

진설과 구위영은 침묵하면서 바라보았다. 설마 자신들을 죽이진 않을 것이라는 믿음이 있기 때문이었다. 만약 위험해지면 도중에 그만두겠지 하는 생각도 있었고 말이다.

그렇게 사람들이 우려 반, 기대 반으로 무루를 주시했다. 무루는 호혈약을 입술에 대고 천천히 숨을 불어넣었다.

삘리리— 삘리리리리—

허공을 찢는 듯한 고성이 피리에서 솟구쳤다. 그러나 아무런 반응도 없었다. 그렇게 한참 피리 음이 계속되다가 끊겼다.

사람들은 안도하면서도 왠지 모를 실망감을 느꼈다.

유라가 입술을 삐죽 내밀며 곽철을 쏘아보았다.

"거봐요. 무슨 피리가 사람을 죽일 수 있다고. 흥! 괜히 재밌다가 말았네."

곽철은 이마에 송골송골 맺힌 땀을 훔치며 어색하게 웃었다.

"하하하, 그렇군요. 소저의 말씀이 맞았습니다. 아니면 누군가를 죽이려는 건 다른 기교가 필요한 것일지도 모르지요."

진설이 차분하게 말을 받았다.

"어쨌거나 저 호혈약을 불 수 있다고 해서 마음대로 누군가를 살해할 수 없다는 것은 천만다행이네요. 그래도 공자님, 그 피리를 함부로 사용하시는 건 좋지 않을 거라……."

그녀의 말끝이 흐려졌다. 말을 건네는 무루가 갑자기 일어선 탓이었다. 그는 정자의 한쪽 기둥으로 다가가 연못을 내려다보았다. 그러자 사람들이 그 뒤로 우르르 몰려갔다.

가장 먼저 진설이 눈을 치켜뜨며 입을 손으로 막았다.

연못 위로 죽은 잉어들이 허연 배를 드러내고 둥둥 떠 있었다. 구위영과 유라도 충격을 받은 얼굴로 말문을 열지 못했다.

무루만 이제야 알겠다는 표정으로 손에 쥐고 있는 호혈약을 노려보았다. 그는 피리를 부는 동안 피리가 울부짖는 사념을 들었던 것이다.

무루가 들은 피리의 외침은 격렬했다.

—죽여! 다 죽여 버려! 한낱 물고기 따위가 아니라 눈앞에 있는 인간들을 다 죽여 버려. 나는 너에게 힘을 줄 것이야. 너는

강한 힘을 가지고 있어. 왜 그 힘을 겨우 물고기 따위에 쓰려는 거지?

피리가 보낸 환청은 무루의 머리를 쾅쾅 울려댔다.

만약 무루가 종선기가 아닌 자연기의 내력을 쌓은 무인이었다면 그 절규에 혼백이 제압됐을지도 모를 만큼 강렬했다.

"후후후, 네 마음대로는 안 될 것이다. 잊지 마라, 네 주인은 나라는 걸. 네 심보를 길들여 주지. 시간은 많으니 어디 한번 주도권 싸움을 해보자고."

무루의 말에 까닭을 모르는 나머지 일행만 어리둥절했다.

第四章

쉿! 조용히 해라, 그녀가 깬다

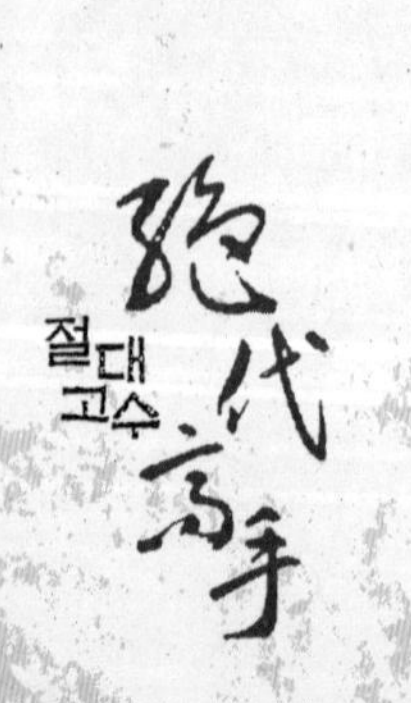

絶代高手
절대고수

1

반짝이는 달과 별들도 하늘에 깔려 있는 구름에 맥을 못 추는 삼경(三更)이 다가오는 어두컴컴한 밤.

거리에는 인적이 끊긴 지 오래였다.

멀리서 개 짖는 소리만 간간이 들려올 뿐이었다.

홀연히 부는 어둔 바람이 땅을 스치듯 날다가 은당객잔의 별관, 그 후원의 뒷문에서 맴돌며 흙과 작은 돌멩이들을 괴롭혔다.

끼이이익.

문이 열리고 비단 장포 차림의 한 사내가 걸어나오자 바람이 화들짝 놀라 다시 날갯짓을 해 도망쳤다.

후원에서 나온 인영은 무루였다. 말쑥하게 차려입은 그 뒤로 구위영이 투덜대며 걸어나왔다.

허름한 옷을 입고 있는 것이 영락없는 시종의 모습이었다.

"형님, 앞으로는 절대 이런 역할은 저에게 주지 마십시오. 형님 복수하는 일이니 돕기야 하지만, 원."

무루가 빙그레 웃으며 응수했다.

"싫으면 돌아가도 좋다."

"쳇, 됐습니다."

사내가 여인처럼 눈을 흘겼다. 그러나 그의 표정은 어둡지 않았다. 막 재미있는 일을 시작하려는 어린애의 모습처럼 흥분한 기색이 역력했다.

무루가 잠시 나온 곳을 보다가 구위영에게 물었다.

"유라라면 괜찮겠지?"

유라에게 진설과 곽철을 맡기고 나온 것이 약간은 걱정되는 말투였다. 구위영이 걱정할 것을 걱정하라는 표정으로 대꾸했다.

"걱정 안 해도 될 겁니다. 그리고 무슨 일이 생기면 제 한 몸 빼내는 건 일도 아닌 녀석입니다. 녀석의 경신술이 얼마나 탁월한데요."

무루는 고개를 끄덕였다. 유라의 경신술은 자신도 인정하는 바였다.

"하지만 다른 사람을 호위하는 건……."

"형님, 사매는 형님의 우호법입니다. 기본적으로 누군가를 지키는 것만으로 순위를 논한다면 사매는 천하제일을 두고 다툴 걸요."

무루가 쓴웃음을 깨물었다.

그러고 보니 자신은 자신의 무공 정진에만 미쳐 있었다. 그래서 두 녀석의 실력을 제대로 파악해 본 적이 없다. 물론 상당한 실력이라는 것은 굳이 보지 않아도 알 수 있었지만.

어쨌든 이틀 전 아침에 구위영이 보여준 소혼술은 뜻밖이고 놀라웠다. 무루는 앞으로 두 동생의 재주를 자세히 살펴야겠다고 생각하고는 대꾸했다.

"그래, 알았다. 하여튼 유라가 진 소저의 호위를 자처하고 나서니 내 짐이 참으로 가볍구나. 아직 애인 줄 알았는데 내 마음까지 헤아려 주는 것을 보니 다 컸어."

"허허허, 거 보십시오. 우리를 떼놓고 가셨다면 후회했겠지요?"

구위영이 웃기는 했지만 쓴웃음이었다. 역시 형님은 자신들을 지켜줘야 할 대상으로 취급하고 있었다. 대체 언제쯤이면 자신들을 전폭적으로 믿어줄까 하는 아쉬움이 묻어나는 웃음이었다.

"그래, 알았다. 함께해 줘서 정말 고맙다, 이 녀석아."

무루가 소리없는 웃음을 흘렸다.

그는 은당객잔의 후원에서 이틀간 두문불출했다.

그동안 그는 호혈약을 손에서 떼지 않고 가지고 놀았다. 종종 입술에 가져다 대기는 했지만 그는 결코 피리를 불지는 않았다. 마치 피리를 희롱하는 것 같았다. 널 불 수 있으나 불지 않겠다고 약 올리는 것 같았다.

그리고 그는 구위영을 통해 하나의 장원(莊院)을 사들이게 했다. 안의의 변두리에 위치한 꽤 넓고 고급스러운 장원이었다.

그가 이틀 동안 표면적으로 한 행위는 그것뿐이었다. 하지만 남들 모르게 한 일이 한 가지 있었다. 점소이를 통해 근방의 사정을 들은 것이었다.

적지 않은 은자를 손에 쥐어주면서 물은 내용은 청송표국의 현황과 흑룡문의 고리대금업 실태였다.

흑룡문은 흑룡전장(黑龍錢莊)이란 곳을 내세워 고리대금업을 하고 있었다.

흑룡전장은 인구가 적지 않은 안의 땅에서 그 지소로 다섯 개의 전방(錢房)을 두고 있었다. 강서 땅에서 그 전방의 숫자가 무려 오십 개이고, 기루나 도박장, 지하결투장 같은 것도 적지 않게 운용하고 있다고 했다.

점소이는 아무리 돈이 급해도 절대 그곳에서 돈을 빌리지 말라고 거듭 당부했다. 뭔가 더 말하고 싶은 것이 많은 눈치였는데 그는 간신히 참는 표정을 지었다.

흑룡문에 대한 본능적인 두려움 때문일 터였다.

어쨌든 무루는 최소한의 필요한 정보를 챙겼다. 세세한 것까지 알아내지 못한 것은 어쩔 수 없지만 상관없었다. 앞으로 알아내면 그만이니까.

그와 구위영이 어둠 속으로 천천히 걷더니 이내 사라졌다.

자정이 훨씬 넘은 야밤.

그러나 팔룡전방의 한 전각은 환한 빛을 사방에 뿌리고 있었다.

그 전각 안에 험상궂은 열 명의 사내가 낄낄거리며 내실 가운데 무릎을 꿇고 있는 다섯 명을 보고 있었다.

노인 한 명과 부부로 보이는 일남 일녀, 그리고 남매였다. 가족인 그들의 몰골은 처참했다.

남자인 노인과 중년인, 그리고 청년은 피로 물들어 헐떡거렸다. 중년 부인과 이제 갓 소녀티를 벗어난 처녀가 하얗게 질린 얼굴로 오들오들 떨었다.

이곳의 수장으로 보이는 털북숭이사내가 거만하게 책상 위에 다리를 걸친 채 징그러운 미소를 흘렸다. 그의 이마와 코를 제외한 양 볼이 털로 덮여 있어 원숭이 같기도 했다.

"그러니까 좋은 말로 할 때 들으면 서로 좋잖아. 이자를 내지 못했으면 딸년이라도 넘겨야지. 안 그래?"

코뼈가 부러진 노인이 엎드리며 통곡했다.

"어르신, 제발 며칠만 더 기다려 주십시오. 제 손녀는 절대 안 됩니다. 이제 겨우 열일곱인 철부지입니다."

"며칠 더 기다린다고 뾰족한 수라도 있나?"

"부탁입니다. 반드시 이자를 마련하겠습니다."

중년 사내가 황급히 간청했다. 부복한 그의 오른손에서는 손톱을 찾을 수가 없었다. 저들이 다 뽑아버린 것이다.

"이봐, 능금장수. 이곳 사람들이 갑자기 미쳐 자네 능금을 날개 돋친 듯 사줄 거라는 순진한 생각을 하는 거 아냐? 그런 말도 안 되는 소리 지껄일 힘이 남았으면 당장 여기에 네 지장을 찍으란 말이야."

탁자 위에 있는 서류에는 이자를 제때 내지 못한 벌로 딸을 바친다고 쓰여 있었다. 물론 털북숭이가 좀 전에 작성한 문서였다.

노인과 능금장수, 그리고 청년은 피눈물을 토해내며 눈물을 흘렸다. 그 징징거림이 마뜩찮다는 듯이 주변의 건장한 사내 중 하나가 다가오더니 냅다 발길질을 해댔다.

퍼억!

둔탁한 타격음과 함께 떨고만 있던 청년의 얼굴이 위로 솟구쳤다. 턱을 얻어맞은 그는 뒤로 나동그라지더니 그대로 기절해 버렸다.

"오라버니!"

"애야!"

두 여인의 처량한 비명이 울렸다. 그러나 전방의 사내들은 키득거리며 재밌어했다.

어린 처녀가 눈물을 흘리다가 입술을 꾹 깨물고 일어서서 말했다.

"나리, 제가 이곳으로 오겠습니다. 제발 더 이상 저희 가족을 괴롭히지 마세요."

그러는 그녀의 얼굴엔 체념의 빛이 가득했다. 하지만 눈빛만큼은 죽지 않고 생생하게 살아 있었다. 그녀는 두려움에 오들오들 떨면서도 또박또박 말했다.

"이제 가족들을 보내주세요."

노인과 중년 부부가 오열하며 손녀이자 딸인 그녀를 보았다. 만류해야 했지만 그들은 아무 말도 하지 못했다. 한없는 무기력에 빠진 그들은 그저 죽고 싶은 심정이었다.

털북숭이사내가 뒤로 의자를 물리고는 책상을 짚으며 일어섰다.

"호오, 그래? 이제야 조금 말이 통하는군. 네가 어른들보다 더 낫구나. 크크큭."

그는 책상을 돌아 나와서는 노인과 능금장수 앞에 거만하게 섰다.

"좋아, 이제 너희가 이자를 안 낸 대가는 해결된 것 같군. 그런데 늙은이! 능금장수! 난 지금 시간 외 근무를 하고 있어. 너희들같이 돈을 떼먹는 파렴치한들 때문에 말이지. 이건 어떻게 보상할 거지? 원금은커녕 이자도 제때 못 내는 새끼들이 이제는 날 잠까지 못 들게 하고 있잖아."

그의 서슬 퍼런 으름장에 노인은 벌벌 떨기만 했다. 능금장수가 용기를 쥐어짜 내 입술을 뗐다.

"그, 그건 나리들이 제 장사를 일부러 방해하시니까 사람들이 겁을 먹어……."

그의 말은 이어지지 못했다. 아까 그의 아들을 걷어찼던 장정이 이젠 그의 배에 발을 꽂아 넣은 것이다.

"크으윽."

능금장수는 신음을 흘리며 뒹굴었다. 그런 그를 아내가 안으며 외쳤다.

"나리들, 제발 이제 그만둬 주십시오."

털북숭이가 징그러운 미소로 그녀를 보았다.

"네 서방이 헛소리를 하니까 그렇지, 우리가 언제 너희들의 장사를 방해했다고 그런 소리를 지껄이는 거냐? 앙!"

중년 부인은 입술을 깨물었다. 흘린 눈물이 벌써 한 동이는 되었건만 끝도 없이 계속 흘러내렸다.

"대체 또 무엇을 바라신단 말씀이십니까? 지금 수중에 없는 돈이 하늘에서 떨어지는 것도 아니지 않습니까? 제발 말미를 더 주십시오."

"나와 내 수하들을 피곤하게 했으니 누군가가 우리를 위해 하룻밤이라도 위로해 줘야 하지 않을까?"

고운 중년 부인이 흠칫 떨었다. 자신을 바라보는 사내들의 눈에 욕정이 이글거리고 있었다. 그녀는 부들부들 떨다가 이내 힘없이 고개를 떨어뜨렸다.

아까 전까지 딸 대신 차라리 자신을 바치겠다고 말할 때는 콧방귀도 뀌지 않던 자들이다. 그런데 그것이 결국 딸과 자신을 모두 삼키려는 속셈이었던 것이다.

노인과 능금장수는 또다시 통곡했다. 그런 오열 속에 중년 부인이 힘겹게 말을 내뱉었다.

"하라는 대로… 다 하겠습니다. 그러니 제발 아버님과 이이를 이제 그만 놓아주십시오. 제 아들도……."

"엄마, 됐어요."

그녀의 딸이 덜덜 떨면서도 앞으로 한 발 나섰다. 공포에 질식할 것 같은 얼굴. 그러나 그녀는 일부러 등을 꼿꼿이 폈다.

더 이상 굴복하기 싫었다.

어차피 자신들의 운명은 결정나 버렸다. 그렇다면 더 이상 짐승들의 노리개가 되고 싶지 않았다. 설사 몸뚱어리는 저들의 장난감이 될지라도 자신의 마음만큼은 온전히 보존하고 싶었다.

"제발 이 짐승 같은 짓을 멈춰주세요. 제가 다 하겠어요. 애초에 나리들이 원했던 것은 저잖아요! 제발 이 지긋지긋한 짓을……."

털북숭이의 눈에 쌍심지가 켜졌다. 그는 어린 처녀의 말을 가로채며 버럭 소리를 질렀다.

"건방진 년 같으니라고! 짐승 같은 짓이라고? 뭐? 지긋지긋한 짓?"

짜악!

젊은 여인의 뺨에 불이 일었다.

털북숭이의 일격을 받은 그녀가 추풍낙엽처럼 옆으로 쓰러져 굴렀다. 찢어진 입술을 타고 핏물이 흘러나왔다. 팔룡전방 왈패들의 소름 끼치는 웃음소리가 내실의 구석구석으로 흘러 퍼졌다.

구겨진 종이처럼 팽개쳐진 그녀는 작은 손으로 주먹을 말아 쥐었다. 어쩌면 처음부터 알고 있었다.

세상은 자신같이 힘없고 배경없고 돈없는 사람들에게 지옥이라는 것을.

눈물이 다시 솟구쳤다. 그런데도 웃음이 나왔다. 소리없는 통곡이 그녀의 내부를 아프게 울렸다.

혀를 깨물어 자진하고 싶었다. 절실하게. 그러나 자신 한 몸 편하자고 죽어버리면 남은 가족들이 그 짐을 질 것이다.

그때 갑자기 내실의 문이 활짝 열렸다. 당연히 팔룡전방 왈패들의 시선이 그쪽으로 쏠렸다. 그들의 얼굴에 의아함이 떠올랐다.

비단 장포를 걸친 청년 하나가 씩 웃고 있었다. 그리고 그 뒤에는 저자의 하인으로 보이는 사내가 고개를 조아린 채 서 있었다.

왜일까? 털북숭이사내는 이유 모를 한기가 등줄기를 타고 오르는 것을 느꼈다.

2

털북숭이는 무루를 의심스러운 눈초리로 살폈다. 대체 저자들은 여기를 어떻게 들어왔을까? 밖에는 두 명의 수하가 지키고 있는데.

"당신은 누구시오?"

일단 차려입은 행색이 꽤 부유한 모습이었기에 존대를 해주었다. 무루가 태연한 모습으로 안으로 들어와 털북숭이에게 말을 건넸다. 구위영 역시 그 뒤로 들어와 한 발짝 뒤에 위치했다.

"귀하께서 팔룡전방의 방주시오?"

자연스러운 하대. 역시 부유층 자제인 것 같았다.

"그렇소만. 당신은 누군데 이 늦은 시간에 여길 온 것이오?"

탐탁지 않은 어조로 말하는 털북숭이는 무루의 뒤를 흘깃흘깃 보았다. 지금이라도 밖에 있던 수하들이 오는지 궁금한 탓이었다. 그러나 아무런 낌새도 찾을 수 없었다.

은근히 화가 치밀었다. 이 녀석들이 또 기루에 놀러 간 것은 아닐까?

이곳에는 감히 자신들을 노릴 자들이 없다. 지난 몇 년간 그래 왔고.

그래서 가끔씩 수하들이 농땡이를 치고는 했다. 그는 수하들

군기를 다시 한 번 다잡아야겠다고 다짐했다. 그때 무루가 대뜸 대꾸했다.

"전방을 찾은 이유가 뭐겠소? 당연히 돈을 빌리러 왔지."

왠지 께름칙한 마음에 털북숭이는 고개를 저었다.

"내일 아침에 다시 오시오. 지금은 영업시간이 끝났으니까."

"밖에서 들은 바로는 어차피 시간 외 근무를 하는 중이라고 하지 않았소?"

팔룡전방의 왈패들이 대번에 인상을 긁었다. 자신들의 말을 밖에서 엿들었다는 말이 아닌가?

털북숭이가 발끈하려는 찰나에 무루가 후딱 말을 덧붙였다.

"대신 이자는 두 배로 주리다. 내 정말 급해서 이 야심한 밤에 여기까지 찾아온 것이 아니겠소?"

털북숭이의 찡그려진 얼굴이 마치 봄날에 눈 녹듯 사라졌다.

'흐흐흐, 호구를 잡았군. 오랜만에 제대로 뜯어먹을 수 있겠구나.'

그는 험상궂은 얼굴에 어울리지 않는 온화한 미소를 지으며 고개를 끄덕였다.

"뭐, 그렇게까지 해준다면야. 하하하, 꽤나 돈이 급했나 봅니다, 공자."

어느새 그의 말투는 깍듯한 존대로 변했다.

"그렇게 됐소. 그런데 이자들은 뭡니까?"

무루가 처참한 능금장수 일가(一家)를 보며 묻자 털북숭이가 별것 아니라는 듯 대꾸했다.

"돈을 빌리고도 갚지 않는 파렴치한들이외다. 공자도 만약 돈을 떼먹을 생각이라면…….”

무루가 손사래를 쳐댔다.

“하하하, 나야 그럴 일 없소. 정해진 기일보다 먼저 갚을 테니 걱정 마시오.”

“그렇소?”

대답하는 털북숭이의 어조가 왠지 뚱했다. 빨리 갚으면 받는 이자가 줄어든다. 그것이 못내 아쉬운 얼굴이었다. 그래도 이자를 두 배나 쳐준다니 일말의 아쉬움을 달랬다.

“먼저 얼마가 필요한지와 어디에 사는 누구인지를 말해주셔야 합니다.”

“뭐, 그럽시다. 내가 당장 필요한 것은 은자 일만 냥이오.”

“일만 냥!”

전방의 왈패들 모두의 눈이 휘둥그레졌다. 털북숭이가 떨리는 음성으로 물었다.

“지, 지금 농하시는 거요?”

“내가 어찌 이곳까지 와 농이나 치겠소.”

털북숭이의 목젖이 요동쳤다. 잘하면 이 한 명으로 몇 년치 장사를 할 수도 있겠다 싶었다. 그가 잠시 침묵하자 구위영이 실망한 기색으로 말했다.

“도련님, 제가 말씀드리지 않았습니까? 이 건물 꼬락서니를 보아하니 그 정도의 돈은 없을 것 같다고요.”

털북숭이가 눈살을 찌푸리며 억지로 웃었다.

“하하하, 무슨 그런 섭섭한 말씀을. 물론 융통해 드릴 수 있습니다.”

그는 가지고 있는 돈을 생각하며 대꾸했다. 아무리 박박 긁어모아도 그렇게 큰돈은 없었다. 한 이천 냥 정도 있을까? 그는 근방에 있는 다른 네 전방에서 돈을 융통해야겠다고 결심했다.

본가 격인 흑룡전장으로 가면 한 번에 융통할 수는 있겠으나 상관을 깨우는 것이 마음에 걸렸다.

"대신 그렇게 큰 금액은 이자가 셉니다."

"얼마요?"

거침없이 대답하는 무루의 말이 털북숭이는 마음에 들었다. 그는 일삭(一朔:한 달)에 일 할이라는 말을 하려다가 멈추고는 잠시 머리를 굴렸다.

행색으로 보나 말하는 것으로 보나 돈 무서운 줄 모르는 엄청난 부잣집 자제였다. 물론 더 자세한 것은 조사해 봐야겠지만 말이다.

"일삭에… 일 할 오 푼이오. 그런데 공자께서는 두 배를 주신다 했으니 삼 할이 되는 게지요."

무루는 속으로 놀라지 않을 수 없었다. 이건 고리대금이 아니라 특리 대금이라 맞을 것이다. 일 년도 아니고 한 달에 그렇게 터무니없는 이자를 요구하다니! 그러나 태연하게 고개를 끄덕였다.

"그 정도야 뭐. 그렇게 합시다. 그리고 나는 닷새면 돈을 갚을 수 있을 것이오. 아! 물론 이자는 일삭으로 다 쳐드리겠소."

전방 왈패들의 눈이 휘둥그레졌다. 이건 대박이었다. 저건 호구였고.

"좋소, 당장 계약합시다."

시간을 끌어 마음을 바꾸기라도 하면 큰일이었다.

"그전에 돈을 먼저 보여주셔야 할 것 아니오? 솔직히 돈이 급해 이곳으로 오기는 했으나… 지금 보아하니 내 하인 말처럼 건물도 조그마한 것이 영……. 흐음, 다른 곳을 찾아봐야 하나?"

이렇게 되니 다급해진 건 털북숭이였다. 그는 솔직하게 말했다.

"사, 사실은 지금 우리 수중에 있는 현금은 이천 냥뿐이외다."

"에잇, 그럼 진즉에 그렇게 말을 할 것이지. 괜한 시간과 발품을 허비했소이다. 쯧쯧, 그럼 나는 다른 데를 알아보겠소."

무루가 돌아 나가려 하자 털북숭이가 급히 다가와 소매를 잡아챘다.

"공자, 내 말을 끝까지 들어보시오. 근방에 같은 전방을 하는 자들이 다 내 동료들이오. 지금 내 수하들을 보내 그들의 돈을 빌려 가져오겠소. 한 시진. 더도 덜도 아니고 딱 한 시진이면 충분하오."

그 말에 무루가 고민하는 표정을 지었다. 그러자 털북숭이가 거듭 보챘다.

"공자, 생각해 보시오. 그런 거금을 빌리려면 공자께서도 더 많은 발품을 팔아야 할 것이 아니요? 하나 다른 곳도 지금 가지고 있는 현금이 우리와 비슷할 것이오."

"으음."

"그러니 발품을 파는 수고를 우리가 덜어주겠다는 것이외다. 굳이 여러 곳과 계약할 것이 무에 좋소?"

무루가 고개를 끄덕였다.

"그렇긴 하오. 한 곳과 하는 것이 귀찮지 않긴 하지."

"크하하하, 바로 보셨소."

그러면서 그는 수하들에게 눈짓을 해댔다. 마음 변하기 전에 먼저 돈을 구해오라는 의미였다. 눈치 빠른 수하 일곱이 잽싸게 밖으로 뛰쳐나갔다.

"하하하, 공자. 어차피 시간이 좀 걸릴 것이니 다른 방으로 옮겨 차나 한잔하면서 얘기를 나누시죠. 제가 맛과 향이 기막힌 차를 가지고 있소이다."

"그렇게 하리다."

무루가 그를 따라가려다가 미간을 찌푸리며 바닥을 뒹굴고 있는 일가를 보았다. 어린 여인이 자신을 원독에 찬 눈으로 노려보고 있었다.

그것을 눈치챈 팔룡전방의 세 장한 중 하나가 급히 다가가 그녀의 머리채를 잡아챘다.

"이 요망한 년이 감히 어디서 눈을 부라려!"

그가 따귀를 날리려는 찰나에 무루가 입을 열었다.

"잠깐만!"

"왜 그러십니까? 이 천것들은 돈을 떼어먹은……."

무루가 고개를 저으며 말했다.

"나야 저것들이 돈을 떼먹어 고문을 당하는 건 상관없소. 다만 왜 저 계집이 나를 저렇게 고약한 시선으로 노려보는지가 궁금할 뿐이오."

털북숭이가 끼어들었다.

"저년이 실성한 게지요. 자자, 천것들은 신경 쓰지 마시고……."

"아니. 나는 저 계집의 말을 듣고 싶소."

털북숭이가 미간을 찌푸렸다. 하여간에 돈 많은 놈들은 쓸데없는 호기심이 많았다. 그러나 굳이 이 철부지 공자의 심기를 거스를 필요는 없었다.

그가 수하에게 물러서라는 눈짓을 보내자 그 장정은 입맛을 다시며 머리채를 놓고 물러났다.

무루가 그녀 앞으로 다가가 물었다.

"말해라. 왜 그런 눈으로 날 보았느냐?"

처녀는 고개를 숙였다. 그녀의 가족들도 불안한 눈으로 무루와 털북숭이를 보았다.

무루가 무릎을 굽혀 쪼그려 앉더니 그녀의 머리채를 확 잡아채 고개를 강제로 들게 했다.

"말하라고 했다. 감히 천한 것이 왜 나를 그런 눈으로 보았느냔 말이다."

"공자께서는……."

그녀의 말문이 열렸다. 무루는 그녀의 눈에 어린 맑은 이슬이 참 가슴 아프게 느껴졌다.

"참 좋겠다고 생각한 것뿐입니다."

"뭐라? 뭐가 좋다 말한 것이냐?"

"상상조차 못한 거금을 그렇게 쉽게 빌리고……."

"흥. 돈이란 부지런한 사람에게 모이는 법이다. 너희들은 게을러 돈을 벌지 못했고, 나아가서는 남의 돈까지 떼먹었다. 그런 것들이 무슨 염치로 그런 말을 하는 게냐?"

털북숭이가 맞장구를 쳤다.

"지당하신 말씀입니다."

처녀는 그 순간 속에서 욱하는 것이 치밀었다.

"게으르다고요? 저희는 정말 죽을 둥 살 둥 일했습니다. 이른 새벽부터 늦은 밤까지 일했습니다. 주어진 일을 천직이라 여기고 몸 아픈 것도 참고 소처럼 일했습니다. 그런데 게으르다고요?"

"핑계없는 무덤 없다더니, 꼭 너희 같은 종자를 두고 하는 말이군. 쯧쯧. 그래도 제법 얼굴은 반반하게 생겼구나."

그의 말에 털북숭이의 눈에 이채가 스쳤다. 원래 이런 업종에 일하는 자들의 눈치는 누구에게도 뒤지지 않는 법이다.

"호호호, 계집이 마음에 드십니까? 원래는 기루에 넘길 것인데 공자께서 원하신다면… 호호."

그가 말꼬리를 흐리며 음산하게 웃었다. 그러자 무루가 처녀의 머리채를 놓고는 따라 웃었다.

"허어, 뭐 꼭 그렇게까지야……."

"아닙니다. 우리는 귀한 손님에게는 어떤 것도 아끼지 않습니다. 뭐하면 기다리시는 동안 수청을 들게 해드리지요."

"뭐, 괜찮긴 하구려."

하면서 무루가 그 옆에 있는 중년 부인도 흘낏 보았다. 그가 일어서 그녀에게 다가가며 물었다.

"이 여인은 누구요? 모녀지간이오?"

"예. 그쪽이 마음에 더 드십니까?"

"흐음, 어렵구려. 누구를 골라야 하나? 나는 원래 마음에 드는 것은 다 갖는 성품인데. 쯧쯧."

무루가 말한 의미를 간파한 털북숭이는 속으로 혀를 내둘렀다. 자신도 꽤나 색마지만 이자는 한술 더 떴다.

"크하하하! 역시 화통한 공자십니다. 원하신다면 두 계집 다 드리지요."

"흠흠, 방주의 호의가 꽤 고맙소. 그런데 이자들의 빚은 얼마나 되오?"

"원금이 은자 열 냥이지요."

"겨우 열 냥? 그 금액 때문에 계집들이 자신의 몸을 파는 것이오?"

무루의 말에 일가의 사내들은 비통한 표정을 지었고, 여인들은 입술을 터질 듯 깨물었다.

"크크큭, 원금은 열 냥이지만 이자가 계속 밀려 꽤 됩니다. 백팔십 냥이지요."

무루가 혀를 차며 차갑게 말했다.

"거참, 참으로 게으른 사람들이 아닌가? 대체 돈을 얼마나 안 갚았으면. 쯧쯧. 방주, 이들이 대체 몇 년 동안이나 돈을 안 갚은 것이오?"

털북숭이는 슬슬 짜증이 났다.

철부지 도련님의 호기심이야 이해됐지만 계속 엉뚱한 곳에 관심을 보이니 그랬다. 어서 차를 마시면서 저자가 내세울 담보도 확인해야 하고 신분도 확인해야 하거늘.

"몇 년까지야……. 열 달이 되었지요."

"열 달? 그사이에 그렇게 이자가 많이 붙는단 말이오?"

"하하하, 공자님 말씀대로 이자를 계속 못 갚으니 그리된 거지요. 아시다시피 제때 이자를 못 갚으면 이자율도 올라가는 법이고."

"원… 그래도 그렇지. 당신들, 너무 지독한 심보 아니오?"

털북숭이의 한쪽 눈썹이 위로 올라갔다. 그는 속으로 화를 삭이며 대꾸했다. 운 좋게 굴러온 호구다. 작은 분기로 이 복덩이를 찰 수는 없었다.

"갚지 못할 것이면 애초에 빌리지를 말았어야죠. 원죄는 저들에게 있는 겁니다."

"허어, 그래도 그렇지. 이 사람, 아주 못쓰겠구만. 됐소. 내가 저들의 빚을 탕감해 주리다."

뜻밖의 상황 반전에 내실 안 모든 사람들 눈이 휘둥그레졌다.

털북숭이는 무루의 돈지랄에 기가 막혔고, 빚을 진 일가는 당황스러웠다. 그러나 중년 여인과 처녀의 얼굴은 밝지 않았다. 어차피 저자 역시 색마이니까.

무루가 구위영에게 명했다.

"너는 돈을 내드려라."

"예, 공자님."

구위영이 품속에서 두루주머니를 꺼내 백팔십 냥을 헤아렸다. 털북숭이는 그걸 지켜보며 이해할 수 없다는 어조로 물었다.

"두 계집 다 수청을 들게 해드릴 터인데 왜 이런 행동을 하십니까?"

"그냥 기분이 상했소. 그리고 왠지 저들이 불쌍해졌소."

털북숭이는 속으로 혀를 찼다. 하여간 철없으면서 돈 많은 놈들은 변덕도 지랄 같았다.

"그럼… 그냥 백팔십 냥을 저들을 위해 적선하시겠다는 말씀입니까?"

무루가 고개를 저었다.

"그럴 수야 없지."

"예?"

"나는 저들을 사겠다는 말이외다."

"큭."

털북숭이 이하 팔룡전방의 세 왈패가 웃음을 터뜨렸다. 그럼 그렇지 하는 표정이었다.

구위영이 돈을 털북숭이에게 건네자 무루가 말했다.

"자, 저들의 빚을 변제했으니 빚 문서를 내게 주시오."

"알겠습니다."

털북숭이는 자신의 책상으로 돌아가서 밑에 있는 서랍을 열었다. 수북이 쌓여 있는 종이들을 헤치다 한 장을 꺼낸 그는 무루에게 그것을 내밀었다.

무루는 그것을 받아 들고는 서랍 안을 훑으며 놀란 듯이 말했다.

"빚 문서가 그렇게나 많소?"

털북숭이가 재빨리 서랍을 닫으며 한숨을 쉬었다.

"많으면 뭐합니까? 다들 게으른 놈들뿐이라 제때 돈을 갚지 않으니 한숨만 쌓이는 걸요. 그러니 저희들이 이렇게 시간 외

근무까지 하면서 중노동에 시달리는 겁니다."

"그렇구려. 그런데 빚 문서라면 꽤 중한 것일 텐데 이런 곳에 보관하는 것이오? 나는 어디 은밀한 지하 창고나 뭐 그런 데다 둘 줄 알았소."

"크허허허, 십여 년 전까지야 그랬지요. 하지만 어떤 실성한 놈이 감히 우리를 노리겠습니까? 저희 뒤에는 흑룡전장이 있고, 그리고 그 뒤에는 흑룡문이 있거든요. 그러다 보니 일일이 비밀 장소를 들락날락거리는 것도 귀찮아서 말입니다."

털북숭이는 일부러 흑룡전장과 흑룡문을 강하게 발음했다. 철부지 애송이가 혹여 돈을 떼먹거나 사기 칠 요량이면 꿈도 꾸지 말라는 묵언의 경고였다.

"그렇구려."

무루는 고개를 끄덕이다가 책상 위의 호롱불에 들고 있는 문서를 갖다 대었다.

사람들의 눈이 찢어졌다.

부스스스 소리를 내며 타는 빚 문서.

털북숭이가 외쳤다.

"공자, 지금 뭐 하시는 겁니까? 그것을 가지고 있어야 저것들을 노예로 부릴 수 있을 터인데!"

"저들은 이제부터 자유요."

"……!"

능금장수 가족들은 불신의 기색으로 무루를 보았다. 역시나 말을 잃은 채 놀란 털북숭이를 보며 무루가 말했다.

"그리고… 여기 있는 문서의 사람들도."

무루의 손이 서랍을 얼어젖혔다. 털북숭이는 사태 파악을 하지 못하고 물었다.

"여기 있는 빚 문서도 공자께서 다 갚아주시겠다는 말씀이오?"

무루가 대꾸없이 호롱불을 서랍 안에 처박았다. 그러자 순식간에 불꽃이 일더니 종이들이 화르르 타며 재가 되어갔다. 창졸지간에 일어난 일에 털북숭이의 얼굴이 새파랗게 질렸다.

"아! 안 돼!"

그가 급히 양손을 서랍에 묻었다. 그 순간 무루가 서랍의 문고리를 잡고는 안으로 닫았다.

"컥!"

털북숭이의 손이 서랍 안에 갇힌 채 팔목이 서랍에 끼었다. 그는 있는 힘을 다해 손을 빼내려 했지만 서랍은 꿈쩍도 하지 않았다.

"끄아아아악!"

화상을 입어가는 두 손의 뜨거움. 팔목 뼈가 부러질 것 같은 아득한 통증.

그는 핏발 선 눈으로 외쳤다.

"이이 죽일 놈! 얘들아, 너희들은 대체 뭐……!"

털북숭이는 자신의 눈을 의심했다. 세 명의 수하 신형이 스르륵 밑으로 허물어져 갔다. 그들의 미간 가운데 정확히 하나씩의 구멍이 나 있었다.

구위영의 청동환이 박혀든 것이다. 주술과 진법 외의 재주가 빛을 발하는 순간이었다.

털북숭이는 미친 듯 날뛰었다. 그러나 양팔에 족쇄가 걸린 그의 움직임은 한계가 있었다. 책상을 걷어차려던 순간 무루의 발이 그의 오금을 때렸다.

때문에 털썩 주저앉게 된 그의 종아리를 무루가 발로 지그시 눌렀다.

"아프냐?"

무루의 짤막한 질문.

"크흐흐흑! 사, 살려주시오. 끄으으윽."

"아프냐?"

다시 반복된 질문.

털북숭이가 세차게 고개를 끄덕였다.

"끄으윽! 공자! 살려주시오! 제바알!"

살 타는 노린내가 내실을 가득 채워갔다. 그러나 무루는 무심한 얼굴로 말했다.

"나한테 살려달라 하지 마라."

"공자! 제발! 으으으흑!"

"살고 싶다면 저 여인들에게 말해라. 둘 중 한 명이라도 널 살리라 말하면 살려주겠다."

다급한 털북숭이가 중년 부인을 보았다. 그러나 중년 부인은 곧바로 고개를 돌렸다. 그러자 그는 어린 처녀를 향해 외쳤다.

"살려줘! 제발!"

놀란 눈으로 그를 보고 있던 처녀가 입술을 깨물었다. 털북숭이의 외침이 극에 달했다.

"소령(小齡)아! 제발 부탁이다! 끄으으윽! 제발!"

처녀의 이름이 소령이었을까? 그녀의 놀란 눈빛이 점차 싸늘하게 식어갔다. 그녀는 피투성이의 조부와 부친, 그리고 동생을 짧게 일별하고는 다시 털북숭이를 노려보았다.

"알고 있어?"

"크으으윽! 뭘? 뭘 말이냐?"

털북숭이는 이제 한계 상태였다. 손이 녹아내리는 고통은 그의 이성을 앗아간 지 오래였다.

소령의 입술이 떨어졌다.

"너희들… 악마였다는걸."

"끄아아아악!"

소령의 눈가에 이슬이 다시 맺혔다.

"얼마나 많은 사람들이 너희들 죽기를 고대하는 줄 알아? 얼마나 많은 사람들이 너희들을 죽이고 싶어하는지 알아? 모르지?"

"끄어어어억!"

털북숭이의 경련이 점차 잦아갔다. 그의 동공에서 빛이 흐려졌다.

"악마가 살아야 할 곳은 이승이 아니야. 지옥이지."

그녀의 말이 끝나는 순간, 털북숭이의 몸이 축 늘어졌다. 그리고 책상에 옮겨 붙은 불이 점차 밖으로 삐져나왔다.

무루는 서랍에서 손을 떼고 구위영에게 말했다.

"저 사람들을 데려가 치료해 줘라."

"그러죠."

구위영이 그들에게 다가가자 소령이 무루에게 말했다.

"당신들은 누구시죠?"

"너와 같은 사람?"

"무슨 의미인지 여쭤도 됩니까?"

"이자들에게 원한이 맺힌 사람이라고 하면 될까?"

여전히 불안한 시선의 능금장수 일가는 그제야 안도의 기색을 보였다. 능금장수가 조심스럽게 말했다.

"어서 피해야 합니다. 여길 나간 놈들이 돌아올 겁니다."

구위영이 기절한 능금장수의 아들을 부축하며 웃었다.

"그건 우리 형님이 남아서 처리할 것이니 걱정 붙들어 매십시오. 일단 어서 가서 치료부터 합시다."

그의 말에 모두가 놀랐다. 중년 부인이 몸을 떨며 말했다.

"아, 안 됩니다. 위험합니다. 이들 뒤에는 아까 저자가 말한 것처럼 흑룡전장이, 그리고 그 뒤로는 흑룡문이 있습니다. 한시라도 빨리 이 땅을 벗어나야 합니다."

구위영이 웃었다.

"허허허, 가족들이 이리 심한 중상을 입었는데 도망이나 갈 수 있겠습니까?"

그의 말에 능금장수 가족이 모두 흠칫 떨었다. 그들이 아무 말 못하자 구위영이 재촉하며 앞장을 섰다.

"그러니 어서 저와 함께 가자고요. 당분간 댁들을 숨겨 드릴 테니까."

그의 말에 모두가 따라나섰다. 그런데 소령이 가만히 있자 가족들이 뒤돌아보았다.

"저는 이분과 같이 있을 거예요."

그녀의 말에 모친이 비명을 질렀다.

"에구머니! 얘야, 그 무슨 말이냐?"

"난 아까 이미 죽은 목숨이나 진배없어요. 그런데 은인을 남겨두고 떠날 수는 없어요."

그녀의 단호한 말에 가족들조차 꿀 먹은 벙어리가 되었다. 무루는 그녀를 뚫어지게 보다가 피식 웃었다.

"나와 함께 죽어도 상관없다는 말이냐?"

소령이 고개를 끄덕였다.

"방금 말씀드렸잖아요, 전 이미 죽은 목숨이라고. 여분의 목숨이라고 생각하니 겁날 것 하나도 없어요."

구위영이 고개를 설레설레 흔들다가 무루를 보았다. 무루는 여전히 소령을 직시하다가 옅은 한숨을 내쉬었다.

예전 자신의 고집불통의 얼굴을 여인의 눈에서 찾을 수 있었다. 그는 능금장수와 그 부인을 보며 말했다.

"제가 데려가겠습니다. 걱정하지 마십시오."

"하, 하지만……."

능금장수가 차마 말을 못 잇자 소령이 말했다.

"아버지, 어서 가세요. 여기 계신 분이 얼마나 고수인지는 모르겠지만 우리 모두 여기 있으면 폐만 될 뿐이에요."

구위영이 어이없다는 기색으로 물었다.

"그건 어린 소저도 마찬가지 아니오? 그대가 괜히 인질이라도 되면 우리 형님이 곤란해질 수도 있어요."

"그건 걱정 마세요. 인질이 되면 바로 그 순간 자진해 버릴 테니까."

순간 구위영의 얼굴이 딱딱하게 굳었다. 그는 정색하며 물었다.

"그렇다면 왜 아까는 그런 모욕을 당하면서도 자진하지 않았습니까?"

"인질이 있었으니까요."

"……?"

"우리 가족."

"음……."

구위영은 신음을 흘리며 고개를 끄덕였다. 저 어린 처녀는 자신이 자진하면 가족들이 더 험한 일을 당할 것을 알고 있었던 것이다.

소령이 가족을 향해 다부지게 말했다.

"반드시 돌아갈 것이니 걱정 말고 먼저 가 계세요. 설마 이분께서 아무런 생각도 없이 이런 행동을 저지르지는 않았을 것 같으니까요."

가족들은 머뭇거렸으나 이내 고개를 끄덕였다. 소령의 고집을 누구보다 잘 알고 있는 자신들이다. 그들은 무루를 향해 정중히 읍을 올렸다.

자신의 딸을, 손녀를 부탁한다는 의미의 인사였다. 그들은 구위영을 따라가면서 계속 불안해했지만 구위영이 걱정도 팔자라며 농을 계속하면서 조금은 안심할 수 있었다. 아니, 그건 체념이었을 것이다.

어차피 자신들은 곧 흑룡전장이나 흑룡문에 잡혀서 모두 죽게 될 뿐이라는, 일찍 죽으나 나중에 죽으나 별 차이 없다는 체념.

3

무루는 팔룡전방을 뒤져 여러 문서들을 불태우고 이천 냥을 챙겼다. 물론 구위영이 털북숭이에게 건네준 백팔십 냥은 말할 것도 없었다.

어린아이 한 명 정도는 들어갈 수 있는 큰 보따리에 돈을 챙겨 넣고는 소령을 향해 말했다.

"이제 남은 은자가 오면 이 보따리 안에 넣고 떠나는 일만 남았다."

묵묵히 무루의 뒤를 따르던 소령은 무루가 앉은 전각 앞 계단 옆에 나란히 앉았다.

"부잣집 공자님이란 건 거짓말이죠? 아저씨는 무림인이시죠?"

"그래."

"몇 살이세요?"

"스물여섯."

"나보다 아홉 살 많네요."

소령의 얼굴에 약간의 그늘이 내려앉았다. 그러나 금방 그런 기색을 지우고는 어둠만 멍하니 바라보았다.

"내 나이는 왜 묻지?"

"혹시나 해서요."

"혹시나?"

"저잣거리에 떠도는 말 있잖아요. 무시무시한 고수들은 반로

환동한다는. 그래서 혹시 아저씨도 그런 엄청난 고수가 아닐까 하는 상상을 잠깐 해봤어요."

무루가 피식 웃었다.

"나이는 젊어도 고수일 수는 있지. 모든 것이 시간과 비례하는 건 아니야."

"아무리 그래도 세월을 속일 수는 없잖아요. 젊은 사람이 고수라 해봤자 나이 든 진짜 고수들이 오면 어떻게 상대가 되겠어요? 뭐, 그건 그렇다 치고, 이젠 완전히 끝장이네요."

"끝장?"

무루는 종잡을 수 없는 소령의 말에 빨려 들어가고 있었다. 눈 밑에 주근깨가 번지르르한 꽤나 귀여운 소녀였다.

"저야 이미 끝장이라고 생각하고 있으니 상관없지만 젊은 아저씨는 좀 곤란하겠어요. 괜한 혈기에 이런 일을 벌였으니."

"하긴 네 말을 들으니 조금 으스스해지는구나."

무루가 말을 맞춰주자 소령이 부드럽게 웃었다.

"호호호, 아저씨. 솔직히 말해서 정신이 좀 이상하죠? 왔다 갔다 하죠?"

무루의 한쪽 눈가가 살짝 일그러졌다.

"지금 나보고 실성했다고 하는 것이냐?"

"예. 돈에 미친 거잖아요, 제 죽을 줄 모르고. 풋. 그런데 그거 아세요? 아저씨가 실력이 조금 있다고 해요. 그래서 이곳 전방들의 왈패들을 두들기고 돈을 뺏을 수도 있다고 치죠. 하지만 일만 냥이라는 돈, 반의반은커녕 일 할도 못 쓰고 죽을 거라는 것을. 호호호."

소령이 가지런한 치아를 드러내며 재미있다고 앉아 있는 채 발을 동동 굴렀다. 무루가 묘한 미소를 지으며 그런 소령을 보았다.

문득 옛날 생각이 났다.

죽은 자신의 여동생도 저렇게 활달한 성격이었는데. 자신과 참 많이 장난도 쳤는데…….

무루는 부러 진지한 표정을 지었다.

"인생 뭐 있냐? 어차피 한 번 왔다 가는 삶인데 원없이 돈이나 한번 써보고 죽는 것도 나쁘진 않겠지. 후후후."

"내 그럴 줄 알았어요. 정말 단순무식한 아저씨라니까. 호호호. 하지만……."

신나게 웃던 소령이 크지도 작지도 않은 눈으로 무루를 직시했다.

"젊은 아저씨, 아까는 꽤 멋있었어요."

"응?"

"아까 그 악당들을 해치우는 거. 아저씨 꽤 힘세더라? 그 털북숭이 악마도 꽤나 힘센데 꼼짝도 못하는 거 보면."

"내가 힘 좀 쓰지. 내가 이래 봬도 나이에 비해 꽤 고수야. 운남 땅의 낭인계에선 한때 전설로 불렸지. 후후후."

"흥. 아까 아저씨 하인 흉내 낸 사람이 훨씬 고수던데요, 뭐. 암기술이 장난 아니더라고요. 손가락으로 쇠구슬을 탁탁탁 튕기니까 세 악당의 이마 한가운데 모두 팍팍 꽂히는 거 보고 놀랐어요."

"녀석이 한 실력 하지. 그 녀석, 암기술보다 훨씬 더 놀라운 재주도 있고."

"그래요? 아, 그 오빠와 같이 있었으면 좀 더 든든했을 텐데."

소령은 기지개를 켜며 볼멘소리를 해댔다.

"허, 그 녀석은 오빠고 나는 아저씨냐?"

"오빠라고 불러줘요? 욕심도 많아. 호호호!"

"됐다. 그런데 넌 그 강한 오빠하고 같이 가지 왜 남았어?"

"젊은 아저씨 불쌍하니까."

"내가 불쌍해?"

소령이 진지한 표정으로 고개를 주억거리다가 다시 무루를 직시했다.

"아니에요?"

그 반문에 무루는 갑자기 숨이 턱 막혔다. 소령이 빙긋 웃었다.

"처음엔 얄미운 말만 쏟아내서 몰랐는데, 그 털북숭이 악마를 죽일 때도 아저씨는 슬픈 눈빛을 하고 있더라? 싸늘한 것 같지만, 분노한 것 같지만 왠지 모르게 가슴이 미어졌어요."

"……."

"그런데 아저씨가 우리와 같은 원한을 가졌다고 하니까 조금 이해가 됐어. 아저씨도 우리처럼 험한 꼴 당해본 거죠?"

무루가 대답없이 고개를 앞으로 돌렸다. 그가 아무 말 없자 소령도 고개를 전면으로 돌렸다.

새까만 하늘에 별이 쏟아져 내렸다. 밤이슬을 품은 싸늘한 바람이 불어오자 소령은 옷깃을 여미며 혼잣말을 중얼거렸다.

"악당들은 죽으면 지옥 간다지만, 우리같이 평범한 사람들은 어디로 갈까요? 그다지 선한 일도 못했는데."

"……."

"아저씨는 극락 갈 거예요. 우리 가족 구하고 빚 문서 태워 많은 사람들을 구제해 줬으니까."

"그럴까?"

"네, 확실해요. 그리고 어쩌면 나도 갈 수 있을지 몰라요."

무루가 호기심 어린 눈빛으로 다시 소령을 보았다. 그러자 소령이 씩 웃으며 마주 보았다.

"아저씨 혼자면 외로울까 봐, 홀로 불안해할까 봐 내가 같이 있어주잖아요. 이것도 착한 일 아닌가?"

"풋, 하하하!"

무루는 오랜만에 유쾌해졌다. 기분 좋은 웃음을 흘리자 소령도 어깨를 들썩이며 함께 웃었다.

"호호호, 아저씨 그렇게 웃으니까 정말 멋있어 보인다. 그건 그렇고, 황천길 갈 때 내 손 꼭 잡아줘야 해요? 알았죠?"

그러면서 소령은 작은 손을 내밀어 무루의 손을 꼭 쥐었다.

"아저씨는 분명 극락 갈 거니까 나 이 손 놓지 않을 거야."

마치 스스로에게 다짐하는 듯한 그 목소리가 어딘지 모르게 애잔해 무루가 웃음을 멈췄다.

"그렇게 극락 가고 싶니?"

소령이 고개를 끄덕였다.

"예."

"후후후, 이 꼬마 아가씨도 돈에 환장한 나처럼 욕심쟁이구나. 극락 가서 으리으리한 집에 살고 진수성찬을 먹고 싶은 게지?"

"아뇨"

소령이 고개를 도리질쳤다.

"그럼 왜 극락에 가고 싶은데?"

"그곳에는 악마들이 없을 테니까."

"……!"

무루는 가슴이 턱 막혔다. 이 작은 소녀의 체구보다 더 작은 소망은 자신을 괴롭히는 사람이 없었으면 하는 아주 소박한 것이었다. 그것이 못내 가슴에 걸렸다.

"그곳에는 나같이 힘없는 사람을 괴롭히는 악당들이 없을 테니까."

무루는 잠시 말을 잃고 침묵하다가 천천히 한숨과 함께 말을 받았다.

"그렇구나."

"그러니까 내 손 놓지 말아줘요. 약속해 줄 거죠?"

무루는 그 작은 손에서 뭐라 형용할 수 없는 느낌을 받았다.

작고 여린 손.

많은 고생을 했는지 꽤나 거칠었다. 그 거칠고 야윈 손이 가슴을 먹먹하게 만들었다.

"약속하지."

"고마워요, 친절한 아저씨."

"하지만……."

"네?"

"네가 죽을 일은 없을 거야."

소령은 말없이 미소 지었다. 거짓말이어도 상관없다는 표정이었다.

"아저씨, 잠깐 어깨 좀 빌려도 돼요?"

무루가 대꾸하기도 전에 이미 그녀의 머리는 무루의 한 어깨를 차지했다.

"나 졸려요."

"한숨 자라."

"아저씨, 지금 나 이상한 계집애라 생각했죠? 악당들이 곧 들이닥칠 텐데 잠이나 자려 한다고."

"아니. 그런 생각 안 했어."

"나 사흘간 잠을 못 잤어요."

"그래? 걱정이 많았나 보구나."

"근데 아저씨는 왠지 포근해요. 기분 좋게 잘 수 있을 것 같아."

"……."

"치사하게 나 두고 혼자 도망가기 없기다?"

"그래."

"아니, 아니에요. 도망가도 돼요."

"……."

"아까 나는 이미 한 번 죽었어요. 그러니까 이제 어떤 것도 겁 안 날 것 같아요. 그리고 지금은 가족들도 없으니까… 편하게 목숨을 끊을 수 있을 것 같아요."

"그런 말은 함부로 하는 것이 아니야."

"내가 아저씨를 귀찮게 하는 거면… 나 때문에 불리해질 것 같으면 그냥 혼자 도망가요. 대신 나 잠들었을 때… 아저씨가 나를 죽여줘요. 아무 두려움도 없이, 아무 무서움도 없이 편하게 갔으면 해요."

"……!"

무루의 눈가가 시큰해졌다. 그는 콧날이 찡한 것을 느끼며 말문을 열지 못했다.

"나… 잠들 때마다 늘 생각해요, 영원히 깨어나지 않았으면 좋겠다고."

"……."

"난… 잠들 때가 가장… 행복해. 아무런 꿈도 꾸지 않았으면 좋겠어요, 오늘은……."

꿈에서도 그녀는 힘든 삶을 살았나 보다. 소령의 감은 눈 사이로 이슬이 살짝 맺혔다. 그리고 이내 새근새근 숨소리를 내며 수마에 빠져들었다.

무루는 어깨를 빌려준 채 석상처럼 한참 앉아 있었다.

소령이 독백하듯 내뱉은 말들이 그의 귓가를 계속 둥둥 떠다녔다. 그는 잠든 소령의 얼굴을 보며 조용히 속삭였다.

"결코 넌 지옥에 가지 않을 거다. 그곳은 나 같은 사람이 갈 곳이거든."

무루는 조심스럽게 소령의 머리를 잡아 밑으로 내렸다. 그리고 그녀를 안아 계단을 내려와 눕혀주었다.

소령의 잠든 몸 위로 자신의 장포를 덮어준 그는 천천히 앞으로 거닐었다. 은자를 가지러 떠났던 자들이 돌아오고 있었다.

이 어린 여인이 모처럼 곤한 잠에 취했다. 이 잠을 깨뜨리고 싶지 않았다. 그는 문 옆의 담벼락을 훌쩍 뛰어넘고는 정문 앞에 섰다.

아까 뛰어나갔던 팔룡전방의 왈패가 다른 전방의 두 동료를 데리고 뛰어왔다.

"아! 공자님 아니십니까? 왜 밖에 나와서……."

무루가 입에 왼손의 중지를 대며 속삭였다.

"쉿! 조용히 해라. 그녀가 깬다."

"……?"

그들은 어리둥절했다. 순간 무루의 오른손에 쥐어져 있던 호혈약이 움직였다.

스샤아앗!

붉은 호선이 어둠을 가로질렀다. 그리고 소녀는 여전히 잠에 취해 있었다.

第五章

천적을 만난 구위영

절대고수

絶代高手

1

흑룡전장의 장주는 거친 콧바람을 연방 토해냈다.

그의 앞에 부복하고 있는 네 명의 사내 얼굴은 얼마나 얻어맞았는지 엉망진창이었다. 그 넷은 안의 땅의 전방(錢房) 방주들이었다.

"이런 육시랄 놈들 같으니라고! 몇십 냥도 아니고, 몇백 냥도 아니고, 일만 냥을 잃어버려? 이런 머저리 같은 놈 같으니라고!"

육십 중반의 나이에도 불구하고 괄괄한 고함이 쩌렁쩌렁 울렸다.

네 방주 중 가장 고령자인 노인이 억울하다는 표정으로 조심스럽게 말했다.

"장주님, 정말이지 저희는 억울합니다. 팔룡전방주인 규륵 그 녀석 때문에……."

"닥쳐라! 어디서 주둥이를 나불거리는 것이냐?"

그 말에 네 방주는 고개를 푹 숙였다. 장주는 그들을 쏘아보다가 화가 안 풀린다는 듯이 한 명씩 발길질을 해댔다.

"끄어억! 장주님!"

"커어억."

가을 추수 타작하듯 무수한 타격이 그들의 얼굴과 배 등에 가리지 않고 터졌다. 모두가 눈물 콧물에 피까지 흘리면서 용서를 간청했다. 그렇게 한참 광란의 매질을 가한 후에야 장주가 멈췄다.

"사흘 말미를 주겠다. 그 안에 범인을 색출하고 은자를 회수해야 할 것이다. 만약 실패하면 너희들은 모두 죽은 목숨이다. 단, 흑룡문 어른들이 모르게 일을 처리해야 할 것이다."

"예예."

그들은 연신 고개를 조아렸다. 장주는 차갑게 말을 내뱉었다.

"꺼져라! 이 머저리 같은 놈들아!"

그들은 기다시피 걸어서 장주의 집무실을 빠져나갔다. 장주는 그들이 나가며 닫은 문을 쏘아보다가 홱 돌아서 탁자 앞에 있는 태사의에 육중한 몸을 묻었다.

"빌어먹을. 하필 이럴 때 이런 일이 생기다니."

그는 탁자 위의 곰방대를 잡고는 연초를 집어넣으며 이를 갈았다.

지금 흑룡문에는 비상이 걸려 있었다.

사흘 전, 흑룡문의 외당 조직 중 하나가 전멸한 사건이 발생했다. 당연히 흑룡문 윗분들의 심기가 어지러울 것이다. 그런데 이런 일까지 벌어졌으니 눈앞이 캄캄했다.

이 일을 위로 보고 드렸다가는 자신의 목이 열 개라도 부족할 터였다. 그런 끔찍한 비극은 절대로 발생해서는 안 될 일이었다.

자신이 어떻게 이 자리까지 올라왔는가. 밑바닥부터 시작해 흑룡전장의 장주가 된 것은 그야말로 신화였다. 신분을 넘어선 쾌거였다.

이 자리를 위해 자신은 혼백을 악마에게 기꺼이 바쳤다. 어떤 악랄한 짓도 서슴지 않았다. 그 독기가 흑룡문 윗분들의 눈에 들어 마침내 올 봄에 흑룡전장의 장주까지 올라선 것이었다.

연초에 불을 붙인 그는 곰방대를 깊숙이 빨아들이며 생각을 정리했다.

흑룡문에 있어서 자신은 사실 껍데기에 불과했다. 무공 수위도 높지 않았다. 하지만 돈을 긁어들이는 재주만큼은 탁월했기에 흑룡전장을 맡긴 것이다.

곰은 재주를 부릴 때에만 사육사가 먹을 것을 던져 준다. 재주를 부리지 못하면 폐기처분은 당연한 일.

그는 신경질적으로 곰방대를 뻑뻑 빨다가 주먹을 움켜쥐었다. 일삭마다 흑룡문에 은자를 상납하는데 그 기일이 불과 보름 남았다.

그런데 작금의 상황은 일만 냥이 비었다. 자신이 관장하고 있는 기루와 도박장, 지하결투장을 아무리 쥐어짜 내도 그런 거금을 보름 만에 더 만들어내는 건 쉽지 않은 일이었다.

그뿐만이 아니다. 팔룡전방은 단순히 돈 이천 냥만 사라진 것이 아니었다. 무수한 차입 문서들도 불타 버렸다.

그것을 제대로 복구하려면 일일이 탐문 절차를 거칠 수밖에 없었다. 과연 원래대로 되돌리는 것이 가능할지가 의문이었다. 어쨌거나 해보는 데까지는 해봐야겠지만 말이다.

자신의 인생에 처음으로 두꺼운 먹장구름이 몰려오고 있었다. 초조해졌다. 하지만 초조함으로 이 위기를 헤쳐 나갈 수는 없었다.

그는 차분히 생각을 정리했다.

과연 팔룡전방을 급습한 흉수가 누구일까? 그럴 만한 원한을 가진 자가 누구일까?

"음, 너무 많군."

그는 곰방대를 내려놓으며 한숨을 쉬었다. 그러나 그의 눈에 찰나 기광이 일었다.

"천한 것들이 감히 그런 짓을 했을 리는 없다. 그럴 능력도 없고. 그렇다면 무림인인데……. 감히 이곳에서 그렇게 대담한 짓을 벌일 무림인이 누가 있을까?"

근방에 있는 몇 개의 소규모 정파가 우선 떠올랐다. 그러나 그는 이내 고개를 저었다. 그들이 미치지 않고서야 지난 세월 쥐 죽은 듯이 있다가 갑자기 흑룡문의 돈줄을 건드릴 리 만무했다.

고심을 거듭하던 그의 입가에 흐릿한 미소가 맺혔다. 점차 의심의 범위를 좁혀가니 해답이 꼬리를 드러냈다.

그는 문밖에 대기하고 있는 시비를 불러 음산오괴(陰山五怪)를 모셔오라 지시했다.

음산오괴는 흑룡문에서 파견 나온 고수들이다. 흑룡문은 고수 영입에 꽤 공을 들였는데 당연히 그들을 놀리지 않았다. 흑룡문의 적절한 곳에 배치시켰을 뿐만 아니라 외부 조직에도 안배해 두었다.

즉, 음산오괴는 흑룡전장에 배치된 자들이었다. 만에 하나 흑룡전장에 강한 힘이 필요할 경우를 대비한 것이다.

잠시 후, 다섯 명의 사내가 집무실의 문을 열고 거침없이 들어섰다.

흑룡전장의 장주 국야한은 그들을 향해 일어서 허리를 숙였다. 비록 자신이 이곳에서의 위치는 가장 위라 하더라도 그건 어디까지나 형식적인 것이었다.

"어서 오십시오."

음산오괴의 수장인 백발노인이 불쾌한 기색으로 말문을 열었다.

"네가 우리를 불렀다 들었다."

"예. 어르신들께서 해주셔야 할 일이 생겼습니다."

국야한의 말에 음산오괴가 의외라는 표정을 지었다. 자신들이 흑룡문의 내원에서 이곳에 발령받은 지 이 년이 지났다. 그동안 자신들은 무위도식하며 편한 삶을 살아왔다.

돈이면 돈, 여인이면 여인 무엇이든 가질 수 있었다. 그렇기에 슬슬 무료해지던 참이다. 모름지기 무사라면 싸우고 뒹굴어야 했다.

음산오괴의 수장인 음산곤(陰山棍)이 반백의 수염을 쓰다듬으며 말했다.

"우리가 해야 할 일이라……. 그 말뜻은 상대가 무림인이란 뜻이구나. 그것도 제법 고수."

"그럴 것입니다."

음산곤의 눈살이 찌푸려졌다.

"그럴 것이라니? 그런 애매한 말이 어디에 있느냐?"

국야한은 팔룡전방에서 있던 일과 자신의 생각을 얘기했다. 이들이라면 이 일을 흑룡문에 상달하지 않을 것이란 믿음이 있었기 때문이다.

아무리 파견 나온 상태라 해도 어쨌거나 소속은 분명 흑룡전장이었다. 전장에 안 좋은 일이 생기면 음산오괴에게도 이로울 것은 없었다.

음산오괴의 셋째인 음산검(陰山劍)이 진중한 어조로 말했다. 호리호리한 체구에 눈빛이 날카로운 이였다. 그가 발검하면 상대는 자신의 어디가 어떻게 공격당해 죽는지도 모른다고 하는 쾌검의 달인이었다.

"팔룡전방을 턴 자가 무림인이라는 말이군."

"예. 분명 협객을 자처하는 멍청한 떠돌이 정파인일 공산이 큽니다."

음산검이 고개를 주억거렸다.

"장주의 말이 일리가 있다. 그런데 그자의 행방을 어떻게 찾지?"

"수하 애들을 총동원해서 근래 새로 이곳에 들른 무림인을 색출하면 됩니다. 시간은 얼마 걸리지 않을 겁니다. 다만 그놈을 찾았을 때가 문제입니다. 그가 생각보다 더 강한 고수라면 우리가 가진 무사들로서는 피해가 클 수도 있습니다."

첫째인 음산곤이 끼고 있던 팔짱을 풀었다.

"알았다. 그자의 행방을 찾는 대로 알려라. 우리는 당분간 거처에서 움직이지 않겠다."

국야한이 환하게 웃으며 고개를 숙였다.

"감사합니다."

음산곤도 화답했다. 아무것도 한 것 없이 있다가 흑룡문으로 돌아가는 것보다는 나을 것이다.

"됐다. 어차피 슬슬 이곳을 떠나 복귀하려는 참이었는데 잘 됐다. 그동안의 밥값을 해주고 가면 우리도 나쁠 것 없지. 그동안 자네가 우리한테 정성을 다한 것은 잘 알고 있으니."

"제 마음을 알아주신다니 더욱 감사드립니다. 어르신들의 거처에 더 성심을 다하겠습니다."

2

소령은 밥을 먹는 둥 마는 둥 하면서 유라의 얼굴을 뚫어지게 보았다. 그리고는 다시 감탄성을 뱉고 말았다.

"언니, 정말 너무 아름다워요. 언니처럼 눈부신 사람은 처음이에요."

유라가 어깨를 으쓱하며 활짝 미소를 터뜨렸다. 기실 무루가 전날 새벽에 소령을 안고 들어오자 유라는 눈이 뒤집혔다. 그런데 결국 그녀는 소령에게 미소를 지을 수밖에 없었다.

어찌 이렇게 사랑스러운 말만 골라 하는 아이를 미워할 수 있겠는가?

"얘는. 호호호! 그만하고 밥이나 먹어. 네가 그렇게 내 얼굴만 뚫어지게 보니 내가 민망해지잖니. 호호호!"

말이야 그렇게 했지만 전혀 부끄러워하는 얼굴이 아니었다.

후원에서 가장 큰 방에 둘러앉아 늦은 조반을 먹고 있는 일곱의 사람은 무루 일행과 진설, 곽철, 그리고 소령과 그의 모친이었다.

소령의 할아버지와 부친, 그리고 오빠는 지금 의원에게 치료를 받는 중이었다.

곽철이 헛기침을 흠흠 해대더니 머쓱한 표정으로 말했다.

"그, 그건 소령이의 말이 맞소. 나도 유라 낭자를 봤을 때는 도저히 인세의 사람이라고 믿겨지지 않았으니까."

진설도 동의하고 나섰다.

"맞아요. 저도 언니의 얼굴을 처음 봤을 때 정말 놀랐어요. 왜 밖에서는 면사를 써야 하는지도 자연스럽게 이해되더군요."

유라는 너무 기분이 좋아 숨이 넘어갈 지경이었다. 그녀의 눈이 자연스럽게 무루에게 돌아갔다.

"오라버니는 무슨 할 말 없어요?"

무루가 답했다.

"밥 식는다."

유라의 아미가 상큼 올라갔다. 그러나 그녀는 억지로 이마를 펴고는 소령과 그의 모친을 향해 말했다.

"자자, 어서들 드세요. 그렇게 제 얼굴만 빤히 바라보면 어떻게 해요. 호호호! 이래서 예쁜 것도 죄라는 말이 있다니까."

그러나 소령의 모친은 불안감에 젓가락을 들지 못했다. 당장에라도 흑룡문의 무사가 박차고 뛰어들어 올 것 같아서였다.

그래서 그녀는 다른 사람이 식사하는 도중인데도 젓가락을 놓았다 쥐었다만 했다. 소령이 그런 엄마의 마음을 알겠다는 듯이 젓가락을 들어 쥐어주었다.

"엄마, 좀 드세요."

"……."

"죽을 때 죽더라도 지금은 웃어요. 처음 보는 진수성찬이 앞에 있잖아요. 그러니까 드세요. 먹고 죽은 귀신이 때깔도 좋다고 하잖아요."

소령의 말에 모친이 픽 하니 실소를 흘렸다. 그러다가 자신 때문에 다른 사람도 식사를 멈추고 있는 것을 깨달은 그녀는 고개를 숙이며 죄송하다고 말했다.

구위영이 고개를 저으며 말했다.

"괜찮습니다. 천천히 드시지요. 그리고 식사 후에는 저와 사매가 직접 가족을 모시고 더 안전한 장소로 옮겨 드리겠습니다. 앞으로 우리의 새 거처가 될 곳이지요."

유라가 끼어들었다.

"확실히 안전한 곳 맞아?"

구위영이 당연하다는 얼굴로 말했다.

"장원 주변으로 팔문옥쇄진(八門獄鎖陣)을 펼쳐 두었어요. 거기에 반탄전기진(反彈全奇陣)을 더하는 중이에요."

유라의 눈이 휘둥그레졌다.

"호오! 그게 가능해?"

"물론. 형님께서 어제 꽤 많은 청동환을 제공해 주셨거든요."

"아니, 내 말은 사형의 재주로는 그 두 개의 진을 합치는 건 아직 무리가 아니냐는 말이야. 사형은 늘 나중에 그 두 개의 진을 합쳐 완벽한 진을 만들고 싶다고 했잖아. 그런데 벌써 성취가 그 정도가 된 거야?"

"허허허, 당연하지요. 아직 완벽하다고 할 수는 없지만 차차 시간을 두고 더 보완할 생각이에요. 하지만 지금만으로도 그 누구도 내 허락 없이는 침입할 수 없을 겁니다. 자신있어요."

"호오, 그렇다면 믿을 수 있지. 소령아, 우리 사형이 다른 건 몰라도 주술이나 진법 하나는 끝내주거든. 믿어도 될 거야."

소령의 모친은 무슨 말인지 알 수 없었지만 뭔가 상당히 안전한 은신처라 여기며 굳어 있던 표정을 조금이나마 폈다. 그녀가 고개를 숙이며 말했다.

"이 은혜를 어떻게 갚아야 할지."

무루가 입을 열었다.

"저희가 구입한 장원이 일 년 동안이나 비어 있었습니다. 그곳을 좀 관리해 주셨으면 합니다."

소령이 대신 말을 받았다.

"아하, 그러니까 이제 우리 가족은 아저씨네 하인으로 일하라는 거죠? 알았어요. 생명의 은인인데 그 정도는 해드려야죠."

그녀의 말에는 약간의 섭섭함이 담겨 있었다.

이틀 전 새벽, 자신과 꽤 가까워졌다고 생각했다. 그러나 어제는 무슨 일을 하는지 도통 얼굴조차 보지 못했다. 그러더니 오늘 아침 식사에 나타났지만 딱히 반가운 표정도 없었다.

"아니. 네 아버지가 그 장원의 집사를 맡아주었으면 한다. 너와 네 오라비는 네 부친 옆에서 도우면서 일을 배우고. 보수는 섭섭하지 않게 할 터이니 걱정하지 말고. 능금 파는 일보다는 훨씬 두둑할 거야. 나중에 하인들을 들이면 일도 편해질 것이고."

소령과 그녀의 모친이 눈을 휘둥그레 뜨고는 말문을 열지 못했다. 집사는 아무나 할 수 있는 것이 아니었다.

글을 읽을 수 있어야 했고, 아니, 단순히 글 읽기가 아니라 어느 정도 학문을 공부한 사람들이나 하는 일이었다. 무루의 말이 이어졌다.

"하지만 당분간은 직접 정리를 해줘야 해, 믿을 수 있는 시비들을 뽑기 전까지는. 그냥 경험이라고 생각해라. 아는 게 있어야 나중에 하인들 들였을 때 그들을 부릴 수도 있을 테니까."

소령이 손사래를 치며 외쳤다.

"아저씨, 그, 그건 별문제없어요. 우리 가족들은 시비나 머슴 같은 일을 임시로 짬짬이 하곤 했으니까요. 목구멍이 포도청이니……. 하지만 집사라뇨? 우리 가족은 글을 배우지 못했어요."

"찬찬히 배우면 된다."

"예?"

"이미 글 선생은 알아두었다. 오늘 오후쯤엔 볼 수 있을 거다. 특히나 너는 가장 어리니 더 열심히 배워야 한다."

그 말을 끝으로 무루가 얼마 남지 않은 밥을 입에 털어 넣었다. 흐뭇한 표정으로 무루와 소령을 보던 사람들도 뒤질세라 밥을 먹었다.

조반이 끝나면 모두 부지런히 움직여야 했다. 무루와 진설 일행은 무루의 가족묘에 동행하기로 한 것이다.

다만 소령만 무루를 한참 뚫어지게 응시하다 말했다.

"아저씨는 정말 흑룡문에서 벗어날 자신이 있는 거예요? 아저씨는 풋내기 도둑이 아니라 대단한 집안의 사람인 거예요?"

"대단한 가문의 사람이었다면 낭인 생활을 했겠냐?"

"……."

"그리고 흑룡문 걱정은 하지 마라."

"어떻게 안 할 수가 있어요. 아저씨 배경에 대단한 것도 없다면서."

무루가 식사를 끝내 저분을 내려놓고는 담담히 말했다.

"흑룡문은 조만간에 무너질 테니까."

"……!"

소령과 그녀의 모친은 충격에 빠져 말조차 못했다. 차라리 하늘이 무너진다는 것이 더 가슴에 와 닿을 듯싶었다.

무루가 자리에서 일어나자 진설과 곽철도 일어섰다. 유라는 그런 무루를 보며 손을 흔들었다.

"일단 오늘은 오라버니가 여기 분들을 부탁했으니 참는데, 나중에 다시 같이 가야 돼요. 알았지? 나도 오라버니 가족들과 인사 나누고 싶단 말이야."

한편 구위영은 소령의 모친을 보며 인자한 표정으로 말했다.

"천천히 드십시오. 우리야 급할 것 없으니까요."

소령이 무루를 향해 말했다.

"나도 같이 가면 안 돼요?"

"안 된다."

"왜요? 나도 아저씨 부모님 무덤에 인사드리고 싶어요. 우릴 구해주었으니 고맙다고……."

구위영이 도중에 끼어들었다.

"소령 소저, 나중에 나와 여기 있는 예쁜 언니와 함께 갑시다. 오늘은 우리 형님을 보내주세요. 형님께서는 그동안 귀찮게 따라다닌 쥐새끼를 오늘 끝장낼 생각이시거든요."

무슨 중요한 일이 있다는 의미였다. 그러자 눈치 빠른 소령이 고개를 끄덕였다.

"알았어요. 그럼 구 소협님하고 나중에 같이 가요."

"허허허, 그럽시다."

"그런데 구 소협님은 나이가 어떻게 돼요? 무루 아저씨보고 형님이라고 부르는 거 보면 더 어린 것 맞는데."

"허허허, 당연하지요."

"그런데 웃음소리가 왜 그래요? 말투도 그렇고. 인생 다 산 늙은이 같아. 웃음소리 좀 고치면 안 돼요? 그리고 나한테 소령 소저라고 하지 좀 마세요. 그냥 소령아 하세요."

"컥! 그, 그건 예의가 아니지요."

"그럼 상대방을 부담스럽게 하는 건 예의인가요?"

"커컥! 내, 내가 언제 소령 소저를 부담스럽게 했다고 그러시오?"

"지금 그렇게 하고 있잖아요."

"아, 아니, 왜 나같이 착한 사람을 궁지로 모는 겁니까?"

구위영이 당황해 예의 창백한 안색이 붉게 달아올랐다. 그러나 소령은 구김살없는 표정으로 말했다.

"세상에 어떻게 자신을 스스로 착하다고 말할 수 있어요? 그건 위선자나 하는 말이에요."

"허걱! 위, 위선자라뇨? 내가 착하다고 말한 건, 그야말로 사실이니까 그런 거예요."

"존댓말하면 착한 거예요?"

구위영이 억울한 얼굴로 주변을 훑으며 도움을 청했다. 그러나 모두 모르겠다는 듯이 외면하자 소령이 말했다.

"거봐요. 다른 분들도 아저씨 말투가 부담스럽다고 생각하고 있는 거잖아요. 예의에 대해 지나친 강박관념 같은 거 있으세요?"

나가다 말고 지켜보던 무루가 피식 웃으며 끼어들었다.

"네가 오늘에야 천적을 만난 것 같구나. 축하한다."

"형님!"

"사실… 나도 소령의 말처럼 조금 그렇다. 최소한 그 웃음소리만이라도 어떻게 안 되겠느냐?"

구위영의 얼굴이 울상이 되었다.

"군자는 그렇게 웃어야 멋있는 겁니다."

소령이 도리질 치며 반박했다.

"세상에! 웃음소리로 군자가 되나요?"

구위영은 또다시 말문이 막혔다.

왠지 모를 한기가 등허리에 서렸다. 정말 무루가 말한 것처럼 이 어린 아가씨는 두고두고 자신의 천적이 될 것 같은 불길한 예감이 들었다.

第六章

무루와 흑살

절대고수 絕代高手

1

흑살은 사자코노인을 떼어두었다.

그와 함께 있으면 오히려 거치적거리기만 할 뿐이다. 대신 그에겐 객잔에 남아 있는 무루의 동료를 살피라 지시를 해두었다.

흑살은 기척을 완벽히 지우고 은당객잔을 나서는 무루와 진설 일행을 좇았다. 그들이 말을 타는 바람에 경공술을 써야 했다.

그러나 흑살은 최고의 경공술을 쓰면서도 일체의 기운을 몸 밖으로 흘리지 않았다. 하지만 거리가 상당한지라 그것이 거의 한계에 봉착했을 때 다행히 놈과 일행은 어느 표국의 입구에서 멈췄다.

그때부터였다, 놈에게서 허점이 드러나기 시작한 것은.

표국에서 나온 초로인과 그는 아주 막역한 사이인 것 같았다.

초로인은 계속 눈물을 흘려댔고, 놈도 몇 번 눈가를 훔치는 모습이 포착됐다.

흑살은 어쩌면 오늘 그토록 고대하던 순간이 도래할 수 있다는 느낌을 받았다. 놈의 허점이 점점 많아지고 있었다.

그들은 함께 표국 옆에 위치한 야산으로 올랐다. 흑살은 속으로 쾌재를 불렀다.

숲은 살수에게 최적의 장소였다.

자연기가 넘치는 숲은 기운을 가려주고, 수목들은 몸을 가려준다.

기실 아무것도 없는 평야에서도 흑살은 자신의 몸을 감출 수 있었다. 살수에게 특급이란 호칭은 괜히 붙여지는 것이 아니었다.

그런데 숲이라면 그야말로 최상의 장소였다. 그는 놈과 충분한 거리를 둔 채 산으로 들어갔다. 흑살의 신형이 산속으로 녹아들어 갔다.

흑살이 무루를 다시 시야에 확보한 것은 두 개의 봉분이 있는 곳이었다. 그 앞에 엎드린 무루는 어깨까지 흔들며 오열하고 있었다.

흑살은 살문의 비전 중 하나인 천이통(天耳通)을 극성으로 끌어올렸다. 백여 장 이내의 거리라면 어떤 소리도 감지할 수 있는 무공이었다.

"아버지, 어머니, 제가 십사 년 만에 돌아왔습니다. 이 불효자를 용서해 주십시오. 흑흑. 누이도 그동안 잘 있었소? 미안하오. 못난 오라비가 이제야 왔소."

흑살은 심장이 가빠지려는 것을 지그시 눌렀다.

이건 진짜였다. 연극이 아니다.

놈은 십사 년 만에 죽은 가족과 해후를 하고 있는 것이다. 과연 그에게서 보이던 철옹성 같은 느낌이 완전히 사라져 있었다.

완벽하게 경계가 해체된 놈은 거의 전신이 허점이라고 해도 무방했다.

흑살은 이 기막힌 행운이 너무나 완벽해 걱정이 들 정도였다. 그래서인지 다시 한 번 천천히 작금의 상황을 점검했다.

그러나 아무리 확인하고 따져 보아도 이건 무조건 해야 되는 기회였다. 다시 놓치면 언제 다시 이런 기회를 잡을지 요원했다. 그리고 시간은 자신의 편이 아니었다. 살문의 추격자들이 언제 들이닥칠지 몰랐다.

흑살은 마지막으로 오랜 세월 갈고닦아 온 살수로서의 본능을 들여다보았다.

살수의 본능.

그건 딱히 객관적으로 설명할 수 없는 것이다. 오랜 세월 한 일을 업으로 삼고 해오면서 느끼는 장인의 감(感) 같은 것이라고 할까?

아무리 객관적인 상황이 완벽하다고 뇌리에 신호를 울려도 살수의 본능, 살수의 감이 위험하다 경고를 보낼 때가 있다.

그럴 때면 흑살은 후자를 믿었다. 객관보다 주관이 자신의 일에서는 항상 옳았다.

흑살은 소리없이 어깨를 들썩였다.

자신의 본능도 이건 확실하다고 말하고 있었다.

'놈, 이제 넌 죽었다.'

그의 손에는 독침이 담긴 대롱이 잡혀 있었다. 그리고 그 대롱이 입술 사이에 자리 잡았다.

휘익!

실제로 독침을 부는 소리는 나지 않았다. 그러나 대롱 밖으로 튀어나온 독침은 무루의 뒷목을 향해 섬전처럼 뻗어나갔다.

'응?'

흑살의 미간이 일그러졌다. 갑자기 놈이 허리를 좌우로 흔드는 통에 독침이 빗나가 애꿎은 땅에 박혔다.

우연인가, 아니면 고의인가?

흑살은 심장이 오그라드는 긴장을 느꼈다. 혹시 땅에 박힌 독침을 알아채지 못했을까? 잠시 지켜본 그는 안도의 한숨을 삼켰다.

무루는 여전히 눈물을 흘리며 부복한 채였고, 그 주변 사람도 침통한 낯빛이 변함없었다.

흑살은 자신의 감을 다시 한 번 점검했다. 그 감은 다시 완벽한 기회라고 알렸다.

그는 독침이 담긴 다른 대롱을 품속에서 꺼냈다. 그리고 기운을 흘리지 않는 채 힘껏 대롱을 불었다.

이번의 독침은 전의 것보다 더 빨랐다. 가공스럽게 허공을 날아가 놈의 등에 박히려는 순간이었다.

'해냈다!'

흑살의 눈동자가 감격으로 일렁였다. 그러나 그 짜릿한 쾌감이 불신의 충격으로 화하는 것은 찰나였다.

놈의 한 손이 그의 등 뒤에 있었다. 자신이 쏘아 보낸 그 독침이 놈의 엄지와 검지 사이에 잡혀 있었다.

'말도 안 돼! 이건 꿈이야!'

절대 불가한 일이다.

첫째로, 놈이 자신의 감을 속인다는 것이 불가능했다.

둘째로, 놈이 독침을 겨우 두 손가락으로 잡아챘다는 것이 불가능했다.

그 두 가지 다 불가능한 일이었다.

놈이 몸을 일으키더니 뒤돌아섰다. 그리고는 독침을 낚아챈 손을 들어 자신을 향해 흔들었다.

맙소사!

이것은 셋째로 불가능한 일이었다.

자신은 은행나무에 완벽하게 녹아들어 가 있었다. 저자와 거리는 오십여 보가 넘었다. 결코 자신을 감지할 수 없었다.

설마 저 인간이 천하십대고수라도 된단 말인가?

아니, 아니다. 천하십대고수라도 자신의 독침을 겨우 두 손가락만으로 잡아내는 것은 불가능하다고 확신하고 있었다. 막아내거나 튕기는 것은 가능하겠지만.

놈이 입술을 열더니 뭐라 중얼거렸다. 그런데 그 목소리가 귓가에서 생생하게 울렸다. 이건 놈이 자신의 위치를 정확히 파악하고 있다는 의미였다.

"오늘은 당신을 그냥 보내줄 생각이 없어."

흑살의 양팔과 등에 소름이 쫘악 돋았다.

왜, 어떻게 이런 상황에 이르렀는지는 이제 차후의 문제였다.

빠져나가는 것이 우선과제였다.

흑살은 혼신의 힘을 다해 경신술을 펼쳤다, 기와 호흡을 완벽하게 죽인 채.

단숨에 삼십여 장을 돌파한 그는 방향을 바꾸어 깊은 숲 속으로 오십여 장을 이동했다. 그리고 눈앞에 드러난 협곡 밑으로 몸을 던졌다.

그는 어느새 바람에 녹아들어 가 있었다. 아니, 바람 자체가 되어 있었다.

슈슈슈슈슉.

골짜기 밑으로 내려온 그는 작은 개울을 타고 십여 장 이동한 뒤 다시 숲으로 들어갔다. 울창한 수목을 바람이 된 그가 헤치며 날았다. 그 순간 갑자기 하나의 벽이 다가왔다.

'허억!'

흑살의 눈이 찢어졌다. 그 벽은 거대한 권영(拳影)이었다.

콰직!

흑살은 전신의 뼈가 부서지는 듯한 충격에 휩싸이면서 고꾸라졌다. 목에서 피 냄새가 올라왔다.

그는 흐릿한 시선을 들어 전면을 살폈다. 방금 주먹을 쓴 놈이 물끄러미 자신을 내려다보고 있었다.

빌어먹을!

이건 넷째로 불가능한 일이었다.

자신의 경신술을 능가하는 자가 있다니.

자신의 경신술은 독보적이었다. 왜냐하면 은신술까지 결합된 은잠비행술(隱簪飛行術)이라는 무공이었다.

이 무공은 십오 년 전에 한 중견 방파의 장문인을 해치우고 얻은 비급이었다. 그 장문인이 어떻게 이 희대의 비급을 입수했는지는 알 수 없었다.

만약 그 장문인이 이 무공을 극성까지 익혔다면, 그리고 자신이 암살하려는 것을 알아채고 도망쳤다면 자신은 결코 그를 잡지 못했을 것이다.

자신은 아무에게도 알리지 않고 이 무공을 익혔다. 당연히 천재인 자신은 이 무공을 대성했다. 십 년이 넘는 세월이 걸리긴 했지만.

하여튼 자신이 이 경신술에 갖는 자부심은 단연코 최고였다. 신형뿐만 아니라 몸의 기운까지 숨겨준다. 동시에 가공할 속도까지.

그런데 이런 자신을 능가하는 괴물이 있을 줄이야.

"너, 너는… 대체 누구냐?"

"나? 나는 한무루. 저번에 말한 것으로 기억하는데."

빌어먹을.

이름 따위를 묻는 게 아닌데 말이다. 그의 눈이 스르륵 감겨갔다.

2

흑살이 눈을 떴을 때 가장 먼저 보인 건 중천에 떠 있는 태양이었다. 눈이 부셔 고개를 옆으로 돌리니 두 개의 봉분이 시야에 들어왔다.

혼란스러운 기억이 흔들리다가 서서히 자리를 찾았다. 이건 아까 놈이 엎드렸던 무덤이었다.

그의 고개가 반대로 홱 돌아갔다.

"아아……."

절로 탄식이 흘러나왔다.

놈이, 그 괴물이 자신을 보며 말을 건네왔다.

"이제 깼나?"

흑살은 자신의 몸을 점검했다. 그러다가 이해할 수 없는 표정을 지었다. 어떠한 구속도 몸에 가해지지 않았다.

포승줄 따위로 묶는 것부터 시작해서 무림인들 사이에 애용되는 점혈조차 되지 않았다. 흑살은 천천히 상반신을 일으켰다.

무루와 그의 거리는 겨우 이 장여.

죽이기로 마음먹으면 한순간에 끝낼 수 있는 거리였다. 그나 자신이나 그 정도의 고수였다. 게다가 자신은 살수였다.

흑살은 묘한 허탈감에 사로잡혔다.

"얄미울 정도로 대단한 자부심이군. 나 같은 건 안중에도 없다는 뜻인가?"

산길을 타고 흐르는 바람이 흑살의 뺨에 닿았다. 찼다. 한겨울 삭풍보다 더 차게 느껴졌다.

흑살은 호흡을 차분히 가라앉히며 말했다.

"함께 온 동료들은 갔나 보군."

"그래."

무루는 두 개의 봉분 사이로 들어가 몇 개 남아 있는 잡초를 뽑았다. 그 한가로운 태도에 흑살은 이를 악물었다.

"내가 지금 널 죽일 수도 있다는 것을 아나?"

"그래?"

참으로 덤덤하다. 믿겨지지 않는 그 차분함에 흑살은 질려 버렸다.

"나는… 특급의 살수다."

"대단하군. 그런 것 같았어."

"저번엔 수하들이 기척을 들켜 어쩔 수 없이 정면대결이 되어서 졌다. 이번엔 철저히 살수로서 너에게 졌다."

"알고 있어."

흑살은 굴욕감에 주먹을 부르르 떨었다. 소매에 가려진 그의 손으로 얇고 작은 비수가 어깨 밑에서부터 스르르 내려왔다.

"그렇게 두 번 패한 건 사실이다. 완패지. 하지만 지금 너와 나의 거리는 불과 열 걸음도 되지 않아."

"……."

"이 거리라면 나는 정말 널 죽일 자신이 있다. 아니, 천하의 누구라도!"

무루가 허리를 펴고는 흑살을 정면으로 마주 보았다. 그의 입가에 흐릿한 미소가 스쳤다.

"뭘 망설이지?"

"……?"

"소매 속에 숨긴 비수의 날이 무뎌지기라도 했나?"

흑살의 눈동자가 거칠게 흔들렸다.

무인이든 자객이든 가장 중요한 것은 냉정이다. 특히나 눈앞의 상대는 차분함을 잃어서는 결코 이길 수 없는 상대였다.

흑살은 손가락을 움직여 비수 끝을 툭 쳤다. 그러자 비수는 원래의 위치였던 겨드랑이의 가죽 속으로 쏙 들어갔다.

"재미없군."

"재미로 사람을 죽이나?"

"내 말은 이 승부가 재미없다는 뜻이다."

무루가 피식 웃었다.

"아직도 당신은 나와 승부를 겨루고 말고 할 실력이 된다고 생각하는가 보군. 그렇다면 던져 봐, 그대가 그렇게 자신있어하는 이 거리에서."

흑살이 눈썹이 꿈틀거렸다. 호승심이 불타올랐다. 이겨야 했다. 저놈을 죽여야 자신에게 살길이 열린다.

그는 한참을 망설이며 무루를 노려보았다. 무루는 그 뜨거운 시선을 묵묵히 받았다.

고요한 햇살이 무루에게 쏟아지고 있었다. 그 빛 속에 서 있는 무루도 고요했다. 문제는 그 적막함이 전율을 일으킨다는 점이었다.

저 사내!

자신으로서는 결코 감당할 수 없다!

흑살이 결국 고개를 숙였다.

"졌다."

"알고 있어."

"죽여라."

"그럴 거였으면 진즉에 죽였지."

무루의 말에 흑살이 이해가 안 된다는 표정을 지었다.

"대체 왜?"

"당신 목숨을 살려주는 대신 두 가지 일을 부탁하려고 한다. 잘만 수행해 주면 빼어갔던 돈도 되돌려 주지."

"허! 기가 막히는군. 네가 하면 되지 않나? 너는 나보다 더 강한데."

"귀찮은 일이라……. 그런 일에 시간을 낭비하고 싶지는 않거든."

흑살의 얼굴이 무참하게 구겨졌다.

얼마 전까지는 살문의 차기 수장으로 유력했던 자신이 저놈에게는 그저 귀찮은 일이나 부려먹으려는 심부름꾼의 가치밖에 안 된다는 말이다.

"태어나 이런 모욕은 처음이다."

"어떤 모욕도 목숨보다 중요하지는 않지. 내 두 가지 부탁을 해주면 넌 살아. 살아 있다는 게 중요한 거지. 넌 다음 기회를 노릴 수 있을 테니까. 지금이 아니라면 몇 년 뒤, 십 년 뒤, 아니면 삼십 년 후라도."

흑살은 문득 궁금해졌다, 자신의 목숨과 맞바꾸는 일이 무엇일지.

"일단 들어는 보자."

"흑룡문에 관한 정보. 일단 여기서 아는 대로 상세히 말해주고, 내가 원하는 흑룡문의 인물들을 찾아주었으면 한다."

"두 번째 귀찮은 일은?"

"보름 안에 강서 땅에 있는 흑룡문 휘하 전방, 지하결투장, 도박장의 절반 정도를 무너뜨릴 것. 굳이 강서성의 외곽까지 가지 않고 이곳 주변으로 하면 어렵지 않을 것이라 생각한다. 파양호 주변의 파양, 남창에 그것들이 몰려 있으니까."

"……."

"너라면 가능할 것이라 생각하는데. 어려운가?"

"쿡쿡쿡. 흑룡문과 철천지원수라도 졌나 보군. 네가 강하다 해도 흑룡문과 싸워 이길 수 있다고 생각하는 건 아닐 테고……. 흑룡문주는 천하십대고수야. 흑룡문의 내원에는 고수들이 구름같이 몰려 있고, 또한 삼대무력단체도 막강하고. 네가 흑룡문을 어느 정도 생채기 낼 수 있다고는 생각하지만 결국 계란으로 바위 치기지."

"물론 내가 흑룡문 전체와 전면전을 할 바보는 아니니까 그건 걱정 안 해도 될 거야. 하지만 조금씩 구멍을 낸다면 둑은 무너지는 법이지."

"뭔가 계획이 있나 보군."

흑살이 눈에 이채를 흘리다가 봉분 앞에 주저앉았다. 그리고는 근처에 있는 호리병을 잡았다. 그가 호리병을 입에 대고 들이켜자 황금빛 죽엽청이 흘러나왔다.

그렇게 술 몇 모금을 들이마신 흑살이 소매로 입가를 훔치며 대답했다.

"첫 번째는 그리 어려울 것 없겠지. 그러나 두 번째는 모르겠다."

"흑룡문과 충돌할 필요는 없어. 그건 무리한 부탁이라는 건 나도 짐작하고 있으니까. 그리고 네가 한 일이었다는 것이 밝혀진다면 내가 한 것으로 할 테니 너는 흑룡문의 후환을 두려워하지 않아도 좋아."

흑살이 한 손을 내저으며 말을 받았다.

"아니, 그런 뜻이 아니야. 네 요구는 충분히 감당할 수 있다. 다만 시간에 쫓겨 거의 매일 몇 개씩 무너뜨려야 한다면 내 흔적이 남을 수밖에 없다. 흑룡문이 파악하기는 어렵겠지만 본문… 쿡쿡. 이젠 본 문이 아니군. 그러니까, 살문은 달라. 그들은 내 짓인 것을 바로 간파할 거야."

무루가 의외라는 듯이 눈을 치켜떴다.

"무슨 뜻이지? 사문이 그사이에 바뀌기라도 했나?"

"너 때문에 내가 살문에 쫓기고 있거든. 쿡쿡쿡."

흑살이 허탈한 듯 웃었다.

어찌 보면 신세타령 같기도 했고 달리 보면 이런 처지가 화난다는 것 같기도 했다. 무루는 그가 웃는 것을 지켜보다가 이해를 했다는 듯이 말했다.

"안됐군. 하지만 당신 정도의 실력이면 살문도 함부로 접근하기는 어려울 것 같은데."

흑살이 한쪽 무릎을 세워 팔꿈치를 대고는 주먹 위로 턱을 괴었다.

"물론이지. 문주가 직접 와도 난 이길 자신이 있어. 하지만 원로원의 일곱 괴물은 다르거든. 분명 문주는 그들을 파견했을 테니까. 또 그들만이 날 감당할 수 있지."

"꽤 강한가 보군."

"그래. 그들은 나나 문주도 당해내지 못해. 한두 명은 상대할 수 있을까? 사실 본 문, 아니, 살문의 숨겨진 진짜 힘이지. 아마

너라도 그들의 표적이 된다면… 장담할 수 있어. 넌 죽은 목숨이야. 물론 일곱 괴물 중 네다섯은 해치울 수 있을 것 같군. 너 역시… 진짜 괴물이니까."

"흥미롭군."

"어리석은 문주가 그들을 자신의 호위 따위로나 써먹고 있으니 한심한 일이지. 내가 문주라면 그들을 살문의 전면에 내세울 거야. 그러면 몇 년 안에 본 문은 천하제일자객문으로 올라설 수 있을 터인데. 쯧쯧."

흑살은 정말 답답하다는 듯이 가슴을 치더니 다시 죽엽청을 벌컥벌컥 들이켰다. 무루가 다가와 그의 지척에서 마주 앉아 손을 내밀었다.

흑살은 정말 놀랐다.

간이 부어도 정도가 있었다. 감히 자신의 바로 앞에 마주 보고 앉다니.

그는 얼떨결에 호리병을 내주었다. 무루가 받아 들고는 고개를 젖혀 죽엽청을 마셨다. 술이 들어가는 목젖이 꿀렁거리는 것이 손을 길게 뻗으면 닿을 거리였다.

지금 자신이 살수를 펼친다면 설사 신선이라도 죽음을 피할 수 없다. 무루가 호리병을 내려놓으며 웃었다.

"시원하군."

"쿡쿡쿡, 네 녀석은 정말 미친놈이야. 하긴 그러니까 흑룡문을 무너뜨릴 생각을 하는 거겠지."

흑살은 어이가 없어 등까지 젖히며 웃었다. 이런 황망한 경험이라니! 그러나 무루는 담담한 얼굴로 보다가 불쑥 말했다.

"자네는 살문을 아주 사랑하는군."

흑살이 웃음이 뚝 끊겼다. 그가 젖혀진 어깨를 앞으로 복귀시키고는 물었다.

"무슨 뜻이지?"

"말 그대로야. 자네는 살문에 쫓기는 이 와중에도 살문에 대한 애정이 남아 있어."

"쿡. 당연한 거 아닌가? 난 살문에서 자랐고 평생을 보냈다. 그런데 너 때문에 이 지경이 되어버렸으니."

"날 죽여 명예 회복하려는 것 아니었나?"

"그랬지."

"그런데 왜 자네는 지금 날 죽일 수 있는 계속되는 기회들을 놓치고만 있지?"

흑살이 입술을 지그시 눌렀다. 그러나 이내 무루가 내려놓은 죽엽청을 잡으며 대꾸했다.

"이렇게 좋은 기회인데도 실패하면 부끄럽잖아."

"흣."

"농담이 아니다. 이 완벽한 호기를 실패하면… 난 살수라고 할 수 없어. 그냥 퇴물인 거지. 그건 죽는 것보다 더한 치욕이야."

흑살은 다시 죽엽청을 들이켰다. 들이켜면서 생각했다.

'젠장! 말도 안 되지만… 정말 실패할 것 같으니까 그렇지!'

무루가 흑살을 빤히 보며 말했다.

"아직 당신은 내 제안에 대답하지 않았어. 두 가지 요구를 들어줄 건가, 아니면 여기서 죽을 건가?"

"들어주지. 그러나 살문의 일곱 원로가 날 찾으면 그 순간 청부는 끝이야. 난 죽었을 테니까."

"그들을 만나면 나한테 데리고 와."

입맛을 다시던 흑살의 눈이 휘둥그레졌다.

"뭐?"

"나한테 데려오라고, 당신을 궁지로 몰아넣은 나한테 데려오라고. 그래도 한때 부문주였는데 당신이 그런 부탁을 하면 들어주지 않겠어? 은자 일만 냥도 회수하고 싶을 테니. 내가 그들을 만나 자네의 억울한 사정을 잘 말해주지."

"미, 미친! 대체 네놈은 무슨 생각을 하고 있는 거지? 살문의 사람을 제외하고 그 일곱 원로의 얼굴을 본 사람은 아무도 없다. 왜냐하면 모두 죽었으니까."

"네가 내 두 가지 요구를 충실히 이행하면 살문을 너에게 주지."

"……!"

"이 정도면 괜찮은 거래가 아닌가? 자네는 이미 나에게 죽었던 목숨이나 마찬가지라고. 내 두 가지 요구는 자네 능력으로 충분히 가능한 것이고. 그런데 뭘 망설이지?"

흑살의 뇌리로 불길한 예감이 벼락처럼 떨어졌다.

"너… 너! 설마 살문을 삼키려는 생각이냐?"

이 녀석이라면 가능할지도 모른다는 생각이 불현듯 들었다. 그러나 흑살은 이내 고개를 저었다. 살문엔 일곱 괴물이 살고 있다. 한두 사람에 무너질 조직은 결코 아니었다.

"살문엔 관심없어. 말 그대로 네가 원한다면 살문을 너에게 주겠다는 뜻이야. 그리고 너와 난 인연을 끊는 거지. 너무 복잡하게 생각하지 말라고. 진심을 말할 때에는 단순하게 받아들이는 것이 정신 건강에 좋아."

여간해서는 표정을 드러내지 않는 흑살이 어린아이처럼 입을 쩍 벌렸다. 무루가 말을 이었다.

"일단 첫 번째 요구부터 수행해 주지?"

이 자리에서 흑룡문에 대해 알고 있는 것을 다 말하라는 말이다.

"좋다. 그런데 알 수 있을까, 왜 그렇게 흑룡문과 싸우려 하는지? 어지간한 이유라면 접는 게 장수(長壽)의 지름길이란 충고를 해주지. 그들의 외부는 느슨해 보여도 내부는 복마전이야. 아주 단단하지. 그들은 강서성의 최대 방파인 동시에 천하십대방파이기도 해. 멀리 떨어진 마교나 대가리 숫자만 많은 개방, 그리고 무림에 실제로 관여 않는 소림을 제외한다면 실제로는 천하칠대방파라고. 그게 어떤 의미인지 모르나?"

"……."

"그리고 기왕지사 미친 거, 싸운다고 하자고. 그런데 싸우려면 흑룡문과 싸우지 왜 싸움엔 도움도 안 되는 하부 조직만 건드리고 있지?"

"첫 번째 질문에 대한 답은 당신이 알 바 아니야. 굳이 말하자면 난 그들과 싸워야 할 이유가 있다는 말밖에 달리 할 말이 없군."

"그럼 두 번째 질문은?"

"천천히 말려 죽이려고."

"……?"

"단숨에 끝내긴 아쉽잖아. 천천히 피를 말려가는 공포를 느껴가며 없애려는 거지. 그럼 그들은 생각하겠지, 대체 누가 무슨 목적으로 자신들을 이렇게 괴롭히는지. 화도 날 거야. 그리고 마지막엔 느끼게 되겠지. 힘이 없는 무기력함을 철저하게."

말하는 내내 무루의 눈동자가 꿈틀거렸다. 전신으로 싸늘한 기운이 갑자기 폭풍처럼 흘러나왔다. 흑살은 그 순간 자신이 두려움에 사로잡혀 몸이 마비돼 버렸다는 것을 알았다.

그는 힘겹게 입술을 떼어 간신히 말했다.

"넌 정말 죽음을 향해 달려가는 미친놈 같군. 아니, 미친놈이야."

무루가 빙긋 웃었다.

"칭찬 고맙군."

"……?"

"아무도 미치지 않는다면… 누구도 세상의 독버섯을 없애주지 않을 테니까."

第七章

연극은 실패했다

절대고수 絶代高手

1

무루는 하늘이 붉어지고 땅거미가 내려앉는 시점에 홀로 은당객잔에 도착해서 안으로 들어섰다. 번화가에 위치한 가장 큰 객잔답게 내부는 꽤나 넓었다.

총 구 층으로 이뤄진 은당객잔의 본관은 육층부터 구층까지가 숙소였고, 식사나 술을 마시는 곳은 일층부터 오층까지였다.

재미있는 점은 층마다 요리의 가격이 다르다는 것이었다. 위로 올라갈수록 요금이 비싸졌다.

저녁때가 다가오는지라 식사나 술을 하려는 사람들이 하나둘 객잔으로 들어섰다. 아직은 한가한 편이지만 반 시진 정도만 더 지나면 일, 이층은 자리를 찾기 어려울 정도로 붐빈다는 것을 무루는 알고 있었다.

무루는 유라가 기다리고 있을 사층으로 올랐다. 가장 안쪽의 구석 창가 옆자리에 유라가 있었다. 모자에 하얀 망사로 얼굴 전체를 가린, 귀부인이나 한다는 유모(帷帽)를 쓴 그녀는 벌떡 일어서며 손을 흔들었다.

"여기요."

그녀는 붉은색과 자줏빛, 그리고 초록 빛깔의 비단이 어우러진 수전의를 입고 있었는데, 몸에 딱 맞게 변형시킨 것이라 매우 육감적이었다.

사실 근래에 들어서 유라의 옷차림은 많이 수수해진 편이었다. 늦가을이 되면서 날씨도 쌀쌀해져 노출도 거의 없었다.

그러나 오늘은 무루가 일부러 부탁했기 때문에 이런 과감한 옷차림을 한 터였다.

무루가 유라에게 다가가 맞은편에 앉는 것을 주변 사람들이 탐탁지 않은 얼굴로 보았다.

얼굴을 확인할 수는 없었지만 창가에 홀로 앉아 노을빛을 고스란히 받던 여인의 자태는 상당히 고혹적이었다. 특히나 들어갈 곳과 나와야 할 곳이 그야말로 확실하게 구분되는 몸매의 유려하면서도 굴곡진 선은 숱한 사내들의 눈을 홀리기에 충분했다.

얼굴이 과연 어떨까 하며 궁금해하던 그들은 서로의 눈치를 보는 와중이었다. 어느 용자가 저 여인에게 다가가 그녀의 진면목을 보여줄 것인지 말이다.

물론 그전에도 두 명의 용자가 시도는 해보았지만 유라의 쌀쌀한 거부에 머쓱한 채 자리로 돌아갔다. 문제는 유라가 그들에게 거절한 목소리에 있었다.

몸매만 눈부신 줄 알았는데 목소리는 청아했다.

은쟁반에 옥구슬이 구른 듯 어찌 이보다 더 맑을 수 있을까?

사내들은 목소리까지 저 정도라면 얼굴이 끔찍한 박색이라 해도 용납할 수 있다는 결론을 내렸다. 그렇게 새로운 도전자들이 용기를 내려는 시점에 하필 여인의 동행이 당도한 것이다.

등에 검집을 찼으니 당연히 무림인이다. 결국 사내들은 입맛을 다시며 용자가 되는 것을 포기했다.

"소 표두님은?"

무루가 앞에 놓인 물을 마시고 묻자 유라가 입술을 삐죽 내밀었다.

그녀는 은근히 자신을 칭찬해 주길 바란 터였다. 오늘 새로 산 옷인데, 입어봤을 때 자신의 아름다움이 꽤나 돋보였기에.

"쳇! 걱정 마요. 설이와 곽철 아저씨가 장원으로 모셔온 것 확인하고 온 거니까. 그런데 다시 청송표국으로 돌아가실 거래요. 잘은 모르지만 오라버니 가족묘를 그곳에 방치해 둘 수 없으신가 봐요."

무루는 씁쓸한 얼굴로 고개를 주억거렸다.

청송표국은 십사 년 전과 너무 달라져 있었다. 안면이 있던 사람들은 대다수 쫓겨났고 그 공석은 흑룡문 출신의 무사들로 채워졌다.

비록 청송표국이 흑룡문의 눈치를 봐야 하는 건 어쩔 수 없었지만 그래도 아쉬움이 덜한 건 아니었다.

특히나 예전의 국주가 세상을 떠나 그 아들이 자리를 계승하면서 청송표국은 노골적으로 흑룡문에게 종속되었다.

그런 곳에서 지위까지 강등당하는 모욕을 참으며 버틴 이유는 오로지 자신이 돌아올 때를 기다리기 위함과 친우였던 한철혼의 무덤을 살피기 위해서였다.

"그래, 아저씨 뜻이 그렇다면 어쩔 수 없지. 나중에 가족묘를 이장하든지 할 수밖에."

소유량을 향한 미안함이 그의 어조에서 물씬 풍겼다.

"그러는 게 좋겠어요. 우리의 새로운 보금자리 근방으로 하면 좋겠죠? 참, 오라버니 떠난 직후에 황금련에서 연통이 왔어요. 남창에 있는 파양상단 분타의 소(少)행수가 직접 가지고."

파양상단은 황금련이 가지고 있는 상단 중 하나다.

"그래?"

"참나, 파양상단 총행수도 아니고, 분타를 맡고 있는 행수도 아니고, 겨우 소행수를 보내다니."

"바빴나 보지. 그래도 심부름꾼을 보내지 않고 소행수를 보냈으니 고마운 것 아닐까?"

유라가 코웃음을 쳤다.

동시에 은근히 부아가 치밀었다.

무루는 천부의 부주다. 그런데 너무 천부에 대한 애정이나 자부심이 없었다. 저러다가 천벌 받을까 걱정인 유라였다. 그래서 그녀는 비가 오고 벼락이 치는 날에는 늘 무루가 걱정스러웠다.

"사형 말로는 그게 아닌데요. 저들이 우리를 탐색하러 보냈을 거라는데……. 총행수나 행수가 직접 오기는 껄끄러우니 믿을 만한 사람을 보내 우리를 파악하라고 한 거죠. 그리고 과연 우리가 어떻게 반응할지도 알아보려는 심산이었을 거래요."

무루는 고개를 끄덕였다. 무려 이천오백 년 만의 부주의 부활이었다. 그쪽에서도 믿기지 않을 터다. 당연히 천부에서 무슨 수작을 부리는지 의문도 들었을 테고.

"그래, 알았으니 그건 됐고, 무슨 용건이었지?"

"련주가 나흘 후에 남창에 당도할 것이니 그리로 와주었으면 한다고."

무루의 미간이 찌푸려졌다.

곰곰이 생각하면 그 정도의 요구는 별것 아니라는 생각도 들었다. 그러나 유라나 구위영의 생각은 달랐던 모양이다.

"어찌나 성질이 뻗치는지 죽는 줄 알았다니까. 본 부의 수장이 이천오백 년 만에 부활한 거라고. 그런데 어떻게 그리 무례한 요구를!"

"그래서… 뭐라 답변을 주었는데?"

"답변보다 버릇부터 고쳐 줬죠. 내가 가볍게 손 좀 봐줬어요."

"가볍게?"

무루는 설마하며 물었다. 불길한 예감이 뒤통수를 짜르르 울렸다. 유라가 망사 속의 눈을 반짝이며 고개를 끄덕였다.

"네, 가볍게."

"정확히 어떻게?"

"그냥 눈 하나에 멍들었을 뿐이에요. 두 쪽 다 붓게 만들려다가 참았죠."

무루는 혀를 찼지만 이미 벌어진 일이었다.

"그나마 다행이군, 네 성질에 그 정도로 끝내서."

"이가 두 개 빠졌을 뿐이고."

무루의 미간이 꿈틀거렸다.

"유라, 너! 휴우! 왜 쓸데없는 분란을 만드는 거냐? 다음부터는……."

"팔 하나 부러졌고."

무루는 눈을 감으며 이마를 짚었다. 유라가 배시시 웃으며 말했다.

"그게 다야. 정말이에요."

"……."

"어쨌든 그 인간, 우리한테 잘못했다고 싹싹 빌었죠. 호호호. 그리고 반드시 자신의 아버지뿐만 아니라 총행수, 황금련주를 다 데리고 오겠다고 약속했어요. 며칠 뒤에는 오겠죠, 뭐."

무루는 한숨을 쉬었다. 그 약조를 어떻게 받아냈는지는 굳이 보지 않아도 선했다. 상상을 뛰어넘는 협박과 회유가 있었을 테지.

"너, 정말이지……."

무루는 말끝을 흐렸다. 주문을 받으러 점소이가 다가오고 있었던 것이다. 무루는 화를 삭이며 손을 살짝 흔들었다. 자신들의 대화가 밖으로 새어나가지 않도록 기막(氣幕)을 쳐두었던 것이다.

"처음 뵙는 손님이시군요. 무엇을 드시겠습니까?"

자신들은 별관의 후원에 있었기 때문에 본관의 종업원들과는 대면이 없었다. 무루는 주문판을 훑어보고는 비싼 요리들을 잔뜩 시켰다. 물론 술도 최고급으로.

주문을 받아 적던 점소이의 눈이 휘둥그레졌다. 돈도 돈이지만 그 많은 것을 어찌 다 먹으려고. 평생 이런 식충은 본 적이 없었다.

"소, 손님, 혹시 다른 일행이 또 오십니까?"

"아니네. 우리 둘이 다네."

"예에, 그러시군요."

점소이는 혀를 내두르며 돌아갔다. 그러자 유라가 재빨리 먼저 말을 꺼냈다. 무루가 소행수를 두들긴 것을 더 따지기 전에.

"오늘 내가 할 역할이… 오라버니 애인인 것이 정말 맞는 거죠?"

무루가 코끝을 씰룩였다. 이미 알고 있는 얘기를 하는 것이 일부러 화제를 전환하려는 속내였다.

하지만 어쩌겠는가?

기왕지사 일은 벌어진 것이고 당장 해야 할 일은 해야지. 또 그렇게 자신 앞에서는 고양이 앞의 쥐처럼 구는 녀석이 귀엽기도 했다.

"정확히 말하면 내가 너를 꼬드기는 작업을 하는 거다. 너는 넘어올 듯하면서도 튕기는 것이고."

"호호호, 재미있겠다. 어제 오라버니한테 들었지만 생각할수록 짜릿하단 말이죠. 오라버니가 나한테 구애하고, 내가 오라버니를 튕기다니! 나 너무 재미있을 것 같아서 어젯밤에 잠도 설쳤다니까요."

유라는 생각만 해도 즐겁다는 듯이 몸까지 부르르 떨었다. 그러나 무루는 정색했다.

"아마 반 시진 정도 지나면 이곳의 사람들은 대개 자리를 비울 거야. 이곳의 삼층부터 오층까지의 저녁 시간은 대개 무림인이나 부잣집 사람들로 채워지지."

무루의 말이 사실인 듯 벌써 같은 층에 있는 사람들이 하나둘 식사를 마치고 떠나고 있었다.

그들 대부분은 장사꾼이었다. 하지만 소문을 익히 들어 무루가 지적한 것을 알고 있는 그들은 슬슬 자리를 파했다. 괜히 무림인 주변에 있다가 시비라도 붙으면 좋을 일 없는 것은 당연지사였다.

"오라버니, 그런데 나 궁금한 게 하나 있어요. 만약 내가 없었더라면 이 계획… 어떻게 하려고 했어요?"

무루가 별 질문을 다 한다는 표정으로 시큰둥하게 대꾸했다.

"세상에 예쁜 여인은 많아. 다른 지역에서 유명한 기녀를 구할 수도 있었을 터이고……."

무루는 갑자기 주변의 공기가 차갑게 가라앉는 것을 느끼고는 말을 멈췄다. 그는 얼굴을 찌푸리며 유라를 보았다.

"대체 왜 이런 기운을 흘리는 거지?"

유라가 잠시 침묵하다가 어깨를 으쓱거렸다.

"아, 아니. 미안. 나도 모르게 기운을 조절 못했네."

"명심해라. 너는 무공을 익혔지만 기를 몸 밖으로 배출할 정도의 고수는 아니라는 것을. 절대 이런 실수를 하면 안 된다. 다행히 아직 무림인이 근처에 없으니까 망정이지."

무루의 신신당부에 유라가 예의 밝은 어조로 웃었다.

"호호호, 걱정하지 마요. 오늘 하루 종일 연습했으니까. 방금은 실수예요, 정말 실수. 그런데 벌써 어둑어둑해졌네. 해가 점점 짧아지는 것 같아."

유라가 창밖으로 고개를 돌리며 중얼거리자 무루도 밖을 보았다. 대로를 따라 늘어선 번화가의 누각 곳곳에 형형색색의 등(燈)이 켜지고 있었다.

덕분에 무루는 유라의 눈에 한광이 스치는 것을 보지 못했다.

'뭐, 나 아니어도 여자는 많다 이거지? 이대로는 안 되겠어.'

유라가 앙심을 품었다. 이 앙심의 결과가 잠시 후 무루로 하여금 어떤 상황을 초래하게 하는지 무루는 상상조차 못했다. 그의 수난시대가 임박하고 있었다.

2

무루가 은당객잔에 들어선 지 어느새 한 시진하고도 일각이 흘렀다. 그사이에 많은 사람들이 들어와 객잔의 일, 이층은 북새통을 이루고 있었다.

하지만 가격이 본격적으로 비싸지기 시작하는 삼층은 빈자리가 군데군데 보였고, 무루와 유라가 있는 사층은 절반 정도가 비어 있었다. 오층은 두 노인이 올라간 게 전부였으니 달랑 하나의 자리만 있을 터였다.

무루의 말대로 사층에 있는 자들의 칠 할은 무림인이었고, 삼 할은 꽤나 부유한 사람들이었다. 그리고 그 무림인들은 크게 두 종류로 나뉘었는데, 흑룡문이나 흑룡문과 관련된 자들, 혹은 아닌 자들이었다. 물론 대개는 흑룡문 소속의 무림인들이었다.

재미있는 것은 그들이 입고 있는 복장을 굳이 살피지 않아도 흑룡문인지 아닌지를 알 수 있다는 점이었다.

여유롭게 간간이 큰 소리를 내며 즐기는 자들과 조용히 식사와 술을 마시는 자들. 물론 전자가 흑룡문 소속의 무사들임은 두말할 필요도 없었다.

"소저, 대체 왜 내 술을 받지 않는 거요? 내가 이리 융숭한 대접을 해드렸는데 이거 너무한 거 아닙니까? 섭섭합니다."

그다지 큰 목소리는 아니지만 그렇다고 낮은 어조도 아닌 음성이 그가 앉은 탁자 주변을 조용히 울렸다.

"소협께서 싫다는 사람 억지로 대접하는 거잖아요. 그러니 뭘 먹고 마시고는 제 마음이에요."

"거 정말 너무하시오. 여정이 비슷해 동행한 지가 벌써 이레째요. 이 정도면 좀 더 가까워져도 되는 것 아니오? 대체 언제까지 나와 거리를 두려는 것이오?"

"흥! 저는 동행해 달라고 부탁한 적 없는데요. 소협께서 절 쫓아다닌 거죠."

여인의 신형에서 찬바람이 쌩쌩 불었다. 그러나 사내는 능글맞은 얼굴로 웃음을 터뜨렸다.

"하하하! 이제 좀 그만 튕기시오. 우리는 공통점이 많아요. 그것만 봐도 인연이라니까요. 우리 한번 본격적으로 사귀어봅시다."

"하아! 그 무슨 헛소리를! 인연은 무슨 얼어 죽을 인연이죠? 그리고 우리가 무슨 공통점이 있다고 그러는 거죠?"

"왜 없소? 둘 다 이십대 아니요. 거기다가 무림 초출로 강호에 출도해 견식을 넓히려고 여행 중인 것도 공통점이잖소. 그런 공통점을 가진 소저와 내가 이 드넓은 천지에서 만난 것이 인연이 아니면 당최 뭐가 인연이란 말이오?"

옥신각신.

누가 봐도 사내는 낯간지러운 수작을 걸고 있었고, 여자는 거절하고 있었다. 그들은 무루와 유라였다.

사층의 사람들은 은연중에 그 둘을 흘낏흘낏 살피며 관심을 두고 있었다.

얼굴은 망사 때문에 확인할 수 없었지만 그 몸매나 목소리가 시선을 잡아끄는 여인이 첫 번째 이유였고, 둘의 밀고 당기기가 은근히 재밌는 것이 두 번째 이유였다.

그렇게 사람들은 구경만 했다, 유라가 모자를 벗기 전까진.

"소협, 정말 이렇게 계속 우기실 거예요. 어휴! 하도 기막히니 몸에서 열이 다 나네요."

그 말을 하며 유라가 모자를 벗었다. 그 모자와 함께 망사도 따라 올라갔다.

순간, 사층 안의 소음이 푹 꺼졌다. 뭣 모르고 동료와 얘기를 나누던 이들도 갑자기 주변이 조용해지자 고개를 돌리다 '헉!' 하는 신음과 함께 말문을 닫았다.

둘이 위치한 자리는 가장 안쪽의 창가 자리였다. 그리고 유라는 벽을 등지고 있었다. 그렇기에 유라의 얼굴은 모든 사람이 볼 수 있었다.

객잔의 사층은 마치 아무도 존재하지 않는 듯 정적에 빠져들었다. 그 사이로 아래층에서 들려오는 미약한 잡담 소리와 무루와 유라의 목소리만 사층의 허공을 부유했다.

유라는 열이 뻗쳐 정말 덥다는 듯이 모자로 천천히 부채질을 해댔다. 살포시 부는 바람에 흑단처럼 윤이 흐르는 머릿결이 살짝 흔들렸다.

여기저기에서 침 삼키는 소리가 들렸다.

"소협, 분명히 말씀드리는데 저는 절대로 소협하고 술을 마실 생각이 없어요. 대작할 친구를 찾으시려면 다른 곳을 알아보거나 기루에나 가시라고요."

"내 속내를 그렇게 모르겠소? 술 마시자는 게 아니라 사귀자는 거잖소."

"싫어요."

"하하하! 그동안 보아하니 소저가 요조숙녀(窈窕淑女)와는 거리가 멂을 내 이미 알아챘소. 이제 그만 튕길 때도 되지 않았소?"

"뭐라고요? 어떻게 그런 무례한 말씀을 하시는 거죠?"

유라가 정말 화났다는 듯이 발끈했다.

"거참, 정말 너무하는 거 아니오? 내가 소저와 동행하면서 쓴 은자가 얼마인데. 밥 사주고 노리개 사주고 숙박비도 대었소. 인지상정이라! 받은 게 있으면 내놓는 것도 있어야지."

"어머! 무슨 그런 불쾌한 말씀을 하세요? 제가 마치 돈을 요구한 것처럼 말씀하시네요? 자의로, 그리고 강제로 하신 거잖아요! 강제로!"

무루가 인상을 박박 긁었다.

"지금 그걸 말이라고 하는 거요? 나는 좋게 해결하려고 했는데 계속 이딴 식으로 나오면 좋을 일 없을 거요."

유라는 약간 겁에 질린 듯 어깨를 부르르 떨었다. 그 모습은 아기사슴이 궁지에 몰려 떠는 것같이 애처로워 보였다.

"제발 억지 좀 부리지 마세요. 좋아요. 그동안 쓴 돈이 얼마죠? 제가 그 돈 드리면 되잖아요."

무루가 음산한 웃음소리를 흘렸다.

"흐흐흐, 나는 한번 내놓은 돈은 돌려받은 적이 없소이다."

"억지 좀 그만 부리세요."

"대체 내가 왜 마음에 안 드는 것이오. 내 고향에 날 원하는 여인이 얼마나 많은지 아시오?"

무루가 이해할 수 없다는 듯이 신경질적으로 물었다. 그러자 유라가 고개를 홱 돌리며 대꾸했다.

"난 강한 사내가 좋아요. 당신 같은 풋내기는 싫단 말이에요."

이번엔 무루가 발끈했다.

"뭐라고? 지금 나보고 풋내기라 했소? 당신이 아직 내 진면목을 몰라서 그런 말을 하는 거요. 나는 당신이 생각하는 것보다 훨씬 강하오."

유라는 말도 섞기 싫다는 듯이 외면한 채 대꾸도 안 했다. 그러자 무루가 그녀를 쏘아보다가 자리에서 벌떡 일어섰다.

"좋아, 강한 남자가 좋다 이거지. 내 오늘 밤 소저에게 사내의 강함을 똑똑히 인식시켜 주겠소."

그러면서 무루가 유라의 손목을 낚아챘다.

"지, 지금 뭐 하는 거예요? 어딜 잡아요?"

"나갑시다. 당신도 무공을 익힌 여협 아니오? 나와 맞붙어 싸워보면… 내가 얼마나 강한지 알 것 아니오?"

"당장 이거 놓지 못해요?"

드르르륵.

의자가 바닥에 끌리는 소리가 들렸다. 무루와 유라의 눈에 이채가 스쳤다. 드디어 첫 번째 제물이 등장한 것이다.

"어이! 거기 풋내기!"

쩌렁쩌렁한 목소리가 사층을 울렸다. 무루가 고개를 돌려 뒤를 보았다.

칠 척의 거구. 서른 초반으로 보이는 장한이었다. 물론 흑룡문의 무복을 걸친 자였고.

매부리코를 가진 그는 탁자 사이를 걸어오며 호기롭게 외쳤다.

"이봐, 낭자께서 싫다는데 계속 수작질이나 해대다니, 지켜보기가 역겹군."

그가 움직이자 무루 근처에 있던 손님들이 일어나 몸을 물렸다. 아니, 그들뿐만 아니라 흑룡문도가 아닌 사람들은 주춤거리며 일어서 사층을 빠져나갔다.

아름다운 여인도 좋았고 싸움 구경도 좋았다.

그러나 괜한 시빗거리에 하나뿐인 목숨을 내어줄 수 있는 위험에 휘말리고 싶지는 않았다. 흑룡문도들이 싸움에 개입하는 경우에는 절대적으로 멀리 떨어져야 한다는 것이 이곳에선 불문율이 된 지 오래였다.

어느새 사층은 무루와 유라를 제외하면 흑룡문도만 남아 있었다.

"지금이라도 그 낭자한테 사죄한다면 용서해 주지."

"남의 일이다. 넌 꺼져!"

매부리코사내의 눈가가 와락 일그러졌다. 사층의 사람들 모두가 흥미롭다는 얼굴로 그 둘을 주시했다.

매부리코사내는 흑룡문 외당(外堂) 휘하 묵혈조(墨血組) 소속이었다. 묵혈조는 흑룡문의 외담과 근방 도로를 지키는 임무를 가지고 있었다. 아무래도 맡은 바 책임이 경계와 순찰, 수비이다 보니 차분한 성격이 많았는데, 이 매부리코사내는 예외였다.

묵혈조의 부조장으로 성격이 괄괄하기로 유명했다. 그래서 그가 당직인 날에 번을 서는 수하들은 모두 벌벌 떨 지경이었다.

"호오, 여인 앞에서 강한 척하고 싶다 이거지. 크큭. 역시 강호초출의 풋내기답군."

그의 말에 사층 사내들의 웃음이 터져 나왔다. 그는 그 웃음을 자신에 대한 환호로 받아들이며 무루를 향해 성큼성큼 다가왔다.

"너 같은 풋내기들은 꼭 매를 맞아봐야 아픈 줄 알지. 눈치껏 알아서 저 아리따운 아가씨를 나에게 넘기고 꽁지를 말아야 했다."

다짜고짜 그의 우악스러운 주먹이 허공을 갈랐다. 모두가 큼지막한 주먹에 풋내기의 면상이 부서지는 광경을 상상했다.

그러나 상황은 정반대였다.

푸욱!

풋내기가 묵혈조 부조장의 주먹을 피하고는 안으로 파고들어 아랫배에다 자신의 주먹을 꽂아 넣은 것이다.

"컥!"

매부리코장한의 허리가 뒤로 쑥 빠졌다. 그리고 무루가 일어서며 다른 주먹을 그의 턱에 꽂아 넣었다.

콰직!

모두의 눈이 허공으로 붕 뜨더니 뒤로 일 장여를 날아가 처박히는 묵혈조 부조장의 거구를 좇았다. 그는 세 명이 식사하고 있는 탁자 위로 우당탕 소리를 내며 처박혔다.

근처에 있던 사내가 황급히 다가가 기절한 묵혈조 부조장을 살피더니 신음처럼 말을 내뱉었다.

"단전이 부서지고 턱뼈가 나갔군."

그 말에 흑룡문도들은 숨을 들이켰다. 무루가 어깨를 으쓱하며 자신을 보는 이들을 거만하게 훑었다.

"강호는 약육강식, 강자존이지. 또한 저자가 날 먼저 쳤어. 호오, 뭐야? 설마 치사하게 떼거지로 덤비겠다는 거야?"

사층의 흑룡문도 전체가 발끈하려는 순간 교묘하게 유라가 선수를 쳤다.

"다, 당신, 강하시군요. 정말로."

좌중은 여인이 무루를 보는 시선이 달라졌음을 느꼈다. 그 순간 불같은 질투에 사로잡혔다. 저 여인은 정말 강함에 본능적으로 끌리는 성정을 가진 듯했다.

한 초로인이 일어서며 상황에 개입했다.

"허허허, 이거 아주 재미있군. 감히 여기가 어디라고. 이봐,

풋내기."

무루가 위치한 구석 자리와 대각선으로 정 반대쪽 끝에 있던 자다. 그가 일어서자 사람들이 숨을 죽였다.

반백의 머리, 입술 밑 반월형의 상처.

흑룡문의 내당주. 방천극을 귀신같이 쓴다는 흑월참극이었다. 오십 초반의 나이로 보이나 실제로는 칠순을 넘긴 인물이었다.

무루가 그를 보곤 인상을 긁으며 대꾸했다.

"난 풋내기가 아니야, 늙은이."

그의 말에 흑룡문도들이 분노하면서도 속으로 혀를 찼다. 절정의 경지를 넘어서 초절정고수의 반열에 올라선 흑월참극을 몰라보고 늙은이라 조롱했으니 저놈의 목숨은 이제 백 개라 해도 살 수 없을 터였다.

어쨌거나 이 자리에서 가장 강하고 높은 사람이 나섰으니 이제 자신들이 자의로 나설 여지는 사라져 버렸다. 그저 지켜볼 뿐이었다.

흑월참극은 뱀같이 차가운 미소를 흘리며 무루를 보다가 시선을 유라에게 옮겼다.

"허어!"

절로 감탄이 터져 나왔다.

우물도 저런 우물이 없었다.

보고 또 봐도 자신의 눈이 의심스러울 정도의 미색이라니. 눈에 넣어도 하나도 아프지 않을 것 같았다.

흑월참극은 무림이봉삼화(武林二鳳三花)를 떠올렸다. 무림의 후기지수 중 다섯 명의 여인을 부르는 말이다.

그녀들 중에서 삼화라 꼽히는 세 명은 아름다움으로 천하에 이름을 떨치고 있었다.

그는 그 셋 중 이미 둘을 보았다.

그런데 저 여인은 자신이 본 두 명의 절세가인을 무색하게 만들 정도로 압도적인 미색을 가지고 있었다. 너무나 아름다워 인세의 사람이 아닌, 하늘에서 강림한 선녀 같았다.

아니, 아니다. 선녀도 저 여인 앞에서는 고개를 숙여야 될 지경이었다.

"혹시 네가 청화(青花)냐?"

청화 나월희.

그건 흑월참극이 유일하게 보지 못한 무림삼화 중 일인이었다. 그러나 유라는 고개를 저으며 대꾸했다.

"아닌데요."

"음, 역시 세상은 넓군. 이곳에서 내 안계를 넓히게 될 줄이야."

흑월참극은 유라에게서 아쉬운 듯 시선을 떼고는 무루에게 말했다.

"넌 풋내기다, 여기가 어떤 곳인지 파악도 못하는. 호랑이 굴인지도 모르고 까부는 하룻강아지가 바로 네놈이지."

"넌 늙은이고? 청춘남녀가 연애하는데 주책 맞게 끼어드는."

흑월참극의 눈에 살기가 어렸다. 그러나 그는 살기를 가라앉히며 스산하게 웃었다.

"정말 건방진 놈이군. 네 박투술이 꽤 상당한 경지인 건 알겠다. 그러나 그뿐이야. 네 주제에 걸맞은 여인을 찾는 것이 나을 것이다. 지금 꺼지면 목숨만은 살려주지. 대신 팔 하나는 놓고 가라."

"너나 꺼져라. 내가 그따위 으름장에 겁먹을 것이라 생각했다면 오산이다. 꺼질 땐 다리 하나를 놓고 가는 것도 잊지 말고."

흑월참극은 자신의 한계가 바닥에 이르렀음을 깨달았다. 그러나 저런 풋내기한테 자신이 직접 나서자니 영 체면이 서지 않았다.

그는 주변을 훑고는 저 풋내기를 해치울 적임자를 찾았다.

"운소위!"

그의 말에 한 중년인이 벌떡 일어섰다.

"예, 내당주님."

"저놈의 목을 베고 계집을 이리 데려와라."

"존명!"

씩씩한 대답과 함께 운소위라는 자가 칼을 빼 들고 다짜고짜 달려들었다.

쇄애애액!

빛살을 뿌리며 운소위의 칼이 무루를 사선으로 그었다. 오른쪽 어깨로 들어가서 왼쪽 허리로 빠져나오는 쾌검이었다. 문제는 무루가 뒤로 몸을 물려 검격을 벗어났다는 것이다.

파라락!

검이 지나간 자리로 무루의 바짓단이 펄럭거리며 솟구쳤다.

퍼억!

무루의 발이 운소위의 낭심을 걷어찼다.

"꾸어어억!"

운소위가 게거품을 물었다. 그의 눈이 뒤집혔다. 입을 쩍 벌린 그에게 무루의 주먹이 쇄도했다.

콰직!

주먹이 운소위의 입을 강타했다. 주먹을 뗀 그의 입에서 이가 옥수수 알처럼 밑으로 쏟아졌다. 무루는 선 채 기절한 그를 발로 차 넘어뜨렸다.

"까아악! 당신, 진짜 강하군요. 멋있어요! 최고예요!"

유라가 팔짝팔짝 뛰더니 갑자기 무루의 가슴에 안겨들었다.

무루는 속으로 진정 당황했다. 그저 손을 잡고 질투심을 끌어내는 분위기만 조성하면 되는데 이건 너무 과했다.

무루는 급히 전음을 보냈다.

[유라, 과하다. 굳이 이렇게까지 하지 않아도 네 미모면 저들은…….]

무루의 전음이 뚝 끊겼다.

유라가 대뜸 무루의 입술에 자신의 입술을 부딪친 것이다. 아까 무루가 내뱉은 말을 향한 유라의 복수였다.

3

무루의 눈이 화등잔만 해졌다. 그리고 그건 사층에 있는 사내들의 눈도 마찬가지였다. 한없이 무루를 부러워했고, 동시에 화가 치밀었다.

특히나 흑월참극의 분노는 극에 달했다. 운소위란 놈이 어이없게 무너짐으로써 자신의 수하를 고르는 안목이 우습게 돼버린 것이다.

그는 주변을 다시 빠르게 훑다가 한 사내를 발견하고는 미소를 회복했다.

외당 소속의 혈겁단 부단주가 있었다.

며칠 전에 원인 모를 이유로 몰살당한 외당의 흑겁단은 무공 수준이 낮았다. 그래서 그들은 수준 낮은 자들을 상대하는 단체였다.

하지만 외당의 사 개 단 중 혈겁단은 무공이 강력한 외당의 핵심 단체였다.

외부의 고수들과 싸울 때 앞장을 서 타격을 가하는 무력 단체 중 하나로 단원 전부가 고수로 구성되어 있었다.

그곳의 단주는 장로가 맡고 있었지만 실제적인 지휘는 저기 앉아 있는 부단주가 하고 있었다.

"오! 신산이 있었는가?"

신산이라 불린 자가 얄팍한 입술로 미소 지으며 일어섰다.

"예, 내당주님. 오랜만에 뵙습니다. 외당과 내당의 구역이 다르니 그간 인사가 소홀했습니다."

"크큭. 됐네. 난 그저 자네가 저놈의 수급을 가져오길 바랄 뿐이네."

"그건 어렵지 않습니다만, 저도 부탁드려도 되겠습니까?"

애매모호한 질문이었다.

그러나 흑월참극은 그 의미를 간파했다. 여인에 욕심이 난다는 뜻이다.

흑월참극은 신산이 은근히 괘씸해졌다.

저 여인은 누구에게도 넘겨주고 싶지 않았다. 그래서 자신과 함께 식사를 하던 수하를 시켜 계단을 잠시간 통제하라고 시켰었다. 혹여 자신보다 높은 자가 저 여인을 보지 않았으면 했기 때문이다.

그러나 그는 산전수전을 겪은 노인답게 계산을 마쳤다. 저 여인은 결코 자신이 계속 소유할 수 없었다. 그러기엔 여인의 미모가 너무 출중했다. 당장 문주님이라도 동할 미색이었다.

일단 자신의 여인으로 취했다가 위에 상납하는 게 현명한 처사. 당연히 신산 따위에게 기회는 가지 않을 것이다.

"뭐, 나쁘지 않겠지. 단, 얼마간 기다려야 할 것이네."

"흐흐흐, 저런 미색을 품을 수만 있다면 몇 년인들 못 기다리겠습니까?"

둘의 대화를 유라가 알아차리고는 분노했다. 물론 연극이었지만 말이다.

"당신들 어, 어떻게 감히 나를 면전에 두고 그런 말을 할 수 있는 거죠?"

신산이 유엽도를 쥐고 다가들었다.

"무림 초출답군. 아까 저 풋내기가 하는 말 못 들었느냐? 약육강식, 강자존. 이게 강호다."

그가 유엽도를 하단에 위치한 채 달려들었다.

슈각!

전광석화란 말이 무색할 정도의 쾌검이 무루를 향해 솟구쳤다.

그 순간 무루가 옆에 있던 탁자를 걷어찼다. 유엽도가 무루 대신 탁자를 두 동강 냈다. 쩍 벌어지는 탁자 사이로 어느새 뽑혀 나왔는지 무루의 검이 파고들었다.

예상 밖의 전개에 신산이 대경했다.

그는 급히 허리를 비틀어 간신히 무루의 검을 피해냈다. 그 와중에서도 신산은 검을 회수해 자신의 절기인 산화검술을 펼쳤다.

부르르릉!

그의 검이 흔들리며 검기를 쏟아냈다.

파파파팍!

무루가 검을 들어 신산의 검기를 막아냈지만 모두 다 봉쇄하지는 못했다. 그의 왼쪽 팔뚝과 허리춤의 옷이 갈라지며 붉은 피를 드러냈다.

그리고 신산의 진검이 무루의 얼굴로 쏟아졌다. 무루가 급히 몸을 젖혀 그 검을 피하며 발길질을 해댔다.

차악!

아슬아슬한 차이로 신산의 낭심을 비켜갔다.

신산은 자신의 중요한 급소가 위험할 뻔하자 등허리가 서늘해졌다. 분노한 그가 있는 대로 내력을 끌어올리자 초식이 더욱 변화무쌍해졌다. 검을 타고 쏟아지는 검기도 훨씬 사나워졌다.

파파파팟!

무루의 신형에 생채기가 점점 늘어나며 옷에 비치는 혈흔도 많아졌다. 금방이라도 신산이 무루를 난도질할 것 같은 분위기였다. 그런데 어느 한순간 신산의 입에서 '컥!' 하는 낮은 비명이 새어 나왔다.

사람들은 눈을 비볐다.

풋내기의 검끝이 신산의 목울대에 박혀 있었다. 신산은 뭔가 말을 하려고 했다. 하지만 상대의 검이 목에 박혀 있어 아무 소리도 낼 수 없었다.

'놈! 일부러 나를 속였구나! 엄청난 고수!'

신산은 죽는 순간에야 알 수 있었다. 저놈은 풋내기가 아니라는 것을. 일부러 작은 공격들을 맞아주었다는 것을.

뭔가 속셈이 있지 않다면 절대 이런 일을 벌이지 않았을 것이다. 그의 머릿속에서 뭔가 실마리가 잡힐 것도 같았다. 그러나 그의 머리는 이미 회전을 중지해 버렸다.

무루가 검을 빼내자 신산의 신형이 바닥으로 허물어져 내렸다. 순간 유라가 무루의 가슴을 향해 파고들었다.

"대단하세요! 소협께 반한 것 같아요! 저를 색마에게서 구해주시고……. 이건 이야기책에서 나오는 멋진 장면과 똑같아! 아아, 어떻게 해요? 저 때문에 이렇게 많은 상처를……."

그녀의 입술이 거침없이 무루의 입술을 앙 물었다.

눈 깜짝할 새에 벌어진 유라의 기습. 무루의 심장이 덜컹거렸다.

[유라! 당장 멈추지 못해! 한 번은 봐줬지만…….]

[오라버니, 인상 풀어요. 행복한 표정을 짓지 않는다면 이 연극, 들통 날 거라고요. 난 그냥 완벽한 연극을 위해서 날 희생하고 있는 거라고요.]

무루는 최대한의 인내심을 필사적으로 끌어올리며 기쁜 표정을 지었다.

그 순간 유라가 양손으로 그의 엉덩이를 움켜쥐었다.

'오! 예!'

'유라… 너…….'

무루는 절로 울상이 되려는 얼굴을 막기 위해서 숨이 넘어갈 지경이었다. 근데 이번에 자신의 입으로 무언가가 침입해 왔다.

'서, 설마?'

설마가 사람 잡는 법이다.

이로 자신의 입안을 잠그기도 전에 침입한 유라의 설육은 거침없이 안을 희롱했다.

무루는 유라를 밀쳐 내려고 했다. 그런데 유라의 입술과 혀에서 향기가 났다. 그건 거절할 수 없는 절대 유혹의 꽃 냄새였다.

천상의 감로수처럼 달콤하면서도 따뜻한 그 꽃향기에 무루는 정신을 놓았다. 그리고 자신도 모르게 어느새 유라의 공격에 수세를 포기하고 공세로 돌아섰다. 유라를 안고 있는 팔의 근육이 강하게 비틀렸다.

세상이 빙글 도는 듯했다. 무수한 유성이 천지를 가로질렀다. 향긋한 꿀단지가 그를 취하게 했다. 몸의 세포 하나하나가 올올이 일어섰다.

연극으로 시작한 일이 사고를 터뜨리고 있었다.

무루의 눈이 스르르 감겨갔다. 대신 유라는 감고 있던 눈을 번쩍 떴다.

아아, 위대한 역전의 용사여.

그가 유라를 밀어내더니 이제는 그녀의 입안으로 돌진했다. 유라의 신형이 부르르 떨렸다. 눈가에 이슬이 맺혔다.

그의 설육이 자신을 침입했다. 이 얼마나 고대했던 순간인가! 그의 엉덩이를 쥐고 있는 유라의 손에 힘이 더해졌다. 꿈이라면 깨지 않았으면.

그녀의 손이 점차 위로 올라가 무루의 허리를 안았다. 그의 체취가 정신을 몽롱하게 했다. 감은 눈인데도 온통 무지갯빛으로 변하는 아득한 황홀.

유라의 전음이 무루의 귀를 파고들었다.

[사모해요.]

번개를 맞는 듯한 느낌이 무루의 뇌리를 강타했다. 그의 신형이 부르르 떨렸다. 아스라이 멀어졌던 이성이 돌아왔다.

무루는 그녀를 천천히 밀었다. 그녀도 더 이상 저항하지 않고 밀려났다. 저항하고 싶어도 온몸에 힘이 썰물처럼 빠져나가 서 있기조차 힘들 지경이었다.

"하아아, 하아아……."

"허헉, 헉헉……."

둘이 거친 호흡을 터뜨리며 마주 보았다. 무루는 대체 무슨 말을 해야 할지 몰랐다. 자신의 이런 행동이 믿겨지지 않았다. 더구나 작금과 같은 상황에서 말이다.

유라가 행복에 잠긴 목소리로 말했다.

"하아아, 하아, 나 이제… 죽어도 좋아."

사층 전체가 얼음이 되었다. 이 어처구니없고 황망하며 곤혹스럽기까지 한 광경에 모두가 얼이 빠져 있었다.

무루와 유라가 서로 떨어지고 나서야 그들은 조금씩 이성을 회복하기 시작했다. 특히나 흑월참극의 분노는 하늘을 찔렀다.

내 것이 될 계집이었다. 그런데 저 뜨내기 풋내기가 가로채 버렸다.

질투는 모든 것을 불살라 버린다.

감정은 물론이고 냉철한 이성도 불사른다. 저잣거리의 거지도, 만인지상의 황제도 질투 앞에서는 그저 재가 될 뿐이다.

"죽여라! 저놈을 당장 죽여라!"

마치 그의 명을 기다렸다는 듯이 사층 내 흑룡문도들이 무루를 향해 폭사했다. 그들 모두 질투에 눈이 뒤집혀 시퍼런 노염을 줄기줄기 전신으로 흘려댔다.

그러나 문제는 더 분노한 자가 있었다는 사실이다. 바로 무루였다.

그는 참담하다 못해 어이가 없었고, 이런 스스로가 한심하기까지 했다. 유라는 아직 어린 스물하나였다. 스스로 감정을 조절하기 힘들 수 있었다.

하지만 자신은 아니었다.

천부 팔관에서 서른세 번의 인생까지 살지 않았던가! 그런 자신이 유라를 힘있게 끌어안았을 뿐만 아니라 자신도 모르게 그녀의 입술을, 설육을 탐했다.

대체 그동안의 수련은 무엇을 위함이었던가.

자신의 호법을 정염의 대상으로 취하다니, 상궤를 벗어난 자신의 행동에 부끄러웠다.

원수도 아직 다 갚지 못했다. 해야 할 일이 산더미처럼 쌓여 있다. 소유량, 진설, 소령……. 책임지고 도와줘야 할 사람도 있었다. 진충 어르신의 복수도 해야 했다.

그런데 이런 사사로운 감정마저 조절하지 못하다니!

무루는 참담한 얼굴로 허탈하면서도 쓰고 또 아픈 미소를 깨물었다.

파아아앗!

무루의 안광에서 가공할 기운이 쏟아져 나왔다.

쇄애애액!

그는 발을 바닥에 대고 진각을 굴렀다.

쿠쿠쿠쿠쿠우웅—

판자가 물결처럼 파도치며 전면으로 퍼져 나갔다. 달려오던 이들이 중심을 잃고 흔들거렸다. 그 위로 무루의 칼이 허공을 베었다.

무극검경 제삼초식.

참(斬).

슈가아앗!

검에서 쏟아진 기운이 허공을 직선으로 베었다.

"으아악!"

"커허억!"

비명이 일었다.

검이 그은 공간, 그 공간에 위치한 사람들.

그들의 허리가 허공과 함께 베어졌다.

사방에 피 보라가 솟구쳤다. 절규조차 지르지 못한 불한당들의 넋이 이승을 떠났다.

그 순간 무루를 유라가 뒤에서 힘껏 안았다.

"제발 멈춰요, 오라버니! 제발요! 제가 잘못했어요! 멈추지 않으면 이 안에 있는 사람들 다 죽어요! 건물이 무너져 애꿎은 사람들도 죽는다고요!"

무루의 검이 툭 손에서 떨어졌다.

폭풍이 지나갔다.

"알고 있으니 걱정 마라."

무루는 담담하게 대꾸했다. 그러나 유라는 그의 음성이 살 떨릴 정도로 차갑다고 느꼈다. 유라는 그 한기에 주춤 뒤로 물러섰다.

무루는 물끄러미 앞을 보았다.

사층에 서 있는 유일한 사람은 흑월참극이었다. 절정고수인 그는 방천극으로 앞을 막고 진신 내력을 총동원해 호신강기를 일으켜 무루의 검세에 저항했던 것이다.

쩡!

철이 깨지는 굉음이 흑월참극의 방천극에서 일었다.

흑월참극 평생의 애병이 둘로 갈라졌다. 그러나 그의 표정엔 한 점의 슬픔도 찾을 수 없었다. 불신의 표정만 가득했다.

"괴물……. 믿을 수가……."

그의 허리에 하나의 붉은 선이 그어지더니 이내 피를 벌컥벌컥 쏟아내며 앞으로 고꾸라졌다.

무루는 피바다 속에서 흑월참극을 보았다.

연극의 끝은 이런 것이 아니었다. 흑월참극은 살아야 했다.

그를 가까스로 제압만 하는 것이었다.

그러면 흑월참극은 흑룡문의 윗사람이나 문주에게 보고할 것이다. 상당한 실력의 청년 고수와 절세가인이 등장했다고. 어쩌면 바로 위층에 있는 두 명의 흑룡문 노인이 그 역할을 해줄 수도 있을 터이고.

인재 영입에 열을 올리는 흑룡문주였다. 또한 그의 주색잡기에 관한 광적인 집착은 모르는 사람이 없었다.

당연히 자신은 초빙될 것이다.

구중궁궐 심처에서 모습을 드러내지 않기로 한 그를 코앞에서 목도할 수 있었다. 그러나 이제는 틀렸다. 전면전이 남았을 뿐이다.

흑월참극 같은 주요직에 있는 고수를 죽였다면 제아무리 인재에 집착하는 흑룡문이라도 이것을 용납할 리 만무했다.

흑룡문과의 전면전이라……. 얼마만큼이나 황천길의 동행으로 데리고 갈 수 있을까?

자신은 강해졌다.

그러나 흑살의 말처럼 욱일승천해 천하십대방파로 발돋움한 거대 방파와 전면전으로 홀로 싸우기에는 역부족이었다.

하늘의 힘을 가졌다지만 자신은 분명 인간이었다. 인간이 담을 수 있는 힘의 그릇은 한계가 있음을 무루는 인식하고 있었다.

그는 유라와 구위영을 포함한 자신이 아는 사람들을 빨리 빼돌려야겠다고 생각했다. 유라와 구위영은 끝까지 싸우겠다고 할 것이다. 그들이 함께해 준다면 실제로 흑룡문에게 상당한 타격을 입힐 수도 있을 것이다. 다시 일어나기 어려울 만큼.

그러나 그럴 수는 없었다. 이건 어디까지나 자신의 복수였다.

"연극은… 실패했군."

무루는 자책했다. 그 어조가 어찌나 안쓰럽게 들리던지 유라는 고개조차 들지 못했다.

좀 전에는 정말 죽어도 좋을 만큼 행복했다. 그러나 사모하는 그가 슬퍼하는 얼굴을 보니 미안해 쥐구멍이라도 찾고 싶었다. 그녀는 들고 있던 모자를 푹 쓴 채 고개를 떨어뜨렸다.

"미, 미안해요. 제… 제가 그냥 장난한다는 게 나도 모르게 지나쳤어요."

기실 그냥 장난은 아니었다.

그건 진심이었다.

하지만 지금의 무루에게 차마 그런 말을 할 수는 없었다. 풀 죽은 그녀의 말에 무루가 고개를 저었다.

"아니, 아니다. 내 스스로도 제어하지 못하는 내가 누굴 탓할까? 너에게 미안했다. 잊어라."

유라가 입술을 아프게 깨물었다.

잊으라니?

어떻게 잊을 수 있겠는가?

그의 둔부를 잡던 양손의 감촉이 아직 이렇게 생생한데. 그의 체취가, 그의 입술이 아직도 꿈결같이 가슴을 두근거리게 하는데.

반발하고 싶었다.

그러나 그녀는 반발하지 못했다. 무루의 괴로워하는 얼굴이 그녀의 가슴을 아프게 찢었다. 아까 느꼈던 희열만큼이나 그 아픔은 고통스러웠다.

아까의 행동엔 후회없었다. 그러나 지금의 결과는 안타까웠다. 그런 역설적인 감정이 유라의 가슴을 휘몰아쳤다.

무루가 그녀의 어깨를 툭툭 쳤다. 그러자 유라는 눈물이 쏟아질 것만 같았다.

사람들이 웅성거리며 사층으로 몰려들었다.

第八章

한계? 버려라, 얻을 것이니

절대
고수
絶代
高手

1

혈향이 코끝을 찌르는 사층의 모습은 계단을 올라온 사람들을 아연하게 만들었다. 그들이 새파랗게 질린 얼굴로 아무 말 못하자 뒤쪽에 있는 사람들이 무슨 일이냐고 아우성을 쳐댔다.

사람들이 밀자 계단 위에 있던 사람들이 밀리며 몇 명씩 사층으로 올라섰다.

올라선 자들은 연신 침을 삼키며 죽은 흑룡문도들과 그 가운데 서 있는 무루를 보았다.

무루의 신형엔 신산에게 일부러 내준 상처로 곳곳에 혈흔이 있었다.

사람들은 무루가 치열한 다툼 끝에 사층에 있던 흑룡문도들을 몰살시켰다고 생각했다. 하지만 아무리 생각해도 소요된 시간이 너무나 짧았다.

염청난 고수란 의미다.

사람들은 절레절레 고개를 저었다.

아까부터 위에서 무슨 소란이 이는지 궁금했지만 사층의 계단 입구에서 내당의 부당주가 눈을 시퍼렇게 뜬 채 통행을 금지했기 때문에 궁금함을 억누르고 있었다.

그런데 내당주 흑월참극뿐만 아니라 부당주도 허리가 양단된 채 눈을 부릅뜨고 죽어 있다.

그때 위층에서 두 명의 노인이 뒷짐을 지고 밑으로 내려섰다. 그들이 나타나자 가뜩이나 조용한 장소는 깊은 정적에 빠져들었다.

얼굴에 주름살이 가득한 노인은 흑룡문의 장로 마붕권(魔崩拳)이었다. 그가 한번 주먹을 내지르면 산천고목이 벌벌 떤다고 알려진 패권의 고수였다.

한때는 중견 방파의 수장이기도 했던 인물이다. 칠 년 전, 흑룡문주에게 패해 자신을 따르는 수하들과 함께 흑룡문에 영입된 사연이 있는 자였다.

힘에 철저하게 승복하는 인물.

그리고 다른 노인은 장로와 내원의 밀운각주를 겸임하고 있는 인물로, 피부 곳곳에 검버섯이 피어 있었다.

젊은 시절에는 사천당문의 제자였는데 그의 독(毒) 연구가 너무 지독했다. 시독(屍毒)을 연구하기 위해 사람들의 시신을 파헤치기는 기본인지라 독을 연구하는 사천당문에서도 감당하지 못하고 파문한 인물이었다.

그러나 그가 독을 다루는 실력만큼은 타의 추종을 불허해 암독왕(暗毒王)이라는 별호를 얻었다. 별호에 왕(王)이란 호칭이 들어가는 건 사실 엄청난 일이었다. 그 역시 오 년 전에 흑룡문에 들어온 자였다.

그들이 여유로운 걸음으로 사층에 내려서자 사람들이 조용히 물러서 앞길을 텄다.

둘이 나란히 앞으로 나가 묵묵히 사층의 펼쳐진 광경을 훑었다. 마붕권이 늙수그레한 음성으로 말문을 열었다.

"건물이 흔들리고 피 냄새가 진동한다더니… 네가 이렇게 한 것이냐?"

앞에 펼쳐진 광경이 있으니 굳이 묻지 않아도 알 수 있는 질문이었지만 마붕권은 흥미롭다는 눈빛으로 무루를 보았다.

무루는 침묵했고, 그의 등 뒤에 있는 유라는 지은 죄가 있어서인지 고개를 푹 숙인 채 밑만 내려다보았다.

암독왕이 죽은 흑월참극에게 다가가 시신을 훑더니 이채를 띠었다. 그리고 주변의 시신들도 확인하고는 무루를 보았다.

"검강(劍罡)도 아니고 검기(劍氣)로 허리를 양단하는 경지라……. 게다가 흑월참극의 방천극을 동강 냈어? 네 나이 몇인데 기(氣)를 이 정도로 자유자재로 구사하느냐?"

무루는 여전히 침묵하며 두 노인을 보았다.

이해가 되지 않았다.

저들은 이미 십 년도 훨씬 전에 초절정의 경지에 오른 입신(入神), 아니, 사파의 인물이니 입마(入魔)의 경지에 오른 자들이었다. 그런 그들이 바로 밑에서 무슨 일이 벌어지고 있었는지 하나도 모른다는 낯빛을 하고 있으니 의아할 수밖에 없었다.

암독왕은 죽은 이들을 살피며 무미건조한 어조로 말을 이었다. 그러나 말하는 그의 표정을 자세히 살피면 어딘가 수상쩍었다. 별로 슬프거나 노여워하는 것 같지 않았다. 아니, 어찌 들으면 이 상황을 즐기는 것처럼 들리기조차 했다.

"내당의 당주와 부당주, 혈겁단의 신산도 있군. 호오! 저 녀석은 내당의 호위가 아닌가? 엄청나군. 쯧쯧. 그래도 쓸 만한 녀석들이었는데 허망하게들 죽었군."

마붕권이 무미건조한 음성으로 말을 받았다.

"며칠 전에는 흑겁단이 전멸하더니 이런 일까지 터지다니. 아무래도 올 가을 본 문에 액(厄)이 낀 것 같소."

"허허허, 그러게 말입니다."

암독왕이 슬슬 지루하다는 표정을 지으며 다시 무루를 보았다.

"너는 아직도 우리의 질문에 답하지 않고 있구나. 비록 네가 나이에 비해 매우 강하다는 건 알겠다. 그러나 감히 노부들 앞에서 건방을 떨 생각을 가지고 있다면 당장 접는 게 좋을 것이다. 지금 곧바로 질문에 답하지 않으면 네놈을 죽지도 살지도 못하는 괴로움에 빠뜨려 줄 것이다."

무루가 묘한 시선으로 그를 보고는 대꾸했다.

"누가 이렇게 했는지, 그리고 내 나이를 물은 것이 맞는다면… 내가 했소. 나이는 스물여섯."

마붕권과 암독왕의 눈이 흔들렸다. 나이가 많지 않을 것임은 예측한 바였다. 하지만 이 정도로 어릴 것이라고는 예상하지 못했다.

그들이 예상한 것은 서른 중, 후반이었다. 주안술로 나이에 비해 젊게 보이게 한다고 생각했던 것이다.

마붕권은 놀랐다는 표정을 숨기지 않았다. 그는 무루를 쏘아보며 옆에 떨어져 있는 암독왕에게 말했다.

"암독왕, 오늘 아주 재미있는 물건을 발견했소이다. 어찌할까요? 제가 죽일까요?"

암독왕이 거무튀튀한 손으로 뺨을 긁으며 대꾸했다.

"마 장로, 저한테 아주 재미있는 생각이 떠올랐어요."

마붕권이 주먹을 말아 쥐다가 멈췄다.

"무슨 뜻이오?"

"그전에 몇 가지 확인할 것이 있습니다."

암독왕이 몇 발자국 앞으로 나서서 무루를 정면으로 바라보았다.

"네 사문이 어디냐?"

무루는 상황이 묘하게 흘러간다고 생각했다. 저들은 정말 이곳 사층에서 있었던 일을 전혀 모르고 있다는 것인가?

"사문 같은 것은 없소."

"없어? 지금 난 너에게 살 수도 있는 마지막 기회를 주려 함이다. 그런데 그런 식으로 대답하면……."

무루는 계획이 틀어지지 않았을 경우의, 연극이 차질없이 진행될 경우에 준비했던 말을 꺼냈다.

"사문 같은 것은 없지만 사부는 있다고 할 수 있소. 나는 운남땅의 낭인이었소. 그러다 우연히 야율강이 남긴 비급을 얻게 되었소. 그러니 나는 야율강의 제자라 할 수 있을 것이오."

마붕권과 암독왕의 눈이 치켜 올라갔다. 백오십 년 전 외공만으로 천하십대고수의 반열에 올랐던 기인의 이름이 갑자기 튀어나온 것이다.

그 뒤의 사람들도 숨을 죽이고 무루를 보았다. 암독왕이 고개를 갸웃거리며 물었다.

"지금 끝까지 장난하자는 건가? 야율강은 외공만 익힌 고수였다. 검기를 이렇게 능수능란하게……."

무루가 그의 말허리를 잘랐다.

"그는 외공만으로 한계를 느끼고 새로운 무공을 창안했소. 대단한 신공을 완성했지만… 그의 운명은 거기까지였소. 천수를 다했으니까."

"……!"

암독왕이 고개를 돌려 마붕권을 보았다. 마붕권 역시 굳은 얼굴로 마주 보고는 고개를 끄덕였다.

충분히 가능한 일이었다. 그자는 다시 힘을 얻어 강호에 복수하겠다고 했었다.

비록 그가 내공을 등한시한 기인이라 하지만, 누가 뭐래도 인정할 수밖에 없는 대단한 천재였으며 불굴의 의지를 가진 인물이었다. 어찌 내공의 힘을 빌리지 않고 천하십대고수란 자리까지 올라갈 수 있겠는가 말이다.

그런 그가 작심하고 새로운 무공을 만들었다면 상당한 무공이 탄생할 공산이 충분히 있었다.

암독왕이 다시 무루를 보며 눈빛을 빛냈다.

"아주, 정말 아주 재밌어지는구나. 일단 너는 죽어 마땅한 죄를 지었지만 지금 두 가지 이유로 내 마음을 흡족하게 했다."

"……?"

"첫째는 사문이 없다는 것이다. 그러니 너는 새로운 둥지를 찾을 수 있다는 점이지. 두 번째 이유는 강하다는 것이다."

무루는 가슴이 두근거렸다. 틀어졌던 계획이 다시 노선을 찾고 있었다. 단지 그 이유를 알 수가 없다는 것이 문제였다.

암독왕이 물었다.

"다른 질문을 하지. 네가 흑겁단을 몰살시켰느냐?"

무루는 고개를 저었다.

"무슨 말인지 모르겠소."

"솔직해야 한다. 넌 지금 죽느냐 사느냐의 기로에 있다. 그리고 살 수 있는 확률은 아주 희박하다고 할 수 있지. 세상에서 지금 널 살릴 수 있는 사람은 여기에 있는 나와 마 장로님뿐이다."

무루가 주먹을 불끈 쥐며 외쳤다.

"당신들이 강한 것 같다는 점은 이미 느끼고 있소! 그러나 내 그리 호락호락 당하진 않을 것이오! 한판 붙고 싶다면 오시오! 치사하게 누명 같은 것 씌우지 말고!"

마붕권과 암독왕이 서로 마주 보며 흐릿하니 비소를 흘렸다. 어처구니없다는 표정이었다.

나이에 비해 상당한 수준임은 이미 간파했다. 그러나 그 와중에 곳곳에 부상 입은 실력이라면 자신들의 십초지적도 되지 못할 것이다.

'십초지적이라…….'

문득 든 생각이었지만 그것만으로도 저 야율강의 제자는 충분히 강하다 할 수 있었다. 아니, 정말이지 나이에 비해 대단한 강자였다.

암독왕이 마지막 질문을 꺼냈다.

"여기에서 왜 우리 아이들을 죽였지?"

무루는 침묵했다.

자신이 말해도 상관은 없었다. 그러나 삼층에도 흑룡문도들이 제법 많았었다. 그중에 흑월참극 같은 고수는 없었지만 내공의 힘을 빌려 엿들을 만한 자들은 몇몇 있었다.

"대답하지 않겠다는 것이냐?"

암독왕이 재우쳐 물었다.

"놈들이 날 겁박해 싸웠소. 세세한 이유는 말하고 싶지 않소. 누명을 쓰는 것도 싫지만 변명 따위도 하기 싫소."

암독왕이 눈살을 찌푸릴 때 한 흑의사내가 나섰다.

"밀운각주님, 제가 그 이유를 알고 있습니다. 밑에 층에 있었지만 어느 정도 대화를 훔쳤습니다."

암독왕이 그를 흘낏 보고는 말했다.

"나는 여기 계신 마붕권 어른과 긴밀히 나눌 얘기가 있어 기막을 쳐 잡음의 오고감을 막았었다. 그래서 저간의 상황을 모르니 너는 아는 대로 말하라."

암독왕은 자신이 시끄러운 소리가 나고 있었는데도 몰랐다는 사정을 말했다. 높은 지위에 있는 자들이 흔히 갖는 괜한 자격지심이었다.

너희 따위가 들었는데 우리가 왜 못 들었는지 이상한 오해 따위는 하지 말라는. 그러나 그 대목에서 무루는 모든 궁금증을 풀었다. 유라도 그것을 눈치챘는지 전음을 보내왔다.

[오라버니, 연극이… 완전 실패한 것은 아닌 것 같아요.]

한껏 풀 죽은 그녀의 전음에 무루는 미안해졌다. 실수는 자신이 더 컸는데……. 자신이 냉정을 유지했다면 이런 어색한 일도 없었을 터인데.

[그런 것 같구나.]

[그럼 저 다시 연극에 합류해도 되는 거죠?]

유라의 조심스러운 탐색에 무루는 잠시 망설이다가 답했다.

[아니, 아니다. 내가 의도한 상황과는 뭔가 조금 다른 것 같아. 그러니 너는 이쯤에서 일단은 빠지는 게 좋을 것 같다. 흘러가는 상황을 보고 네 재합류 여부는 나중에 말하자.]

유라는 망사 속의 입술을 지그시 깨물었다. 그러나 어쩌겠는가? 지은 죄가 있는데.

[알았어요.]

그들이 전음을 주고받는 사이에 흑의사내의 보고가 진행됐다.

"위에서 갑자기 본 문이 아닌 사람들이 밑으로 우르르 내려왔습니다. 그중 한 사람에게 위에 무슨 일이라도 있냐고 물었더니 믿겨지지 않을 만큼 놀라운 미녀가 있는데, 그 미녀를 두고 시비가 붙었다고 했습니다."

암독왕과 마봉권이 무루 뒤에 숨어 있는 여인을 살폈다. 흑의사내의 얘기가 이어졌다.

"기실 그 얘기를 듣고 여인의 얼굴을 보고 싶었지만 내당의 부당주께서 막으시는 바람에 그냥 밑에서 소리만 훔쳐 들었습니다. 과연 한 여인을 두고 다투는 것이 맞았습니다."

마붕권이 전후 사정을 알겠다는 듯이 흑의사내에게 다가가 머리를 툭툭 쓰다듬었다.

"수고했다."

"별말씀을. 장로님께 도움이 되었다니 소신 기쁘옵니다."

"하지만 다음부터는 쥐새끼처럼 다른 말을 엿듣는 일은 삼가는 것이 좋을 것이다."

"예?"

"너희 같은 종자들 때문에 내가 밀운각주님과 대화를 나눌 때도 기막 같은 것을 쳐야 했던 것이다."

"저, 저는 다만 장로님께……."

콰직!

마붕권이 흑의사내의 머리를 두부처럼 으깨 버렸다.

뇌수가 철철 흘러나오는 모습에 구경하던 사람들이 슬금슬금 뒷걸음질치더니 빠르게, 그러나 아주 조용하게 사층에서 사라져 버렸다.

암독왕은 그 끔찍한 광경을 무심하게 보다가 무루를 향했다.

"그러니까 딱히 너는 본 문에 악감정이 있었다는 건 아니군."

"그렇소. 그들이 먼저 내가 점찍은 여자를 뺏어가려고만 하지 않았다면 이런 사태는 없었을 것이오."

"좋아, 점점 더 마음에 드는군. 사내라면 자신의 여자를 지킬 줄 알아야지. 암. 자네, 자리를 옮겨 우리와 한잔할 생각이 있는가?"

암독왕의 어조가 갑자기 부드러워졌다.

무루는 눈을 가늘게 떴다. 계획이 원래의 길을 찾았다지만 약간 비틀어져 있었다. 그의 머리가 다시 예전처럼 명석하게 움직였다.

이미 이들의 정체는 오늘 낮에 흑살이 말해준 정보로 파악했다. 그런데 의문점은 이들이 왜 이렇게 자신에게 갑자기 살갑게 구느냐는 것이었다. 사연이야 어쨌든 한솥밥을 먹고사는 수하들을 자신이 처치했는데 말이다.

무루의 눈에 이채가 스쳤다.

흑룡문은 흑룡문주를 중심으로 하나로 똘똘 뭉쳐져 있는 것처럼 보였다. 그러나 그것은 겉으로 드러난 모습일 뿐이었다.

원래 흑룡문 출신인 토박이와 영입된 고수들의 주도권 싸움이 물밑에서 치열하게 이뤄지고 있었다.

마붕권과 암독왕은 영입파 쪽이었다. 반면 흑월참극은 흑월문의 토박이였다.

어쩌면 마붕권과 암독왕이 무슨 대화를 나누려 했는지 알아보기 위해 흑월참극이 몰래 따라온 것은 아닐까? 그것을 알아챈 마붕권과 암독왕은 기막을 둘러친 것이고.

확증은 없었지만 심증은 갔다.

무루는 속으로 빙그레 웃었다. 잘만 하면 왠지 자신의 일이 더 수월해질 수 있을 것 같았다. 속으론 웃지만 겉으로는 태연하게 말을 받았다.

"나는 지금 무리하게 공력을 사용해 무척 피곤하오. 내일 만나면 안 되겠소?"

마붕권이 흡사 눈빛만으로도 모든 것을 태워 버릴 것 같은 안

광을 흘리며 싸늘하게 말했다.

"왜 도망치려는 건가?"

"아니오! 원한다면 나는 지금 당신들과 자웅을 겨룰 수도 있소."

"허어, 거참. 조금만 좋게 대해주면 건방이 하늘을 찌르는구나."

"당신들은 강하오. 그렇다면 치사하게 내 힘 빠진 틈을 노리지는 않을 것이라 생각하오. 싸우든 대화를 하든 내일 아침에 하면 안 되겠소?"

암독왕이 잠시 침묵하다가 갑자기 손을 휘이 저었다. 그러자 시원한 바람이 무루의 머리칼과 옷을 살짝 흔들리게 했다. 무루는 장풍이라도 쏘아대는지 경계했다가 아무런 일도 없자 앞에 위치했던 손을 다시 내려놨다.

"이 무슨 장난이시오?"

"장난? 후후후. 뭐, 좋아. 하룻밤이야 참아줄 수 있지. 어차피 네 진신 실력도 정확하게 알아야겠고. 하지만 너는 이걸 알아둬야 한다, 넌 지금 호랑이 굴에 들어와서 아주 큰 사고를 쳤다는 것과 널 살려줄 사람은 우리뿐이라는 것을."

"……."

"우리가 나서서 널 변호해 주지 않는다면 설사 천하제일인이라 해도 살 수 없다는 것을 명심해야 한단 말이다."

"지금 날 협박하는 것이오?"

"크크큭, 아직 어려 겁이 없구나. 그 점이 마음에 들긴 하지만. 그러나 너는 곧 하늘 위에 하늘이 있음을 알게 될 것이다.

그리고 그 하늘에 충성을 바치게 되겠지."

암독왕이 돌아서 마붕권에게 말했다.

"돌아갑시다."

"이대로 말이오?"

"도망가지 못할 겁니다."

마붕권은 고개를 갸웃거리며 물었다.

"그걸 어떻게 확신하시오?"

"저 녀석에게 독을 좀 썼소."

마붕권이 흠칫 놀랐으나 태연한 표정을 지었다. 대체 언제 독을 썼는지 자신조차 몰랐다. 그의 등줄기로 식은땀이 솟았다. 그러다가 아까 장난처럼 바람을 일으킨 것을 상기하고는 고개를 끄덕였다.

무루가 눈을 번쩍 뜨며 외쳤다.

"그, 무슨 말이오? 독이라니?"

"무형절독(無形絶毒)이라는 게다. 너는 반드시 내일 나와 만나야 한다. 그렇지 않으면 살이 썩어 문드러지다가 처참한 고통 속에서 죽을 수밖에 없지."

"그, 그런 악독한!"

"해독약은 천하에 나만 가지고 있다. 내가 개발한 독이니까. 참, 네 뒤에 숨어 있는 그 계집도 마찬가지다. 계집도 데리고 오너라. 그러면 둘 다에게 해독약을 내어주마."

무루의 얼굴이 일그러졌다. 떼어놓으려던 유라를 다시 합류시켜야만 한다는 점이 걸렸다. 이 사고뭉치가 또 무슨 일을 터뜨릴 것인지 걱정이 아니 들 수 없었다. 아니, 더 걱정인 것은 유라를 향한 자신의 알 수 없는 마음이었다.

늙은 생강이 맵다더니 유라까지 엮어가는 저들은 역시 호락호락하지 않았다. 암독왕은 그 말을 끝으로 계단으로 향하며 말을 이었다.

"내일 나에게 오겠느냐, 아니면 내가 너에게 갈까?"

"끄응."

무루는 곤혹스러운 연기를 보이다가 암독왕이 계단 위로 사라지려 하니 급히 말했다.

"내일 별관 일층에서 봅시다. 정 미시(正未時:오후 2시)에!"

"허허허, 나보고 직접 오라? 네 그 자존심만큼은 인정해 줘야겠구나. 좋다, 그렇게 하지."

그가 위층으로 사라지자 남아 있던 마붕권이 무루를 보며 말했다.

"크크큭, 아주 재미있구나. 건방지던 네가 그렇게 놀란 표정을 짓다니. 알았느냐? 너는 아직 한참 멀고 먼 풋내기뿐이란 것을. 그러나 우리를 따르면 너는 지금보다 더 강해질 것이고 부귀영화를 누릴 수 있을 것이다."

그 말을 끝으로 마붕권도 암독왕의 뒤를 따라나섰다. 그들이 모두 사라지자 무루는 피식 웃었다.

푸스스스.

그의 뒷짐 진 손에서 검은 기류가 흘러나왔다. 독이 배출되고 있는 것이다. 무루는 돌아서 유라를 보았다. 그녀도 독을 배출하려는지 한 손이 거멓게 물들어 있었다.

"대단하구나."

무루는 유라가 공력으로 독을 한 손에 몰아놓고 빼내는 모습을 보며 감탄했다. 어쩌면 자신이 생각한 것보다 유라는 훨씬 더 고강할지도 모르겠다는 생각을 했다.

역시 구위영과 유라의 진신 실력을 제대로 한번 살펴야겠다는 생각을 했다. 그 순간 무루의 뇌리에 한줄기 섬광이 번쩍였다.

"으음……."

그러고 보니 자신도 자신의 실력을 정확히 알고 있다고 말하기가 어렵다는 사실을 깨달았다.

상당히 강해졌다는 건 알고 있었다. 그리고 놀라운 무공들을 소유하고 있다는 것도.

그러나 정말 제대로 된 고수들과 싸워본 적이 거의 없었다. 굳이 대라면 오전에 붙어보았던 흑살과 좀 전의 흑월참극 정도였다.

은당객잔의 본관을 나서는 무루의 미간이 깊어졌다.

자신의 한계를 모르고 있다는 점이 충격으로 다가왔다.

지피지기면 백전불태(知彼知己百戰不殆)라 했다.

백 번 싸워도 위태롭지 않기 위해서는 자신 먼저 알아야 하는 건 기본이었다. 그런데 정작 자신의 실력과 한계를 알지 못하고 있었다는 것이 어이없었다.

꿈속에서의 서른세 번의 인생.

그것을 과연 온전히 다 믿을 수 있을까?

일단 그 가공의 인생에서 계속 수련한 무공은 실제와 같았다. 문제는 대상이었다.

꿈속의 적들과 현실의 적들은 어떠할까?

지금까지 있었던 일들을 반추하면 별반 차이가 없는 것 같았다.

그러나 무루는 분명 큰 차이가 있다고 생각하고 있었다. 아무리 그래도 꿈은 꿈일 뿐이니까.

한두 명의 초고수와 다툰다면 몰라도 많은 고수들과 상대한다면 꿈에서와 달리 공력의 한계가 올 것이라고 생각했던 것이다.

"으음……."

무루는 꿈과 현실의 차이 유무에 대해 고민했다. 지금까지 어떻게 이런 고민을 할 생각을 안 했는지 어이가 없었다. 가장 기본적인 것이었다.

"한계라… 내 한계가 어디까지인지라……."

길을 걷는 무루의 중얼거림에 소리 죽여 따르던 유라가 움찔했다.

무루가 내뱉은 한계란 뜻은 공력과 무공의 한계를 스스로에게 묻는 것이었다. 그러나 유라는 무루가 인내심의 한계를 고민한다고 생각했다.

자신이 유혹해도 어디까지 참을 수 있는지.

유라의 눈이 깊은 늪에 잠겨들었다. 그녀는 우울해졌다. 그저 사모해서 그런 것인데 자신을 멀리하려는 무루가 야속해 다시 눈에 이슬이 맺혔다.

그녀는 소리 죽여 울며 가슴을 부여잡았다.

아팠다, 가슴이 너무 아팠다.

'그럼 저보고 어떻게 하라는 거예요. 이렇게라도 안 하면 오라버니는 평생 저를 여인으로 봐주지 않을 것을 아는데……'

평소 활달하고 유쾌한 유라가 아닌 사랑에 상처받고 마음에 아파하는 평범한 한 여인이 조용히 무루의 그림자만 밟으며 뒤따랐고, 그 뒤를 달이 내려다보며 따랐다.

무루는 자신의 생각에 빠져 그런 유라의 마음을 눈치채지 못했다. 그렇게 잠시 함께 길을 걷다가 무루가 멈춰 섰다. 덕분에 유라도 멈춰 섰다.

무루는 짤막한 한숨을 내쉬며 유라를 보았다.

아무리 그가 목석같을지라도 유라가 계속 슬픈 기색을 보이고 있으니 눈치채지 못할 수가 없었다.

어색한 침묵이 둘 사이에 내려앉았다. 무루는 유라를 내려다보다가 한 손을 들어 그녀의 어깨를 가볍게 두드렸다.

"장난이었냐, 아님 진심이었냐? 그것도 아니면 충동이었냐?"

무루의 고즈넉한 어조에 유라는 갈등했다. 당장 진심이라고 말하고 싶었다. 그러나 만약 그가 마음을 접으라고 할까 봐 두려웠다.

아직 시작도 못한 연심이거늘.

그의 입에서 나올 말이 무서워 침만 삼켰다. 세상 어느 것도 무서울 것이 없다 여겼다.

그러나 아니었다. 사람의 한마디가 자신의 운명을 영광으로, 혹은 나락으로 이끌 수도 있음을 그녀는 지금 깨달았다.

무루는 이런 유라의 모습이 낯설고 생소했다. 그것이 왠지 어색해 급히 말을 꺼냈다.

"어쩌면 그 모두겠지?"

"……."

"너는 아직 세상 경험이 일천해 만난 사내들이 별로 없어. 그러니 네 그런 행동들이 전혀 이해가 가지 않는 것도 아니야."

유라가 고개를 빳빳이 세웠다.

"무슨 말을 하려는 거예요?"

"나도 모르겠다, 내 마음이 어디로 향하는지. 나는 너를, 왈가닥인 너를 푸근하고 따스하게 맞아줄 선량을 만나게 해줄 마음이었는데……."

"오라버니, 나, 나는……."

무루의 검지가 유라의 입술을 열십자로 막았다.

"아무 말 하지 말자, 적어도 아직은."

"……."

"시간이 말해주겠지. 내 심장의 진실을. 또한 네 진심까지."

순간의 충동이었는지, 아니면 자신도 몰랐던, 일부러 꼭꼭 닫아 가두었던 속내가 모습을 드러낸 것이었는지.

무루가 뒤돌아섰다. 그리고는 먹물 같은 허공을 우러르다가 말했다.

"먼저 들어가라."

"절 피하시려는 건가요?"

무루가 고개를 돌려 엷은 미소로 답했다.

"설마. 아니야. 난 지금 꼭 확인해야 할 일이 있어. 그뿐이야."

"……?"

"내 한계를 보고 싶거든."

자못 비장한 어조에 유라는 입술을 깨물었다. 무슨 뜻인지는 몰라도 지금 그는 뭔가 중요한 일을 하려는 것을 본능적으로 깨달았다.

"제가 뭐 도울 일은 없을까요? 여인으로서의 지금 제가 불편하다면 우호법으로서 하는 말이에요."

"아니. 이건 나 혼자 해야 하는 일이야."

무루가 멈춰 세웠던 걸음을 떼었다. 유라는 잡고 싶은 마음에 손을 들었다. 그러나 잡히는 것은 허공뿐. 마치 자신의 심장 같았다. 텅 빈 심장.

그가 멀어지는 것을 보며 유라는 초조해졌다. 무슨 말이라도 하고 싶은데 어떤 말을 꺼내야 할지 몰랐다.

괜한 두려움이 엄습했다. 오라버니가 이대로 떠나 돌아오지 않을 것만 같았다.

"오라버니!"

꽤 거리가 멀어졌지만 무루가 멈춰서 고개를 돌렸다. 유라가 외쳤다.

"조심해 다녀오세요!"

무루가 싱긋 웃었다. 그러자 불안했던 그녀의 마음에 따뜻함이 채워졌다. 무루가 한쪽 손을 흔들며 사라지자 유라는 조용히 가슴에 손을 올렸다.

두근두근.

비어 있던 심장이 훈기로 가득 찼다. 유라는 말괄량이가 아닌 성숙한 여인의 미소를 지으며 중얼거렸다.

"꼭 돌아오세요."

이 밤,

유달리 많은 별들이 총총하게 빛났다.

2

어둠에 잠겨 있는 주령산(珠嶺山).

안의 땅에서 백이십여 리 떨어진 곳에 위치한 산이다. 그곳의 정상에 한 사내가 가볍게 숨을 내쉬며 서 있었다.

그는 무루였다.

유라와 헤어진 그는 낼 수 있는 최대의 경공을 펼쳤다. 그는 미풍이 되었다가 이내 격풍으로 변했고, 또다시 섬전으로 화했다.

비룡이 번개를 쫓는다는, 사실상 실전된 것이나 다름없는 곤륜파의 비룡축전(飛龍逐電)이 최고조에 달한다면 이리 빠를까?

눈을 밟아도 흔적이 남지 않는다는 답설무흔(踏雪無痕)이라, 그의 발은 땅이 아닌 허공을 차고 달렸다. 극성의 이형환위(移形換位)라, 지평선 저쪽에서 나타났는데 이미 그의 신형의 반대쪽 지평선에 있었다.

그리고 그것은 흑살이 자신만만하게 펼치던 은잠비행술이기도 했다. 흑살이 펼친 것보다 훨씬 더 빠르고 더 은밀한 경공이었다.

아니, 다 무의미했다.

그는 보이지 않았다. 어떤 자의 눈도 그의 신형을 좇을 수는 없었다.

그렇게 무지막지한 속도를 떨어뜨리지 않고 주령산 정상까지 질주한 무루는 자신의 몸을 점검했다.

"하아아, 하아!"

하얀 입김이 흑단 어둠으로 뿜어져 나왔다.

숨이 가팠다. 그러나 그것뿐이었다.

곤혹스럽게도, 아니, 어쩌면 팔관에서의 경험과 너무 똑같게 그의 전신은 활기로 넘쳤다. 상단전과 중단전을 연결하는 고리는 오히려 더 빠르게 회전하며 끝없는 기운을 제공했다.

몇날 며칠 아무것도 먹지 않고 달려도 멀쩡할 것 같았다. 지금의 기분 같아서는 수십 일을 달려도 지치지 않을 것 같았다.

스르르릉.

무루는 등에 있던 검을 꺼냈다.

정상에 있던 그의 신형이 허공으로 솟구쳤다.

슈가가가각!

종선기의 기운이 검첨에서 거침없이 줄줄이 흘러나왔다. 그 기운에 닿는 것들이 무참하게 갈라지며 속살을 드러냈다.

나무와 풀, 바위와 대지.

현란하게 흔들리고 춤추는 은빛 검신.

소리없이 베어지고 굉음을 내며 부서졌다.

콰콰콰콰아앙!

낙타 등을 닮아 불룩 솟은 거대한 바위. 그건 차라리 하나의 구릉이었다. 그러나 그의 검이 난도질하자 버티지 못하고 가루로 변해갔다.

어둑새벽.

그의 검이 스스로의 힘을 감당하지 못하고 부러졌다. 그러자 그는 주먹을 쥐었다.

무적야수포.

그의 정권이 허공을 갈랐다.

으허허헝!

기가 엉키며 포효를 한다. 아름드리나무가 송두리째 흔들리며 넘어가고 찢어지고 파괴되었다. 놀란 새들이 우짖으며 사방으로 비산했다. 흙이 일어서고 잠자던 맹수들이 허둥지둥 날뛰었다.

마침내 동이 텄다.

무루는 허리 뒤춤에 보자기로 싸두었던 호혈약을 꺼내 잠시 그것을 바라보았다. 천지를 붉게 물드는 일출 앞에 선 호혈약은 더욱 시뻘겋게 빛났다.

무루는 빙그레 웃었다.

늘 비워질까 걱정했던 삶이다. 모든 것을 다 쏟으며 산 삶이라 여겼다. 그러나 아니었다.

자신은 늘 바닥이 드러나는 것을 두려워했다. 속내가 들키지 않을까 저어했다. 목숨이 경각에 달했던 순간을 제외하면 상대에게 실력을 숨기려 늘 계산했다.

그렇게 자신은 한 번도 자신의 모든 것을 다 비운 적이 없었다. 자신의 잔이 다 비어지면 누군가 툭 건드리는 것만으로도 깨질 것 같아 겁이 났던 것이다.

아니, 한 번, 단 한 번 진심으로 자신을 비운 적이 있었다.

천부 팔관에서의 서른세 번째 삶.

자신은 모든 것을 진심으로 비웠다.

자신의 목숨을 위해서가 아니었다. 나 아닌 다른 이들을 위해서, 아끼는 사람들을 위해서 한 점 두려움 없이 자신을 비웠다.

그리고 나서야 자신은 천부의 힘을 진정으로 가질 수 있었던 것이다.

천신공의 말이 떠올랐다, 아무것도 모르겠다는 말에 그것이 앎의 시작이라고.

그랬다.

그는 질문에 대한 답을 주었던 것이다.

바로 그 지점에 답이 있었던 것인데 자신은 어느새 예전의 자신으로 돌아가 버렸던 것이다. 그저 힘만 더 강해지고 더 계산을 하는 인간으로.

무루는 아직도 몸 안에 남아 있는 종선기를 호혈약에 밀어 넣었다. 호혈약이 저항하며 거부했다. 강력한 반탄의 힘이 무루의 손을 뜨겁게 만들었다.

무루의 이마에 영글어 있던 땀이 후드득 떨어졌다. 손이 뜨거워지고 그 열기가 어깨를 거쳐 심장까지 치달았다. 무루는 살짝 떨리던 입가를 질끈 깨물었다.

그리고 단숨에 종선기를 쏟아부었다.

쿠쿠쿠쿠쿠—

거대한 종선기의 해일이 호혈약을 덮쳤다. 그 순간 호혈약이 지르는 비명을 무루는 들었다.

—끄아아악! 나는 너를 주인으로 선택해 힘을 주려 했다. 그

런데 왜 이런 나를!

"훗. 네가 나를 진정으로 주인으로 생각한단 말이냐?"

—그렇지 않았다면 너는 나를 결코 불지 못했을 것이다. 끄아악! 제발 이제 그만.

"날 강요하는 종은 필요없다."

—바보 같으니라고! 너 역시 증오에 가득 차 있지 않느냐? 이 더러운 세상을 쓸어버리고 싶어하지 않느냐? 그런데 왜?

"맞아. 나의 증오심은 대단하지. 그래서 널 요망하다 여겼지만 버리지 못했어. 세상을 향한 내 증오심이 널 버리지 못하게 한 거지."

—그래, 맞아. 너의 크고 깊은 증오심이 나를 긴 잠에서 깨웠지. 그런데 왜?

"하지만 넌 간과한 게 있어. 난 그 증오심을 조절할 수 있다는 것을. 그리고 큰 증오 뒤에 숨어 있는 아픔과 슬픔을 넌 보지 못했어. 물론 나도 그랬지. 그런데 한 소녀가 날 일깨워 주더군."

무루는 소령이 자신에게 참 슬퍼 보인다고 한 말을 상기했다.

—하지만 그딴 것이 뭐가 중요하다는 거지? 내 말을 따르면 넌 무소불위의 힘을 갖게 된단 말이야!

"그렇겠지. 그리고 결국 난 살인에 미친 광인이 되어갈 테고!"

무루가 비소를 흘리며 마지막 남은 종선기를 쥐어짜 냈다.

쿠쿠쿠쿠쿵—

종선기가 마침내 호혈약 안으로 파고들었다. 순간 호혈약에서 무수한 기운이 반딧불이인 양 형형색색의 빛을 뿌리며 솟아

올랐다.

갇혀 있던 혼백들이다. 억울하게 죽은 자들의 넋이었다. 호혈약을 만든 자는 그런 자들의 넋을 강제로 이 안에 담아 넣었던 것이다.

반딧불이가 끝도 없이 솟아올랐다. 그 숫자가 수백을 넘어 수천을 헤아렸다.

무루의 눈에서 눈물이 흘렀다.

"미안하오. 죄없는 당신들의 억울함을 내 힘으로 이용하려는 생각을 했었음이. 이젠 자유롭게 저승으로 떠나 편히 쉬시오."

무루는 점차 사라지는 그들을 보다가 고개를 내렸다.

"……!"

무루의 눈동자가 흔들렸다.

호혈약의 색이 변해 버린 것이다. 아주 맑은 옅은 푸른빛을 청아하게 주변에 뿌렸다. 진정한 옥피리가 된 것이다.

무루는 피식 웃었다. 피리가 새로 태어났듯이 자신도 진정으로 다시 태어났음을 느꼈다.

과거의 고통스러운 삶에서, 팔관에서의 지독히 긴 권태로운 삶에서도 이제야 완전히 벗어났음을 깨달았다.

방금 쥐어짜 내 텅 빈 공력이 다시 몸 안을 채우기 시작했다. 혼원일기공을 운용하지도 않는데, 구결을 암송하지도 않는데 상단전과 중단전을 연결하는 고리가 스스로 움직이며 더 단단해졌다.

그의 눈동자가 커졌다.

갑자기 중단전에 내려왔던 기운이 고리를 따라 위로 돌지 않고 밑으로 움직였다. 그 기운은 거침없이 혈도를 타고 밑으로 내려오더니 마침내 하단전에 당도해 빙글빙글 돌기 시작했다.

무루는 부르르 떨었다.

삼단전 중 유일하게 사용하지 않던 하단전.

그 단전이 마침내 활용되기 시작한 것이다.

무루는 중요한 순간임을 깨닫고 가부좌를 틀었다. 그리고 스스로 움직이는 기운을 느끼는 데 주력했다.

이제 혼원일기공은 의미가 없었다.

자신의 몸이, 몸 내부의 종선기가 바로 혼원일기공 자체였다. 무루는 눈을 감았다.

붉은 하늘이 그를 휘어 감았다.

유라가 아침밥을 안 먹더니 점심까지 거른 채 은당객잔 별관의 후원에서 서성였다.

정자에 앉아 그녀를 보는 구위영이 고개를 갸웃거리며 중얼거렸다.

"뭔가 있는데……. 어젯밤에 분명 무슨 일이 있었던 것이 확실한데……."

유라가 끼니를 거른다는 것은 상상조차 할 수 없는 일이었다. 그런데 그것도 두 끼였다. 또한 수다스런 그녀가 저렇게 오랫동안 말도 없고 어두운 표정을 짓고 있다는 것도 처음 보는 일이었다.

어제의 연극이 실패로 돌아갔다면, 그리고 그것이 유라의 실수 때문이라고 한다면 그럴 수도 있겠다 싶겠지만 그것도 아니었다.

어젯밤에 돌아온 사매는 분명 성공했다고 말하지 않았던가.

그러니 구위영의 의문은 깊어만 갔다.

원래라면 진설 일행과 소령 가족이 있는 장원으로 돌아가 팔문옥쇄진에 반탄전기진을 합치는 작업에 열중해야 했다.

그런데 사매의 이상한 행동이 걸려 그러지도 못하고 있었다. 아무리 무슨 일이 있었냐고 물어도 사매는 묵묵부답이었다.

대답을 찾으려면 문제를 알아야 한다. 그런데 문제가 무엇인지 알 수 없으니 구위영의 답답함은 시간이 갈수록 가중되었다.

이런 심기로 돌아간다면 진을 설치하는 일도 할 수 없었다. 고도의 집중력이 필요한 일에 사념이 끼면 그동안 공들인 작업이 한순간 물거품이 될 수도 있기에.

"사매도 사매지만 형님은 대체 생뚱맞은 한계를 확인하러 간다는 말은 뭐지?"

유라가 전날 밤에 전해준 무루의 말은 대체 무슨 의미일까?

구위영은 슬슬 초조해졌다. 흑룡문과 약속한 시간이 다가오고 있었다. 그는 정자에서 일어나 유라에게 향했다.

"사매, 대체 형님은 어디 가신 것이오?"

유라가 고개를 저었다.

"나도 모른다고 했잖아."

풀 죽은 그녀의 모습이 구위영의 가슴을 아프게 했다.

"이제 좀 말해줘요, 대체 어젯밤에 무슨 일이 있었는지. 원 그냥 지켜보려고 했는데 답답하고 초조해서 나까지 미치겠네."

여전히 묵묵부답.

"그럼 다른 질문을 하지요. 곧 흑룡문 장로와 약속 시간이에요. 어떻게 할 겁니까?"

유라가 입술을 살짝 깨물었다.

"나가야지."

"혼자서?"

유라가 고개를 위아래로 끄덕이며 모처럼 다부진 소리로 말했다.

"오라버니가 하려는 일이야. 이대로 망가지게 둘 수는 없잖아."

"사매, 무슨 계획이라도 있는 겁니까?"

"일단 부딪쳐 봐야지."

구위영은 머리가 지끈거렸다. 사매가 일단 부딪쳐 봐야 전개될 상황은 빤했다.

치고받고 싸우겠지.

"일단 이렇게 합시다. 사매는 방에 들어가 숨으세요."

"피한다고 될 일이 아니잖아."

"내가 점소이에게 말해둘게요. 형님과 사매가 저녁에 돌아오겠다며 나갔다고. 그러니 손님이 오면 그렇게 말해달라고."

유라가 말없이 바라보자 구위영이 씩 웃었다.

"허허허, 그럼 그들은 아마 이렇게 생각할 겁니다, 해독약을 찾으러 다닌다고."

"그렇겠네."

유라가 시인하자 구위영이 말을 이었다.

"일단 시간을 버는 게 중요해요. 그들이 저녁에 다시 올 때까지 형님을 찾아보죠. 어때요, 내 계획이?"

유라의 입가에 엷은 미소가 맺혔다. 그러자 주변의 우울해 보이는 풍광이 조금 활기를 띠는 것 같았다.

"괜찮은데? 역시 사형 머리는 알아줘야 해."

"허허허, 이제야 사매도 이 사형을 제대로 보는군요. 아주 바람직한 현상이에요."

"맞아. 사형은 늘 똑똑했어."

갑자기 유라가 칭찬 일변도로 나오니 구위영은 오히려 불안했다. 죽을 때가 되면 안 하던 짓을 한다던데. 그렇다고 사매가 죽기엔 너무 어린 나이가 아닌가.

"허허허, 말이야 맞는 말인데 어째……."

"그래서 무루 오라버니도 늘 사형 말에는 귀 기울였잖아. 내 말은 늘 무시했어도."

"뭐… 늘까진 아닌 것 같은데요?"

"아니야. 그랬어."

"어젯밤에 뭐… 형님이 사매를 무시했습니까? 사람들 앞에서?"

유라가 다시 고개를 푹 숙이며 침묵에 빠졌다. 그러자 구위영이 눈가를 찌푸렸다.

"이해가 안 되는데……. 어제 무시하는 역할은 사매였잖아요."

"오라버니는 날 무시하지 않았어."

"그런데 왜?"

"앞으로 무시할지도 모르니까. 나와 거리를 두려 할지도 모르니까. 그러지 않을 거라 믿으면서도 그럴 것 같아서 겁나기도 해."

구위영은 결국 자신의 머리칼을 쥐어뜯었다.

"대체 그게 무슨 말입니까? 하나뿐인 사형이 답답해서 죽기 전에 어서 전모를 밝히세요. 형님이 왜 앞으로 사매를 무시한다는 겁니까? 혹시 다시 우리를 떠나겠다고 그러셨습니까? 그런 거예요? 그래서 끼니도 거르고 이렇게……."

"유라가 끼니를 걸렀다고? 그거 정말 놀라운 일이군."

"그러니까, 유라가 끼니를 거른 건 놀라운……."

얼떨결에 누군가의 말을 따라 한 구위영은 흠칫 놀라 옆을 보았다. 유라도 한차례 어깨를 부르르 떨더니 구위영과 같은 지점을 보았다.

둘의 눈이 커졌다.

팔을 뻗으면 닿을 거리.

불과 한 걸음 반.

아무리 형님이, 오라버니의 무공의 높다 해도 이건 아니었다. 어떻게 이렇게 가까운 곳에 올 때까지 자신들이 전혀 모를 수 있단 말인가.

무루가 부드럽게 웃으며 유라의 머리를 쓰다듬다가 어깨를 두드렸다.

"내가 너에게 걱정을 끼쳤구나."

"아, 아니에요."

유라는 놀람도, 까맣게 속이 탄 것도 잊고 배시시 웃었다. 수줍은 웃음이었다. 그가 자신을 따스하게 보고 있는 것이, 부드럽게 웃는 것이, 머리와 어깨를 잡아주는 것이 좋아 그냥 입이 헤벌어졌다.

전날 밤 거의 잠도 이루지 못하고 아침을 맞았다. 무루가 떠나기 전 웃음이 고마우면서도 불길했었다. 그런데 이렇게 맑은 미소로 나타나 주고 살갑게 대해주니 가슴 한 자락을 짓누르던 근심이 빛 앞에 선 그늘처럼 스르르 사라졌다.

일단 이것만으로도 충분했다. 오라버니의 말대로 모든 것은 시간이 해결해 주겠지. 오라버니를 향한 자신의 마음이 결코 일시적이 아니라는 것을 알게 되겠지.

그의 마음까지 자신이 어떻게 할 수는 없었다. 하지만 믿고 기다리기로 그녀는 마음을 먹었다. 진심은 반드시 전해질 것이고, 그의 마음을 움직일 것이라 믿으며.

무루가 입을 열었다.

"아직 시간이 약간 남았으니 같이 일층에 가서 요기 좀 하면서 기다리자."

"예."

유라가 어깨를 으쓱하며 대답했다. 그렇게 그녀는 정신을 못 차리고 있었지만 구위영은 달랐다.

그는 무루가 달라졌음을 온몸으로 체감했다.

뭔가 딱 꼬집어 말할 수는 없었지만 분명 달랐다. 방금 갑자기 지척에서 나타난 것만 해도 그랬다.

이 후원에는 하나의 진이 설치되어 있었다.

사람들이 오고 나가는 것을 통제하지는 않지만 그것을 알려주는 진이었다. 그런데 아무런 경보도 없었다.

분명 자신의 호주머니에 있는 청동환이 진동을 해야 맞거늘.

"형님."

"넌 왜 장원에 안 가고 여기 있느냐?"

"어디에 다녀오신 겁니까? 어젯밤에 말하신 것처럼 한계를 확인하고 오신 겁니까? 그 한계를 확인한다는 게 대체 무슨……."

"그래. 그리고 비우고 왔다. 또 채우고 왔지. 어차피 학문과 무학이란 것도 삶의 한 표현일 뿐인 것을. 생의 가장 큰 공부는 사람의 삶에 다 있다는 것을 몰랐다니 한심할 따름이지."

구위영의 미간에 내 천(川) 자가 그려졌다.

"형님, 그런 선문답을 하시면 제가 어떻게 답하라는 겁니까?"

"하하하, 조만간 시간 내서 너희들의 한계 좀 구경하자. 너희들의 재주를 내가 제대로 몰라서야 되겠냐?"

무루가 구위영의 어깨를 툭툭 치고는 유라에게 말했다.

"배고프지? 가자."

"예, 오라버니."

유라가 무루 뒤를 쫄쫄 따랐다. 그들의 뒷모습을 보던 구위영은 멍하니 있다가 이를 악물었다.

"뭐야? 지금 나만 바보 된 거야? 그런 거야?"

기가 찼다. 이럴 줄 알았으면 진즉 장원으로 돌아갔을 것인데. 그가 찬바람을 일으키며 홱 돌아섰다가 멈췄다.

"형님……. 더 높은 경지로 오르신 건가? 하여간 천재들은 인간미가 없다니까. 허허허."

구위영이 어깨춤을 추며 늙은 웃음을 터뜨렸다.

第九章

침 튀기지 마라

절대고수 絶代高手

1

돼지고기에 여러 양념으로 절여 만든 오향장육(五香醬肉)을 순식간에 해치운 유라가 이제 살겠다는 표정으로 배를 두드리며 말했다.

"오라버니, 근데 정말 얼굴 가리지 않아도 돼요?"

지금 그녀는 모자를 쓰지도 않고 면사도 드리우지 않았다. 그래서 주변에서 늦은 점심을 먹는 손님들은 그녀를 훔쳐보느라 정신이 없었다.

재미있는 점은 둘 주변의 탁자엔 손님이 없다는 점이었다. 차마 가까이 다가설 엄두가 나지 않았던 것이다.

"왜, 불편해?"

불편하긴 했다. 다만 그 불편함이 면사를 쓰고 있는 것 때문이 아니라 지나치게 사근사근한 모습을 보이는 무루 때문이라는 차이가 있었을 뿐.

"아니. 나야 편하죠. 오라버니가 얼굴을 가리라고 해서 그렇게 하긴 했지만 답답한 건 사실이었으니까."

"오면서 생각해 보니 미안했다. 나 편하자고 널 불편하게 한 거니까."

유라의 눈동자와 입술이 좌우로 왔다 갔다 움직였다. 그 앙증맞은 모습 때문에 손님들은 속으로 한숨을 깊고 깊게 삼켜야 했다. 저 여인의 사내는 전생에 나라라도 구했나 보다. 그렇지 않고서야 어찌 저런 여인을…….

하아아!

숨죽인 사내들은 한숨만 토해내며 애꿎은 전생만 탓했다. 전생에 좀 잘살 것을.

"오라버니, 좀 수상해요."

"뭐가?"

"혹시 나 골탕 먹이려는 거 아닌가요?"

"내가 널? 왜?"

순간 유라의 얼굴이 능금처럼 붉어졌다.

"그, 그게, 어젯밤에 내가 오라버니한테 한 그 일 때문에……."

"하하하! 그건 아니야. 그냥 내가 너한테 참 박하게 굴었다 싶어서 그런 거야. 그리고… 어젯밤에 말했듯이 우리 서로에게 약간의 시간을 허락해 보자. 내가 널, 그리고 네가 날 보는 것보다 자신을 들여다볼 시간을……. 다만 어제와 같이 짓궂은 장난은 사절이다. 나는 확실히… 한창때의 젊은 사내야, 다른 사내와 다르지 않은."

무루는 민망한지 화제를 돌렸다.

"그나저나 이 사람들, 약속 시간이 지났는데도 안 오는군. 후후후. 일부러 그러는 거겠지만."

둘은 지금 입구를 바라보며 나란히 앉아 있었다. 혹시나 식사 중에 그들이 오면 맞은편에 앉게 하려고 말이다. 그런 의도였지만 보는 사람들은 다정한 연인이 조금이라도 떨어지기 싫어서 붙어 있는 것으로 보였다.

"일부러 늦어요? 왜요? 어제 보니까 오라버니를 영입하려고 안달이 난 것 같은데? 제대로 작전이 먹힌 거 아니에요?"

"우리 속이 까맣게 타길 바라는 거겠지. 주도권은 그쪽이 쥐었다고 생각하니 급할 게 없다고 여기고 있을 거야. 어쩌면 꽤 늦게 올지도 모르겠다."

"음, 일리가 있네. 그럼 이렇게 계속 올 때까지 죽치고 기다려야 하는 건가요?"

"심심해? 느긋하게 차나 마시며 기다리면 되지. 그리고 연극에 약간 변화가 있을 거다. 그 얘기도 좀 하자."

무루도 식사를 마치고는 주담자를 들어 옆에 놓인 찻잔에 차를 따랐다. 그리고는 유라 앞에 있는 잔에도 차를 따라주었다.

그 모습에 유라가 눈을 동그랗게 떴다.

"오라버니."

"또 왜?"

"지금 오라버니가 무슨 짓을 했는지 알아요?"

"응?"

"나한테 차를 따라줬어요!"

무루가 주담자를 제자리로 놓다가 멈칫했다. 그리고는 씁쓸하게 웃었다.

"네 말이 맞았구나."

"네?"

"예전에 네가 그랬잖아, 수발 다 들어줬는데 이제 도망가려 한다고. 그러고 보니 네가 내 옷도 그렇게 오랫동안 빨래해 주고 먹을 것도 다 챙겨줬어. 내 이부자리도 수시로 밖에 나가 말리고… 네 신은 누추해도 내 신발은 좋은 가죽신을 사가지고 왔었지."

유라가 당황하며 볼을 긁었다.

"오라버니, 왜 갑자기 그러시는 건가요? 그거야 내가 좋아서 그런 건데 뭐……. 그리고 그건 호법으로서 당연히 해야 할 일이에요."

"아니, 아니야. 세상에 당연한 일은 없어. 어떻게 한번 제대로 너한테 고맙다는 말 한 적도 없구나."

"오라버니, 정말 이상해요. 안 하던 행동들을 하니까 나 자꾸 불안해지려고 그래."

"하하하, 불안하기는, 뭘. 진설 낭자의 조부님께서 나한테 이런 말을 한 적이 있어. 너무 앞으로만 달리지 말고 가끔 멈춰 옆도 보고 뒤도 봐야 한다고. 그러지 않으면 아집과 독선에 빠진다고 하셨지."

진설이 언급되자 유라가 눈을 치켜뜨며 말했다.

"어어, 나 설이한테 잘하고 있어요. 정말인데. 우리 되게 친해졌어요."

"누가 뭐래? 나도 그 점을 고맙게 생각하고 있어. 어쨌든 어르신의 말씀이 맞았다. 나는 가장 가까운 너희들에게 너무 소홀했던 것 같구나. 나 하나를 살피기도 벅차다는 이유로 나를 바라보고 있는 사람들을 외면했어."

유라가 도리질을 쳤다.

"아냐. 오라버니는 소홀한 적 없어요. 잘해줬어요. 정말이야."

"녀석, 고맙다. 그렇게 말해줘서."

무루가 찻잔을 잡은 유라의 손을 한차례 꼭 쥐어줬다가 놨다.

유라의 숨이 넘어갔다.

그녀는 부끄러움을 참기 위해 필사적으로 태연한 표정을 지었다. 그러나 그녀의 입이 귓가에 걸리는 것까지 막을 수는 없었다.

그녀의 환한 웃음.

붉디붉은 입술 사이로 가지런하고 빛나는 하얀 이가 시원하게 벌어졌다. 그러면서도 왠지 수줍은 듯한 그 표정.

객잔 일층 사람 중 몇이 코피를 쏟고 말았다. 어디선가 탁자가 뒤로 넘어가는 소리도 들렸다.

주담자에 있던 찻물이 식어갈 무렵, 연극에 대한 짤막한 얘기가 끝이 날 무렵, 객잔으로 낯선 사람들이 우르르 몰려들었다.

치렁치렁 늘어진 발을 헤치고 들어온 그들 중 하나가 입구의 계산대에 앉아 있는 여인에게 호령했다.

"여기 후원에 무사들이 묵고 있다 들었다. 맞지?"

사내의 정체를 아는 여인이 잔뜩 긴장했다. 이 인간에게 한번 걸리면 초상 치르는 건 시간 문제였다. 그녀가 고개를 조아린 채 떨면서 대답했다.

"예. 그, 그렇습니다. 무사 세 분이 있고, 귀해 보이는 아가씨도 두 분 있고, 하여튼 그렇습니다."

진설 일행은 이미 장원으로 옮겨갔지만 여인은 세세한 것을 알지 못했다. 어차피 후원을 통째로 빌리면 계산은 사람 수와 관련이 없었다. 제공되는 식사비만 다를 뿐.

그리고 그 식비는 자신 같은 종업원이 알 바 아니었다. 주인과 주방에서나 알 일이지. 그렇기에 그녀는 무루 일행이 처음 와서 후원을 빌릴 때만 기억했다.

"그들이 이곳에 온 지가 오늘로 닷새째지?"

"예에."

질문을 던지던 사내의 표정이 밝아졌다. 그는 흑룡전장의 장주 국야한이었다.

"시간은 대충 맞아 들어가는군. 사건은 그들이 이곳에 있을 때 일어났으니까."

그 옆에 있던 노인, 전방의 방주가 말을 받았다.

"제가 뭐라 그랬습니까? 그들이 확실합니다. 인원도 그리 많지 않은데 후원을 통째로 빌렸습니다. 그 돈이 필시……."

국야한이 얼굴을 찡그리며 손을 들었다. 그러자 방주가 얼른 입술을 닫았다.

"신분을 확인하기 전까지는 아직 확실한 건 아무것도 없다."

그는 신중했다. 겨우 다섯 명인데 후원을 통째로 빌린다는 건

재력이 풍부하다는 말이다. 돈이 많다는 것은 신분이 높다는 의미다. 적어도 국야한에게 그것은 공식과 같은 것이었다.

만약 후원을 빌린 자가 범인이 아니라면 조심해야 할 사람들일 수도 있었다.

그는 여인에게 후원으로 안내하라고 말했다. 그러자 여인이 안절부절못하며 고개를 돌렸다. 그 시선이 향하는 곳은 당연히 무루였다.

"저, 저쪽에… 그분들 중 두 분께서 나와 식사를 하고 계십니다."

국야한과 그의 일행이 시선을 돌리다가 숨을 들이켰다. 유라 때문이었다.

유라는 어깨를 으쓱하며 무루에게 말했다.

"오라버니, 답답하긴 하지만 뭔가를 두르긴 해야 할 것 같아요. 저런 인간들의 시선은 정말이지… 재수없거든요."

"편하게 해라."

"그때 산 죽립이 괜찮더라고요. 햇볕도 가려주고, 비올 때에도 요긴하고."

제 버릇 개 못 준다고, 국야한이 음심에 불타는 눈으로, 그러나 상대의 신분을 알 수 없으니 조심스럽게 다가왔다.

"말씀 좀 묻겠소."

유라는 고개를 홱 돌렸다. 그러나 무루는 덤덤하게 대꾸했다.

"물어보시오."

"낯선 분이신 것 같은데……. 이곳에 사는 분이 아니시죠?"

"그렇소. 댁 같으면 지척이 집인데 따로 후원을 빌리겠소? 쯧쯧, 멍청하긴."

국야한은 입술을 질겅질겅 씹었다.

싸가지없이 말하는 본새가 영락없이 돈깨나 좀 있는 가문의 사람이었다. 더 정확히 말하면 칼을 차고 있는 것이 무림인이었다. 제법 재력이 괜찮은 무가의 자제가 강호 유람에 나선 것 같았다.

범인일 확률이 낮아지긴 했지만 그래도 모르는 일이었다. 그리고 왠지 심술이 일었다. 부모 잘 만나 부(富)를 거저 얻은 철부지가 저런 미인을 대동하고 있다는 것이 배알이 꼴렸다.

"어느 가문 댁이십니까? 아니면 사문 같은 것이라도."

"내가 왜 그걸 말해야 하오?"

"그럼 이렇게 하지요. 저에 대해 말씀드리지요. 그럼 공평하지 않겠습니까?"

국야한은 가슴을 펴며 최대한 여유로운 표정을 지었다. 자신은 이렇게 자신에 대해 누군가에게 말할 때가 가장 행복했다. 어떤 무림인이라도, 어느 무가의 잘나가는 자제라 해도 자신을 무시할 수는 없었다. 자신은 흑룡문이 배후에 있었다.

"저는 흑룡전장의 장주 국야한이라 합니다."

순간 무루의 눈이 찢어질 듯이 커졌다. 어찌 이 이름을 모르겠는가?

자신의 가족을 죽게 한 최초의 원인 제공자.

바로 아버지가 구해주었던 여인을 괴롭힌 왈패들의 주동자였다.

무루는 심장이 터질 것 같은 흥분을 초인적인 의지로 누르며 부드럽게 미소 지었다.

"다시 한 번… 말해주겠소?"

국야한은 상대의 눈이 휘둥그레지는 것을 보고는 짜릿한 쾌감을 느꼈다.

그랬다.

흑룡전장의 장주라는 자리는 그런 것이었다.

어지간한 자라도 자신을 정중히 대해야 하는 신분이었다.

"허허허, 흑룡전장의 장주 국야한이외다."

"높은 분이셨구려."

무루가 천천히 일어섰다. 그런 무루를 유라는 의아하게 보았다. 자신만 느낄 수 있는 미약한 기운이었지만 심상치 않은 기세가 느껴졌다.

국야한은 그가 일어선 것을 보며 자신을 향해 포권을 취하려 한다고 생각했다. 그 생각에 한 점의 의심도 없었다.

이게 바로 출세의 힘이란 것이었다.

"그 유명한 흑룡전장의 장주라니, 대단히 출세하신 분이셨구려."

"허허허, 저에 대한 명성을 들으셨군요. 제가 좀 입지전적인 인물이긴 하지요."

지나가던 개가 학질을 뗄 말이었다. 명성이 아닌 악명이거늘.

무루가 씨익 웃었다.

"정말 고맙소. 안 그래도 찾으려고 했는데. 아니, 내 아는 사람에게 그대를 찾아달라 부탁까지 해두었는데. 후후후."

"……?"

당황하는 국야한의 눈에 갑자기 주먹이 다가들었다.

콰직!

그의 코가 함몰됐다.

그의 육중한 체구가 나자빠졌다.

네 전방의 방주들과 수하 왈패가 눈을 치켜떴다. 일층에 있던 손님들이 일어나 뒤쪽으로 몸을 피했다.

국야한이 코를 움켜쥔 채 신음을 흘리다가 버럭 고함을 질렀다.

"대체 왜?"

무루가 여전히 웃는 얼굴로, 그러나 싸늘한 눈빛으로 말했다.

"말할 때 네 침이 튀었어."

2

무루의 말이 끝나기도 전에 이미 왈패들 몇이 무루를 향해 달려들었다. 그러나 그들은 애초에 무루의 상대가 아니었다.

그야말로 순식간에 그들도 국야한처럼 얼굴이 함몰되거나 몸 어딘가가 부러져서 바닥을 뒹굴었다.

그러자 드디어 칼을 찬 무림인들이 나섰다. 흑룡전장의 장주를 호위하는 자들이었다.

세 명의 사내가 앞으로 나섰다. 그들은 경고도 없이 곧장 칼을 빼 들고 무루를 향해 덮쳤다.

쇄애애액.

세 개의 검신이 동시에 무루를 노렸다. 무루는 탁자 위에 있던 접시를 들더니 그들을 향해 흔들었다. 위에 남아 있던 음식 찌꺼기가 흩뿌려지니 세 사내 중 하나가 눈살을 찌푸리며 멈춰 오물을 피했다.

그러나 두 사내는 아랑곳하지 않고 무루를 향해 검을 그었다. 순간 무루의 몸이 한 바퀴 빙글 돌았다.

선풍각!

돌려차기였다.

동작이 크기 때문에 실전에서는 거의 쓰이지 않는다. 하지만 왼발을 축으로 빙글 도는 그의 몸 사이로 두 개의 검이 기막힐 정도로 빠져나갔다.

숨죽이며 구경하던 사람들이 자신도 모르게 탄성을 뱉을 정도였다. 일부러 짜고 공격하고 피한다 해도 저리 아슬아슬하게 검이 빈 공간을 베기도 쉽지 않을 터였다.

회전하는 무루의 오른발이 한 번의 동작으로 두 사내의 뺨을 두들겼다.

"컥!"

"크흑!"

둘이 힘없이 뒤로 팽개쳐졌다. 오물을 피하려다 졸지에 홀로 남은 사내가 눈을 껌뻑이며 당황했다. 나아가지도 물러가지도 않는 어정쩡한 자세에 무루가 앞으로 한 발을 옮겼다.

"……!"

한 발을 내딛는가 싶었는데 어느새 바로 앞에 있었다. 무루가 말했다.

"깨끗하게 살고 싶은가 보군."

"으으……."

"그런데 너희들이 하는 짓은 왜 그렇게 더럽지?"

그가 힘을 쥐어짜 내 검을 내질렀다. 그러나 그전에 무루의 주먹이 그의 왼뺨을 후려갈겼다.

그가 입으로 피분수를 흩뿌리며 옆으로 나동그라졌다. 하필 그가 데굴데굴 굴러간 곳은 국야한 옆이었다.

국야한은 무루가 자신에게 다가오자 질겁했다. 일어서려던 그가 놀라 엉덩방아를 찧으며 다시 주저앉고 말았다.

그는 양손으로 바닥을 짚으며 뒤로 육중한 몸을 끌다시피 물렸다.

그의 눈이 다가오는 무루와 객잔의 입구를 번갈아 살폈다. 근처 밖에는 음산오괴가 있었다.

거처에만 있기 무료하다며 그들이 따라나온 것은 그야말로 자신에게 천운이었다. 음산오괴는 아직 확실한 범인을 찾은 것이 아니기에 밖의 대로에 말을 탄 채 머물러 있었다.

국야한의 머리가 번개처럼 회전했다. 방금 전방의 방주 하나가 뛰어나갔다. 그러니 곧 그들이 들어올 것이다. 그 짧은 시간을 버텨야 했다.

흑룡전장의 이름을 댔는데 주먹부터 날리는, 그것도 침 튀겼다는 황당한 이유를 대는 이 미친놈은 무슨 짓을 벌일지 몰랐다.

"대체 왜 나를 핍박하는 건가? 나는 흑룡전장의 장주다. 내 뒤에는 흑룡문이 있음을 모르는가?"

국야한은 더 당당하게 나갔다. 그러면서 이자가 흑룡문의 이름을 듣고 주눅 들기를 진심으로 바랐다.

그러나 이 미친놈은 무표정한 얼굴로 바로 앞에서 멈췄다. 그리고는 자신의 발을 내려다보았다.

"이런……."

국야한은 녀석의 입에서 무슨 말이 나올지 몰라 숨을 죽였다.

"내 신발에… 튀었잖아, 네 침이."

"그런 억지가!"

퍼억.

무루의 발이 그의 복부를 강타했다.

"끄르륵."

국야한의 눈이 뒤집혔다. 창자가 꼬이는 고통이 전신을 엄습했다. 요즘 들어 재수없는 일이 생기더니 오늘은 최악이었다.

왜? 자신이 왜 이런 대우를 받아야 한단 말인가?

당당한 가해자의 역할은 늘 자신이었다. 얻어터지는 가련한 쪽은 상대방이었다. 그런데 왜 이렇게 자신이 얻어맞고 있는가 말이다. 그것도 자신이 오를 수 있는 출세의 정점에 있는 상태에서.

"대체 왜?"

"어라? 또 침 튀었어."

"아, 안 튀었소!"

국야한이 아득한 고통 속에서도 무의식적으로 손을 들어 입을 막았다. 그러나 침을 튀긴 대가는 가혹했다. 정말 침을 튀겼는지는 알 수 없었지만.

퍼억! 퍼억! 퍼억!

무루의 발길질은 국야한의 육체를 쉼없이 두들겼다.

그런데 그 발질이 오묘했다. 고통스러운 곳만 두들기는데, 기이하게 기절은 하지 않는 것이었다.

그 순간 입구에 있던 발이 걷히는 소리가 났다. 국야한에게 그 소리는 이제 살았다는 구원의 소리였다.

"거기까지다."

음산오괴가 안으로 들어섰고, 그들 중 첫째인 음산곤이 외쳤다. 그들을 데리고 온 전방의 방주가 기세등등하게 나서며 욕을 퍼부었다.

"감히 천것이 여기가 어디라고? 아니, 장주님? 이게 무슨 일이랍니까?"

그가 호들갑을 떨었다. 그러나 무루가 무서운지 소리만 지를 뿐 다가올 생각은 하지 않았다.

무루가 잠깐 그들을 보다가 다시 국야한을 보았다.

국야한의 얼굴에 비치는 희망의 빛.

무루가 차갑게 웃었다. 그 미소에 국야한은 하얗게 질려갔다.

"설마……."

설마가 사람 잡는 법이다.

퍼억! 퍽퍽퍽!

무루의 발길질이 다시 시작됐다. 더 아프고 쓰렸다. 그러고 보니 놈은 좀 전까지 때렸던 곳을 다시 되짚어주고 있었다.

"끄아아아! 사, 살려주시오! 살려줘!"

음산오괴의 안광이 흉흉해졌다. 가장 성질 급한 음산봉이 단봉을 쥔 채 앞으로 튀어나왔다.

"이런 육시랄 놈을 보았나! 우리 형님께서 멈추라 한 말을 못 들었냐?"

쇄애애액!

무루의 머리 위로 그의 봉이 떨어져 내렸다. 그 순간 무루의 왼손이 솟구치며 음산봉의 단봉을 마중 나갔다.

"미친놈! 죽어라! 맨손으로……."

음산봉이 불신의 표정으로 눈앞을 보았다. 자신의 육성 공력이 담긴 봉을 상대가 맨손으로 잡아버린 것이다.

손뼈가 아작 나야 맞았다.

그러나 고통의 빛을 찾아볼 수 없는 무덤덤한 얼굴로 자신을 보았다.

쓰윽.

무루가 봉을 잡아당겼다. 가볍게 당기는 것 같았건만 음산봉은 힘없이 딸려갔다. 그도 무인인지라 자신의 애병을 손에서 놓지 않는 습관이 있었다. 평소라면 칭찬받아야 마땅할 그 습관은 그에게 지옥을 선물했다.

달려오는 그에게 무루의 오른 주먹이 쇄도했다.

파직!

그의 오른 눈에 화끈하면서도 찌릿한 고통이 퍼졌다. 왼쪽 눈에선 별이 빙글빙글 돌았다.

힘이 풀려 버린 그의 봉을 넘겨받은 무루가 그 봉으로 그의 머리를 내려쳤다.

"커헉!"

이젠 별조차 보이지 않는 암흑이 찾아왔다. 음산봉은 그대로 엎어져 꼼짝도 하지 않았다.

"막내야!"

"음산봉!"

음산오괴가 경악하며 기겁성을 터뜨렸다. 음산봉은 절정의 고수였다. 그런 그가 겨우 두 번의 공격으로 뻗어버린 것이 믿겨지지 않았다.

음산검이 분노로 부들부들 떨며 살기를 쏟아냈다.

"이노옴! 전력을 다하지 않은 우리 막내를 이딴 식으로……!"

"전력을 다하지 않은 것은 나 역시 마찬가지이니 피차일반."

그러더니 무루는 다시 국야한을 두들겼다.

퍽퍽퍽퍽!

"꺽, 컥! 끄억! 으아아악!"

국야한은 미칠 것 같았다. 차라리 기절이라도 했으면 좋겠건만 이상하게도 정신은 말짱했다. 그것이 국야한을 더욱 돌아버리게 만들었다.

음산검이 버럭 소리를 질렀다.

"멈추라 했다!"

무루는 그를 쳐다보지도 않은 채 국야한을 두들기며 대꾸했다.

"내가 왜 네 말을 들어야 하는지 납득시킨다면 멈추지."

그 말에 음산검은 말문을 잃었다.

이유?

마땅히 댈 이유가 없었다. 놈은 자신의 부하가 아니었다. 그러나 또 대라면 못 댈 것도 없었다.

자신들은 흑룡문 소속이었다. 기실 이 말보다 더 훌륭한 이유를 찾을 수는 없었다. 그러나 그건 자존심이 상했다. 자신들은 배경을 팔고 다닐 하수는 결코 아니었다.

결국 음산검이 내뱉은 말은 이거였다.

"우리는 음산오괴다!"

음산오괴는 나름 상당한 악명을 떨치고 있었다. 근자에 들어서야 조용한 생활을 했지만 십여 년 전까지만 해도 음산오괴가 거처하는 근방 수백 리 사람들은 그 이름만으로도 오줌을 지릴 정도였다.

무루가 국야한의 옆구리를 툭툭 쳐대며 담담하게 대꾸했다.

"그래? 나는 무루다, 한무루."

음산검은 기가 차서 말조차 못했다. 이런 반응은 자신이 원한 것이 아니었다. 그때 그의 뒤에 있던 넷째 음산비(陰山比)가 살짝 손을 흔들었다. 그 손에서 탈수표(脫水鏢)란 암기가 소리도 없이 배출됐다.

순간 무루가 빼어 들고 있던 음산봉의 단봉이 허공을 후려쳤다.

따따땅!

가벼운 철음이 허공에서 불꽃을 튕기며 일었다. 보고 있던 사람들은 경악했다. 음산비가 암기를 펼친 줄도 몰랐다. 그런데 더 믿기지 않는 것은 무루라는 사내의 대응이었다.

보지도 않고 봉을 휘둘렀다. 그런데 단 한 번의 봉 짓으로 암기를 쳐낸 것이다. 그것도 소리로 들어 세 개의 암기를 한 번에 말이다.

그러나 놀람은 거기서 끝이 아니었다.

"큭!"

음산비가 털썩 무릎을 꿇으며 주저앉았다. 그의 이마 한가운데 그가 쏘아 보낸 탈수표 세 개가 나란히 박혀 있었다.

쿠웅!

음산비가 엎어지며 목숨을 잃었다.

이 광경에 남은 음산곤, 음산검이 신음을 흘렸다. 그제야 깨달았다, 저자는 자신들로서는 감당할 수 없는 자임을.

그러나 음산비와 친형제처럼 가장 친했던 둘째 음산도는 냉정을 잃고 말았다.

"가, 감히!"

그는 바닥을 쿵 찧더니 허공으로 날렵한 몸을 비상시켰다. 그의 박도가 도기(刀氣)를 줄줄이 쏟아냈다.

그러나 무루는 고개를 쳐들며 혀를 찼다.

"상승락(上昇落)이란 말이 있지. 주제를 모르고 몸을 올리면 떨어질 때는 아주 떨어지는 거야. 저승으로."

"죽어!"

박도에서 쏟아지는 도풍과 도기가 무루의 전신을 날카롭게 할퀴며 찢으려 했다. 그런데 무루의 신형 앞에서 그 사나운 기운들이 스르르 소멸되어 버렸다.

음산곤은 몸을 떨며 중얼거렸다.

"절정의 호신강기(護身罡氣)인가?"

자신도 처음 보는 것이다.

호신강기는 상대의 기운을 반탄시키는 것이 일반적이다. 그리고 약한 기운은 소멸시키기도 한다. 그러나 둘째 음산도는 결코 약하지 않았다. 그런데도 반탄시키는 것이 아니라 소멸시킨다는 것은 호신강기가 절정에 이른 것이라 유추한 것이다.

저런 무위는 흑룡문에서도 단 한 명밖에 알지 못했다.

천하십대고수이기도 한 흑룡문주 흑룡왕(黑龍王)!

음산도는 자신의 거친 칼바람과 기운이 허망하게 사라지는 것을 목도하면서도 믿을 수가 없었다. 올랐던 그의 몸이 떨어졌다. 돌이킬 수는 없었다. 허공에 떠 있는 상태인지라 피할 수도 없었다.

그저 전진뿐.

그의 박도가 무루를 덮쳤다. 무루의 단봉이 그 박도를 올려쳤다.

쩌어어엉!

박도가 슬픈 소리를 내더니 이내 깨져 버렸다. 그리고 무루가 휘두른 단봉은 더 위로 솟구쳐 음산도의 턱을 후려쳤다.

"크흑!"

음산도의 신형이 허공에서 뒤로 한 바퀴 돌고는 바닥으로 떨어졌다. 죽었는지 기절했는지 그의 몸은 미동조차 없었다.

음산검이 부르르 떨며 음산곤을 보았다. 이길 수 없는 상대였다. 음산곤이 한숨을 삼키며 고개를 끄덕였다.

의형제들의 죽음이 애통하기는 했지만 계속 덤비는 것은 무의미했다. 그리고 서로 필요해서 함께 다녔던 것이지 끈끈한 정은 별로 없었다. 적어도 음산곤과 음산검에게는.

음산곤이 주춤 물러서며 말했다.

"몰라봤소."

"왜, 돌아가려고? 형제들의 복수는?"

음산곤의 반백 수염이 거칠게 떨렸다. 그러나 그는 안색 하나 바꾸지 않고 대꾸했다.

"원래 무림에서 강자를 못 알아보는 건 그것만으로도 죽을죄요. 인정하겠소, 당신의 실력을."

"흣. 그렇게 말하고는 흑룡문에 달려가서 쪼르르 고자질하려는 거겠지? 저놈처럼 말이야."

무루가 음산오괴를 이끌고 온 전방 방주에게 시선을 옮겼다. 기세등등하게 다시 등장했던 그의 얼굴은 시커멓게 죽어 있었다.

"나, 나리, 귀인을 못 알아보고, 죄송합니다."

무루가 봉을 잡은 손을 뒤로 뺐다. 던지려는 모습이었다. 방주의 얼굴이 더 시커멓게 변했다. 무시무시한 고수였다. 그가 던지면 절대 피할 수 없으리라.

황천길이 자신을 부르고 있었다.

"나리, 살려주십시오!"

그가 털썩 무릎을 꿇고는 싹싹 빌었다.

"이리 와라."

"나리, 제발. 저는 장주 어르신이 시켜서 그런 것뿐입니다."

"내가 갈까?"

그 말에 방주는 자리에 못 박힌 망부석이 되었다. 그가 한차례 음산곤과 음산검을 올려다보았지만 그들은 그의 시선을 외면했다. 하긴 이십여 년을 형제처럼 함께한 사람들의 죽음도 외면하는 자들이 자신의 목숨을 왜 신경 쓰겠는가?

"셋 셀 동안 오면 살 수도 있다. 하나, 둘……."

대체 언제 일어나서 달려갔는가?

방주는 무루 앞에 부동자세를 취하고 섰다. 보던 사람들이 그의 몸놀림에 경탄의 시선을 보냈다.

"나리, 저는 정말이지, 장주 어르신이 시켜서……."

"네 탓이 아니란 말이지. 좋다."

무루가 유라가 있는 탁자로 가며 말을 이었다.

"발길질도 피곤하니 이젠 네가 대신 해라."

"예?"

"그 장주 때문에 그리됐다 했으니 복수할 기회를 주는 것이다."

"그, 그러면 제가 장주를 까란 말씀이십니까?"

무루가 고개를 끄덕였다.

"그게 네가 살 유일한 길이다. 단, 죽여서는 안 된다. 그래도 한 전장을 이끄는 귀한 분이신데 이리 허망하게 죽어서야 쓸까? 그렇다고 내게 침을 튄 죄가 있으니 네 발길질이 물러터져서도 안 된다."

국야한이 비명을 지르듯 항변했다.

"대체 왜 나에게 이런 형벌을 주시는 거요?"

무루가 그를 보며 차갑게 답했다.

"말했잖아, 침이 튀었다고."

"……."

"난 나한테 침을 튀기는 놈이 세상에서 제일 싫어."

국야한은 고개를 숙였다. 말이 통하지 않는 미친 고수였다. 하필 자신이 이런 미친개에게 걸렸다는 것이 원통할 뿐이었다.

그는 시선을 옮겨 방주를 보았다. 국야한은 그나마 다행이라고 여겼다.

이 녀석은 자신이 제일 구박하던 놈이다. 그 이유가 성정이 물러터져서였다. 하지만 힘이 장사라 방주 자리에 앉혔는데 실적이 최악이었다. 그래서 다시 밑으로 강등시키려는 놈이다.

어쨌거나 독하지 못한 놈이니 심하게 할 일은 없었다.

둘의 눈빛이 서로 마주쳤다.

'대충 쳐라. 내가 대신 비명을 질러 아픈 척할 테니.'

국야한은 자신의 기원이 전달됐기를 바랐다. 무슨 의미인지 심호흡하는 방주가 살짝 고개를 끄덕였다. 그 고갯짓에 국야한의 눈에 기쁨이 일렁였다.

어찌 생각하면 약하게 때려준다는 것에 감사해야 하는 자신의 처지가 우스운 일이었다.

방주가 발길질을 시작하려는 찰나에 유라가 무루에게 물었다.

"저들이 세게 때리는 척하고 아픈 척할 수도 있잖아요."

걷어차려던 방주의 몸이 움찔했다.

무루가 유라에게 대꾸했다.

"너는 날 뭐로 보는 거냐? 난 고수야. 그 정도는 눈감고도 알 수 있지."

국야한은 불길한 예감에 사로잡혔다. 방주의 발이 움직였다.

퍼억!

"끄어억! 이 치사한 새끼!"

퍼억!

"으아악! 네, 네가 감히 어떻게 날 어떻게?"

퍼억!

"커헉!"

사람들은 그 광경을 보며 앞으로는 절대 침 튀기며 말하는 것은 하지 않겠다고 다짐했다.

第十章

누가 개이고 누가 주인인가?

절대고수
絕代高手

1

음산곤과 음산검은 난감한 표정으로 객잔 입구에서 어정쩡하게 서 있었다.

마음으로서야 당장 뒤로 물러나고 싶었지만 좀 전 유라와 무루가 자연스럽게 나눈 대화가 걸려 움직일 수가 없었다.

"오라버니, 저들이 흑룡문에 가서 고수들을 왕창 데리고 오면 어떻게 하죠?"

"너는 별 걱정을 다 하는구나. 저들이 내 허락없이 입구를 한 발자국이라도 나간다면… 난 화가 날 거야."

"오라버니 화나면 무서운데. 그럼 저 장주처럼 만들겠네요?"

그 짧은 대화는 둘로 하여금 오도 가도 못하게 만들었다. 계속 얻어맞던 국야한은 마침내 기절해 버렸다. 굵은 땀을 흘리던 방주가 무루의 눈치를 살피며 조심스럽게 말했다.

"저, 저기… 장주가 기절했습니다."

무루가 기절한 국야한을 보다가 계산대에 있는 여인에게 말했다.

"이보시오."

"네? 예."

그녀가 부들부들 떨었다. 무루가 부드러운 미소를 지으며 말을 건넸다.

"차가 다 식었습니다."

"아, 예. 곧바로 차를 올리겠습니다."

"그리고 사람을 시켜 의원을 불러주시오. 그래도 명색이 흑룡전장의 장주라는데… 치료를 해줘야지요."

사람들은 어이가 없었지만 차마 표정으로 드러내진 못했다. 병 주고 약 준다더니. 그러나 이어지는 말에 사람들은 움찔 떨었다.

"어서 부상을 치료해야 다시 맞을 수 있을 것 아니겠소? 나한테 침을 튀겼는데 이렇게 쉬이 보내줄 수야 없지."

여인은 웃지도 울지도 못하고 어색한 표정으로 고개를 끄덕였다. 특히나 음산곤과 음산검은 침을 꼴깍 삼켰다.

죽어도 장주처럼 되고 싶지는 않았다. 차라리 그냥 죽는 게 나을 터였다. 음산곤이 뭔가를 골똘하게 생각하다가 입을 열었다.

"혹 귀하의 별호를 알 수 없겠습니까?"

말하는 어조가 지극히 정중했다. 강호에서 나이는 필요없었다. 특히나 사파에서는 더더욱 그런 경향이 심했다. 중요한 건 힘이었다.

음산곤이 무루의 정체를 파악하려 꺼낸 말에 유라가 손뼉을 치며 말했다.

"맞다. 그러고 보니 오라버니는 별호도 없네요?"

음산곤은 그녀의 말에 실망했다. 사문이나 정체를 알아내려던 속셈이 물거품이 되어버렸다.

"그딴 거가 뭐 굳이 필요한가?"

"그래도 있어야죠."

"흐음. 그러고 보니 아주 예전에 별호가 있긴 했는데……."

사람들이 무루의 말에 귀를 기울였다.

"있었어요? 왜 난 몰랐지? 뭔데요?"

유라가 호기심을 반짝이며 턱을 괴고 물었다. 그 자태에 사람들은 한숨을 삼켰다.

무시무시할 정도로 난폭한 청년 고수와 밝고 쾌활한 절세가인. 왠지 안 어울리는 조합이면서도 어찌 보면 어울리기도 했다.

"벌써 까마득한 세월이 지난 것 같군."

"어서 말해줘요. 별호가 뭐였는데요?"

"혈동야차(血童夜叉). 뭐, 피에 굶주린 어린 야차란 뜻이지."

사람들은 그 별호가 아주 잘 어울린다고 생각하며 고개를 주억거렸다. 다만 어리다는 것만 빼면 말이다.

음산곤이나 음산검 역시 혀를 내둘렀다. 어렸을 때부터 야차 같은 모습을 보였단 말인가? 그런데 어찌 저런 고수가 지금까지 세상에 알려지지 않았는지 그것이 신기할 정도였다.

유라가 '오오!' 하고 탄성을 내뱉으며 박수를 쳐댔다. 그러나 잠시 후 고개를 갸웃거렸다.

"나름 멋지긴 한데 지금의 오라버니와는 좀 안 어울린다."

"훗, 그러냐? 그럼 네가 하나 지어줘라."

"진짜? 진짜 내가 지어도 돼?"

유라는 감격한 듯이 양손을 부여잡고는 외쳤다. 무루가 고개를 끄덕이자 말했다.

"응, 오라버니는… 다정다감하니까 다정(多情)이 들어가는 건 어떨까요? 때린 사람도 치료해 주는 따스한 성품. 다정군자(多情君子)가 좋지 않겠어요? 아, 지금은 안 되겠어요. 당장 결정하기는 그렇고 며칠 고민해서 아주 멋진 별호를 선물해 드릴게요."

"그래라."

듣는 사람들은 고역이었다.

가관도 이런 가관이 어디겠는가? 저 야차 같은 자에게 다정군자라니!

대화는 새로운 차가 나오면서 잠시 끊겼다. 무루와 유라는 차의 감미로움을 즐기며 요리를 추가 주문했고, 구경꾼들은 계속 있기도 불안한지 밖으로 빠져나갔다. 그러다 보니 넓은 객잔은 쓰러진 자들과 무루, 유라, 방주, 그리고 음산오괴 이 인과 계산대의 여인만 남았다.

가끔 밖에서 들어오려던 손님들은 입구에 있는 음산오괴와 내부의 광경에 놀라 도망쳤다. 무루는 오늘의 피해를 여인에게 보상해 주겠다고 했고, 여인은 괜찮다며 손사래를 쳤다. 그러는 와중에 의원이 안으로 들어섰다.

그는 눈앞의 광경에 깜짝 놀랐다가 태연자약한 무루와 눈부신 유라를 보고는 다가왔다. 겁이 나긴 했지만 저 여인을 보는 것은 그것만으로도 가치가 있었다.

"또 뵙는군요."

무루가 일어나 인사하자 중년 의원은 어색하게 웃었다.

"그렇군요. 오늘은 누구를 치료하면 됩니까?"

유라가 대신 대답했다.

"저기 기절한 사람이요."

그녀의 영롱한 목소리에 기분이 좋아진 그는 국야한에게 다가가 몸을 살피고는 맥을 짚었다.

"안으로 골병이 든 것 같지만 크게 상한 곳은 없는 것 같군요. 그래도 저번의 환자들보다는 훨씬 낫습니다."

음산곤과 음산검의 귀가 쫑긋 섰다. 저번에도 이와 같은 짓을 했단 말인가? 사실은 그렇지 않았지만 그들은 그렇게 이해할 수밖에 없었다.

무루가 고개를 끄덕이며 말을 받았다.

"일단 간단히 치료하고 의식이 돌아오게 부탁합니다."

"잠시면 될 거요. 난 또 저번의 환자들처럼 불로 지지고 손톱을 뽑아버리고 그런 줄 알았소이다."

음산곤, 음산검의 눈이 찢어질 듯이 커졌다. 구석에 힘없이 앉아 있던 방주는 연방 침만 삼켰다.

일각여가 지나자 간단한 치료가 끝나고 국야한이 정신을 차렸다.

무루가 의원을 향해 정중하게 인사를 하며 말했다.

"이곳 후원에 가 계시겠습니까?"

"그곳에도 환자가 있소?"

"어쩌면… 또 있을 수도 있을 것 같아서 말입니다."

그 말에 사람들은 소름이 돋은 자신의 팔을 쓰다듬었다. 의원이 고개를 갸웃거리자 유라가 부탁했다.

"의원님, 그렇게 하세요. 차와 음식을 드시면서 좀 쉬고 계세요."

유라가 웃으며 부탁하니 의원은 홀린 듯이 고개를 끄덕였다.

"허허, 알았소. 그렇게 하리다."

그가 몽롱한 얼굴로 후원으로 가자 무루가 방주를 보았다. 한쪽 구석에 앉아 있던 방주는 뭐라 말도 안 했는데 쪼르륵 달려왔다.

"팰까요?"

자연스러운 질문.

그는 필사적이었다. 살기 위해, 고문을 당하지 않기 위해.

"그래야겠지. 하지만 일각 정도 있다가 정신을 온전히 차린 후에. 이제 깨어났는데 바로 패는 것은 사람이 할 짓이 아니지."

"예, 알겠습니다."

어느새 그는 무루의 완전한 충복이 되어 있었다. 그때 잠시 전에 무루가 시킨 요리가 나왔다.

"그대도 힘들 테니 저것을 먹게."

방주는 감격했다.

"가, 감사합니다. 잘 먹고 힘을 내 열심히 패겠습니다."

그가 직각으로 허리를 굽혀 인사하고는 요리를 받아 다시 구석으로 돌아갔다. 돌아가는 상황에 음산검과 음산곤은 신음만 흘렸다.

방주가 식사를 마치고 국야한에게 다가섰을 때, 이미 국야한은 온전히 정신을 차린 때였다.

국야한은 무루를 향해 오체투지를 했다.

"대체 왜 그러시는 겁니까? 무엇을 원하시는지 그것을 알아야 제가 뭘 해도 할 것 아닙니까?"

"쯧쯧, 내 몇 번이나 말했거늘. 네가 나에게 침을 튀겼다고 했다."

국야한이 이를 악물었다. 상대가 억지를 부리는데 억울하다고만 하면 무슨 소용이 있겠는가?

어쨌거나 놈이 진짜로 실성한 놈이 아닌 이상 뭔가 목적이 있을 것이다.

"알겠습니다. 제가 잘못했습니다. 그러니 그 대가로 무엇을 드리면 되겠습니까? 아니, 얼마를 원하시는 겁니까?"

자신은 전장의 장주였다. 결국 돈이 주목적이라고 그는 확신했다. 그를 바라보는 음산곤과 음산검도 장주의 말에 고개를 끄덕였다. 역시 산전수전 거친 자라 눈치가 빠르다 싶었다.

무루가 물끄러미 장주를 보다가 고개를 갸웃거렸다.

"내가 언제 돈을 달라 했나? 돈은 나에게도 넘친다네."

"그럼 무엇을 원하시는 겁니까? 이곳에서 무슨 사업이라도 하시려는 겁니까?"

어쩌면 그것일 수도 있겠다 싶었다. 안의 땅에서 사업을 하려면 흑룡전장의 허락 없이 불가능하다는 건 공공연한 사실이었다.

"만약 그렇다면 말씀만 하십시오. 제가 적극적으로 뒤를 봐드리겠습니다."

"내가 원하는 건……."

"예, 말씀하십시오."

"침을 튀긴 벌의 응징이야."

"……!"

"쳐라."

방주가 고개를 끄덕였다.

"옙!"

퍼억!

"끄어억! 진짜 미친 새끼!"

방주가 화들짝 놀랐다. 장주가 욕하는 것이 꼭 자신의 죄인 것만 같았다.

"장주! 미쳤소? 감히 그따위 망발을!"

퍽퍽퍽!

"꺼으윽! 너, 너 이 새끼! 나중에 두고 보자."

그 말이 효과가 있었을까? 방주의 몸이 흠칫하다가 멈췄다. 유라가 천연덕스럽게 말했다.

"오라버니, 저 아저씨, 나중에 죽기보다는 지금 죽고 싶은가 봐."

"그래?"

무루가 말이 떨어지기도 전에 다시 방주의 발길이 이어졌다.

퍽퍽퍽!

국야한의 슬픈 비명만 객잔을 울렸다.

그 광경에 음산곤이 고개를 절레절레 저었다. 당최 이해가 가지 않았다. 아니, 이해할 수도 없었다. 어떤 목적도 없이 그저 침을 튀겼다는 이유로 사람을 무작정 패다니.

고개를 젓는 그의 눈이 잠깐 밖으로 향했다. 그리고 그의 눈이 커졌다.

두 노인이 저쪽에서 다가오고 있었다.

두 명의 흑룡문 장로였다.

마붕권과 암독왕!

이제 이곳을 빠져나갈 수 있다는 안도감이 그의 지친 심신을 휘감았다. 또한 무인으로서의 설렘이 차올랐다. 저들이 저 미친 청년과 붙는다면?

일대일로 붙는다면 괴청년이 약간 우세할 것 같았다. 그의 공력이 나이에 비해 믿기지 않게 심후해 호신강기까지 펼친다 하지만 초절정고수들에게 있어 호신강기는 큰 의미가 없었다. 그것을 뚫고 파괴하는 것들이 초절정고수들의 강기(罡氣)였으니까.

그리고 이쪽은 두 명이었다. 특히나 암독왕의 독 쓰는 기술은 사천당문의 문주, 독문의 문주와 함께 천하제일을 다툰다고 알려져 있었다.

승부 추의 저울은 점차 마붕권과 암독왕을 향해 서서히 기울었다.

2

마봉권과 암독왕은 들어서기 전부터 얼굴을 굳힌 상태였다. 이미 방주의 매질과 흑룡전장주의 비명을 들었고 코끝을 감도는 혈향도 맡았다. 그리고 절정고수인 음산오괴가 어정쩡하게 서 있는 모습도 가관이었다.

음산곤과 음산검이 그들을 향해 고개를 숙였다.

"두 장로님을 뵙습니다."

그 둘의 출현에 국야한은 기쁨에 차올랐고, 무루 대신 매질을 가하던 방주는 고개를 떨어뜨렸다.

마봉권이 한쪽 눈가를 파르르 떨다가 눈을 치켜떴다.

무루 옆에 나란히 앉아 있는 여인. 어젯밤에 놈의 뒤에 숨어 있던 여인.

그 실체를 드디어 본 것이다.

암독왕도 잠시 호흡이 엉키는 것을 느꼈다. 그만큼 파격적인 미색이었다. 어젯밤 흑월참극이 왜 그리 난동을 부렸는지 충분히 이해가 가고도 남음이 있었다.

그러나 그들은 이미 입마의 경지에 든 고수답게 신색과 호흡을 곧바로 정리했다.

마봉권이 묘한 미소를 띠고 입을 열었다.

"네 녀석은 볼 때마다 사고를 치는군."

무루가 어깨를 으쓱하며 태연하게 대꾸했다.

"두 분이 늦으시니 심심해 여흥 좀 즐기고 있었소."

둘의 대화에 객잔에 있던 사람들이 놀랐다. 이미 알고 있는 사이란 말인가? 흑룡전장주의 밝아진 얼굴에 약간의 그늘이 내려섰다. 상황이 어찌 복수와는 거리가 멀어지는 것 같았다. 그러나 어둠이 내려섰던 방주의 얼굴에 실낱같은 희망이 떠올랐다.

마붕권이 주먹의 관절을 비틀어 으드득 소리를 내며 말했다.

"일단 거기에 있는 녀석은 내가 아는 놈이다. 풀어주어라."

국야한은 알아서 흑룡문의 장로들과 주요 간부들에게 뇌물을 바쳐 왔다. 그 덕을 이제 보는가 싶어 그의 얼굴이 밝아졌다.

복수는 나중에 해도 됐다. 일단은 이 지옥에서 벗어나기만 해도 살 것 같았다. 그러나 무루의 대꾸에 그의 안색은 다시 침중해졌다.

"그게 좀 곤란합니다. 이 작자는 나에게 무례를 범했거든요."

마붕권이 피식 고소를 깨물었다.

"너, 어제도 느꼈지만 그 자존심만큼은 천하제일이겠어. 문제는 풋내기라 콧대 높은 자존심을 지킬 수 없다는 거지."

무루는 마붕권의 얘기엔 별 관심 없다는 투로 고개를 돌려 방주를 보았다.

"내가 멈추라고 안 한 것 같은데?"

방주가 찔끔했다. 그는 어떻게 해야 할지 갈피를 잡지 못했다. 그 광경에 마붕권이 노기를 드러냈다.

"갈! 지금 내 앞에서 무슨 개수작이냐? 내 너에게 호의를 베풀어 살길을 주었거늘!"

"호의는 개뿔. 몰래 독이나 뿌리고 면전에서 무시하는 게 호의인가?"

지켜보던 암독왕은 현 상황을 이해할 수가 없었다.

슬슬 무형절독의 독기가 몸에 영향을 끼칠 시간이다. 그래서 시간도 일부러 맞춰 온 것이다. 그런데 놈은 아무렇지도 않은 듯 보였다. 아니, 그것을 넘어 어제보다 훨씬 오만해졌다.

암독왕과 마붕권은 저 천둥벌거숭이를 어찌할까 잠시 고민에 빠졌다.

이미 문주와도 말을 마친 상태였다. 정말 쓸 만한 청년 고수가 있으니 영입하면 좋을 것 같다고.

백오십 년 전, 십대고수인 야율강의 후계자로 흑월참극을 이겼다고.

문주인 흑룡왕은 잠시 고민을 거듭했다. 다른 일반 수하들이야 상관없었다.

그러나 내당주와 부당주, 그리고 혈겁단의 부단주는 아까운 인재들이었다. 그런 중책에 있는 자를 해친 놈을 받아들인다는 것이 결코 쉬운 일이 아니다.

암독왕과 마붕권은 거듭 청했다.

이미 사라진 손실은 어쩔 수 없는 일이라고. 중요한 것은 과거가 아닌 미래라고.

흑룡왕은 일단 자신이 친히 보고 나서 결정하겠다고 말했다.

암독왕과 마붕권은 내심 쾌재를 불렀다. 토박이였던 내당주의 자리에 자신의 꼭두각시가 될 무루를 앉히기로 작정했던 것이다.

토박이들의 반발이 있겠지만 녀석은 나이에 비해 상당히 고강했다. 그리고 녀석이 흑월참극과 싸웠던 이유도 트집을 잡기 어려웠다.

어쩔 수 없는 상황에서의 피할 수 없는 승부였다.

그렇다면 남은 것은 강한 힘과 충성심이 관건이었다.

강한 것은 이미 확인한 터였다.

충성심을 따져도 놈과 계집은 그야말로 개가 되라면 개가 될 수밖에 없을 터였다. 중독됐으니 자신들의 말에 따라야 할 것이므로.

그런데 작금의 상황은 기대했던 것과는 너무나 달랐다. 이놈은 길들이기 어려운 야생견(野生犬)이었다. 상황 파악도 잘 못하고 말도 잘 듣지 않는 난폭한 개였다.

다만 한 가지 소득은 있었다.

계집.

참으로 놀라웠다. 저 계집이라면 어떤 피해를 감내하더라도 승부를 걸 만했다.

놈을 내당주로 앉히는 것이 실패해 반대파에 욕을 먹게 되더라도 문주에게 저 여인을 바친다면 모든 허물이 용서되고도 남을 정도였다.

아니, 잘만 하면 저 계집을 이용하며 문주와 아주 가까워질 수도 있었다.

베갯잇 송사라고 했다.

잠자리의 여인이 청하는 것을 거절하기는 어려운 법. 이 여인을 이용해서 흑룡문의 주요 지위를 자신들 사람으로 앉힐 수도 있으리라.

꿩 대신 닭이 아니라, 닭 대신 꿩이 될 수도 있으리라는 생각에 암독왕은 묘한 웃음을 흘렸다.

그러나 그건 일단 차후 문제고, 놈을 어찌할지 결정해야 했다. 연놈을 다 잡는다면 일거양득이 아니겠는가.

'그나저나 저놈, 정말 치가 떨릴 정도로 대단한 자존심이군.'

암독왕은 그가 공력을 이용해 독기를 억누르고 있다 판단했다.

그가 그런 생각을 전음으로 마붕권에게 알려주자, 그가 알겠다는 듯이 고개를 끄덕였다.

마붕권이 암독왕에게 말했다.

"일단 저놈을 제압하고 생각합시다. 말을 안 듣는 개라면 일단 패서 가르쳐 보는 게 낫지 않겠소?"

암독왕이 고개를 끄덕였다.

"그럴 수밖에 없겠군요. 하긴 어차피 힘의 우위를 한번 보여 주는 것도 필요했습니다."

암독왕은 여유롭게 말하며 한 발짝 뒤로 물러섰다. 마붕권에게 기회를 내주는 것이었다. 그는 마붕권이 삼 초 안에 무루를 제압할 것이라 판단했다. 아니, 어쩌면 일 초식으로 끝날 수도 있을 터였다.

독을 억누르고 있는 녀석은 감히 마붕권의 일격을 감당하기 힘들 것이다.

마붕권은 자신에게 놈을 팰 기회를 양보해 준 암독왕에게 가벼운 목례를 하고는 앞으로 나섰다.

그 광경에 음산곤이 화들짝 놀라 외쳤다.

"마붕권 장로님!"

마붕권이 인상을 긁으며 고개를 돌렸다.

"뭐냐?"

"홀로… 상대하시려는 겁니까? 합격이 아니라?"

음산곤은 진심이었다. 그러나 그 말에 암독왕과 마붕권의 미간이 와락 일그러졌다. 모욕을 당한 것이라 생각한 것이다.

시퍼런 노염이 둘의 안광에서 동시에 쏟아졌다. 음산곤은 그 강렬한 기세에 주춤하면서도 말을 이었다. 이들과 무루는 알고 있는 사이였다. 그렇다면 서로의 실력을 잘 알 터인데.

"아시겠지만, 저자는 비록 청년이나 놀라운 고수입니다."

마붕권의 잇새로 노기에 찬 소리가 흘렀다.

"음산곤 그대를 제법 괜찮은 실력으로 보았는데 내 눈도 늙었군. 녀석이 나이에 비해 강한 건 알아. 하지만 그래 봤자……."

그가 음산곤에게 한마디 더 덧붙이려는 순간 뒤에서 타격음이 터졌다.

퍼억!

"끄어억!"

무루가 흑룡전장의 장주를 기절시켜 버린 것이다. 무루는 좌불안석인 방주에게 축 늘어진 장주를 건네주며 말했다.

"후원의 의원에게 데려가 치료를 받도록."

그리고 유라에게 덧붙였다.

"너도 같이 가."

유라는 둘이 다른 데로 빠지지 않도록 감시하라는 뜻임을 알아차리고 일어섰다.

그들이 움직이는 것을 일견한 무루는 황망한 얼굴로 자신을 보고 있는 입구의 사람들에게 엷은 미소를 보여주었다.

"한판 하고 싶은 모양인데 거치적거리는 게 있으면 귀찮을 것 같아서 말이지."

으드득.

이 가는 소리가 마붕권의 입술을 뚫고 나왔다.

"풋내기가 기어코 벌주를 받겠다 이거구나."

"아까 나보고 개라고 했나? 한번 확인해 보자고, 누가 개이고 누가 주인인지."

第十一章

절대공포(絶代恐怖)

절대고수 絕代高手

1

강호에는 오백위(五百位)란 말이 있다.

일단 인간이되 인간이라 부를 수 없는 무신(武神)들이 있다. 그들을 보통 천하십대고수라 칭한다.

그리고 그에 근접하는 고수들을 넓은 천하에서 찾으면 일이백 명을 훌쩍 넘기는 것은 금방이다.

천하에 산재해 있는 대방파의 숫자만 해도 백여 개에 육박했다. 그리고 그보다 규모는 작더라도 실력이 뛰어난 인재를 가지고 있는 중견, 중소 방파들도 적지 않았다.

그런 모든 곳의 수장이나 원로, 장로들을 생각하면 기실 오백 명 안에 든다는 건 엄청난 고수란 뜻이다.

그래서 무림인 중 강함의 서열로 오백위 안에 든다는 것은 무공의 절정을 넘어선, 초절정고수라는 의미로 해석하는 사람들이 많았다.

그리고 그 오백여 명의 사람들을 가리켜 세인들은 초인(超人)이라 불렀다.

물론 오백 명까지 순위를 실제로 매기지는 않지만 대략적으로 사람들은 어떤 고수를 가리킬 때 그가 오백위의 고수에 적합한 수준인가 아닌가를 진정한 초인의 잣대로 삼았다.

또한 강기를 구사할 수 있는 초절정고수라도 오백위의 고수에 끼지 못하는 경우가 제법 있었다. 예를 들면, 흑월참극의 경우가 그랬다.

그 이유로는 이 기준 자체가 주관적이라 그랬다. 그렇기 때문에 절정을 넘은 초절정의 경지에 오르더라도 그것이 사람들에게 알려지고 천하에 인식되기까지는 시간이 소요됐다.

때문에 오백위의 초인이라 불리는 것은, 아주 특별한 경우가 아니라면 실제로 초절정고수가 되어도 보통 십 년 정도가 지나야 가능했다.

그리고 그때쯤 되면 단순히 강기를 펼치는 것뿐만 아니라 어느 정도 능숙하게 사용할 수 있다는 점도 오백위 초인의 근거를 지지했다.

재미있는 것은 백여 년 전에 개방에서 오백위의 고수라고 불리는 무인의 숫자를 조사해 본 적이 있었다.

이 조사의 실제 목적은 세인들이 주관적으로 판단하는 오백위의 허구성을 파악하려는 것이었다.

그런데 놀랍게도 당시 천하에서 오백위라 불리는 사람들의 숫자가 오백서른여덟 명이었다.

비록 서른여덟 명이 더 많긴 했지만 거의 오백여 명이란 기준에 근접했단 사실에 세인들은 매우 놀라면서도 흥미로워했다.

결국 오백위란 단어의 무용지물을 밝히려 한 조사는 애초의 목적과 달리 그 말의 효용을 더욱 높이는 계기가 되었다.

흑룡문에는 오백위의 고수라 불리는 숫자가 열다섯 명이나 됐다.

암독왕과 마붕권.

그들 역시 당연히 오백위의 고수였다.

즉, 세상으로부터 인간의 경지를 넘어선 초인이라고 당당히 인정받고 있는 인물들이었다.

그 초인이 분개했다.

마붕권.

그는 무루에게 흑룡전장의 장주를 놓아주라고 했다. 그러나 녀석은 무시했다.

또한 놈의 말투가 변했다. 그래도 좀 전까지는 자신들에게 꼬박꼬박 존대를 하더니 이제는 대놓고 반말이다.

"풋내기! 네 진정 쓴맛을 봐야겠구나."

무루가 뒷짐에 지고 있던 호혈약을 꺼내 들었다. 이제 사람을 죽이거나 괴롭히는 음은 나오지 않는다.

그러나 무루는 이것이 가지고 있는 단단함이 마음에 들었다. 억울한 넋들은 떠났지만 피리의 단단함은 여전히 견고했다.

무루는 피리를 손바닥에 대고 탁탁 치면서 말했다.

"개를 길들이려면 칼보다는 몽둥이가 낫겠지? 그래도 운치가 있다고 생각하지 않나? 이건 그냥 몽둥이가 아니라 옥피리라고."

마붕권은 가슴속에 이는 천불로 인해 노기를 가라앉히기가 힘들 지경이었다.

"감히 노부를 개라고 하다니?"

그의 안면 근육이 부들부들 떨렸다. 그러나 무루는 두 손으로 진정하라는 듯이 위아래로 올렸다 내렸다를 반복했다.

"흥분하지 말라고. 나는 초인이라는 네 진정한 힘을 보고 싶을 뿐이니까. 그렇게 흥분한다면 제 힘의 반이나 쓸 수 있겠어?"

"허! 정말 네놈이 미치지 않고서야……."

"당신이 나보고 개라고 하는 것은 용납되고 내가 당신을 개라 하는 건 인정할 수 없다는 그 허무맹랑한 신념, 완전히 부숴주지."

지켜보는 암독왕은 어이가 없었다. 대체 뭘 믿고 저러는지 납득을 하고 싶었지만 답을 구할 수가 없었다.

설사 놈이 해독을 했다 치더라도 저런 오만함은 불가능했다. 혹혈참극 정도의 고수와 싸우면서 피투성이가 되었던 놈이 아닌가.

마붕권이 결국 노염을 참지 못하고 앞으로 발을 내디뎠다.

슈앗!

음산곤과 음산검은 자신의 눈을 의심했다.

저 거구가 눈앞에서 사라진 것이다. 그리고 그가 연기처럼 꺼지는 순간 무루의 앞 지척에서 나타났다.

"으음, 절정의 이형환위!"

음산곤은 감탄을 흘렸다. 자신은 오백위의 초인은 아니었다. 하지만 얼마 전에 강기를 펼칠 수 있게 된 초절정고수다.

하지만 그는 천상천(天上天), 하늘 위의 하늘이 있음을 다시 한 번 뼈저리게 느꼈다. 그 벽은 너무 높고 두꺼워서 자신이 과연 저런 경지에 오를 수 있을까 하는 불신이 들 정도였다.

속된 말로 초절정고수라도 오백위에 드는 자들과 들지 못하는 자들의 차이는 하늘과 땅이란 세인들의 말을 새삼 절감하는 순간이었다.

음산곤과 음산검은 경탄했지만 무루는 담담했다.

부우웅!

공기가 일렁이는 파공음이 일며 마붕권의 주먹이 코앞까지 들이닥쳤다. 거대한 주먹은 은은한 묵 빛 강기를 흘렸다.

그의 독문 내공인 묵혈마공(墨血魔功)의 영향이었다. 닿는 건 모조리 파괴해 버린다는 무지막지한 묵혈마공의 힘이 발현했다.

무루가 침착하게 호혈약으로 막아서자 퍼엉 하는 굉음과 동시에 둘이 뒤로 밀렸다.

무루가 두 걸음.

그리고 마붕권은 무려 일곱 걸음.

그 광경에 보는 이들이 입을 쩍 벌렸다. 믿을 수가 없었다. 그리고 이어지는 무루의 말에 자신의 귀를 의심했다.

“약간 공력을 운용했지만 괜찮군. 아니면 이 피리가 단단한 건가?”

마붕권이 말도 안 된다는 표정으로 외쳤다.

"흥! 그런 헛소리에 넘어갈 내가 아니다."

그의 두 개의 주먹이 빛살처럼 움직였다. 그러자 무수한 권경(拳勁)이 무루를 향해 쏟아졌다.

날아가는 묵 빛의 유성우.

무루가 고개를 갸웃거렸다.

"생각보다… 시시하군."

그가 호혈약을 한차례 휘둘렀다.

스스스스읏.

호혈약을 통해 묘한 기운이 흘러나오더니 유성우가 힘을 잃고 아지랑이처럼 소멸했다.

그러나 마붕권의 신형은 다시 이형환위를 통해 무루의 앞에 당도해 있었다. 권경은 마치 허초였다는 듯이.

사실 그의 의도를 살피면 권경이 실초를 숨기려는 허초이긴 했다. 그러나 그는 예상조차 못했다.

자신의 권경이 그렇게 허망하게 사라질 것이라고는.

허초이긴 하나 무루의 신형 곳곳을 타격시키며 정신을 혼란케 해야 맞았다.

파앗!

마붕권의 주먹이 바람처럼 뻗었다. 무루는 피리를 들고 있던 손을 몸 뒤로 뺐다. 반면 빈손이 상대의 주먹을 향했다.

손바닥으로 주먹을 막으려는가?

아니, 아니었다.

마붕권의 주먹이 바람이라면 무루의 손은 물이었다. 무루의 손이 마붕권의 주먹을 물처럼 흘려보냈다. 그리고 마붕권의 손목을 잡아챘다.

금나수(擒拿手)였다.

초인들 간의 대결에서는 결코 볼 수 없는 무공이었다.

금나수란 무공에 입문한 자들이 배우는 수법이다. 하지만 내력을 몸 밖으로 빼내는 경지나 그 기운만으로 사람을 상하게 하는 검기상인(劍氣傷人)의 경지에 오르게 되면 이런 접근 박투술은 거의 쓰지 않는다.

사실 쓸 필요가 없다는 것이 더 정확했다.

함부로 몸을 잡았다가 상대의 기운에 상처만 입을 수도 있으므로.

그런데 무루는 금나수를 펼쳐 마붕권의 손목을 낚아챘다. 사람들은 무루의 손목이 찢겨져 나갈 것이라 생각했다.

마붕권의 주먹엔 묵혈마공의 강기가 가득했고, 비록 손목과 팔에서는 약해졌다고는 하지만 흐린 묵 빛의 강기가 엷게 흐르고 있었다.

그러나 무루의 응수는 늘 사람들의 이성을 깨뜨렸다.

무루는 아무렇지도 않다는 듯이 낚아챈 마붕권의 손목을 비틀었다.

"크흑!"

마침내 마붕권의 입에서 신음이 흘러나왔다. 믿을 수가 없었다. 자신의 팔목을 잡아챈 것도 그렇고, 강렬한 힘과 공력이 실린 주먹의 방향을 비틀었다는 것도 믿겨지지 않았다.

마붕권은 팔목이 뒤틀어지자 상체의 허리를 뒤틀며 한 발을 허공으로 차올렸다. 그렇게 하지 않으면 팔목이 부러질 것이니 어쩔 수 없었다.

비록 졸지에 수세에 몰린 마붕권이나 그는 결코 녹록한 자가 아니었다. 괜히 오백위의 초인에 든 것이 아니었다.

띄운 발이 비트는 허리의 탄력을 이용해 옆으로 빙글 돌았다. 그 발은 정확히 무루의 얼굴을 노렸다.

쇄애액.

뒤로 숨겨져 있던 옥피리가 모습을 드러냈다. 그 피리가 마붕권을 발바닥 가운데를 정확히 찔렀다.

"컥!"

두 번째 신음.

아니, 이건 신음이 아니었다. 비명이었다.

뻗어나가던 발이 제지당하자 그의 몸은 기괴한 모습이 되었다. 한 팔은 사로잡혀 있고 몸은 뒤틀려 있었다. 거기에 발은 피리에 막혀 절로 무릎이 굽혀지니 한심한 모습이었다. 공격은커녕 반격도 할 수 없는, 앞으로는 상대의 공세를 고스란히 받을 수밖에 없는 처지.

밑으로 하강하는 그의 몸뚱어리를 무루가 발로 차올렸다.

퍼억!

엉덩이를 차인 그의 신형이 출렁거렸다. 약간 위로 올라서는 그의 머리통을 옥피리가 때렸다.

따악!

"컥!"

눈앞이 아찔했다. 입이 절로 벌어졌다.

옥피리가 머리를 잇달아 가격했다

딱! 딱! 딱딱딱!

마붕권의 신형이 결국 바닥에 털썩 주저앉듯이 무너졌다. 그의 입과 코에서 핏물이 흘러나왔다.

무루는 여전히 잡고 있는 손목을 확 비틀었다. 그러자 그 팔의 비틀림을 따라 마붕권의 거구가 좌우로 왔다 갔다 굴렀다.

"끄아아악! 소, 손목을 놔, 놔줘-!"

그 말이 끝나기가 무섭게 무루가 고개를 끄덕이며 손목을 놓았다. 그러자 한쪽으로 뒹굴던 마붕권의 신형이 탄성을 이기지 못하고 옆으로 계속 굴러가 탁자와 의지 몇 개를 부수며 처박혔다.

무루의 신형이 순간 사라지는가 싶더니 어느새 마붕권의 앞에 나타났다.

아까 마붕권이 펼친 이형환위였다.

무루는 주변의 의자를 잡아 들더니 마붕권을 향해 내려쳤다.

콰지직!

의자가 박살이 났다.

무루는 다른 의자를 집어 들었다.

콰지직!

의자와 탁자가 잇달아 마붕권을 전신을 두들겼다. 근방에 성한 의자와 탁자가 사라지자 무루의 발이 움직였다.

퍽퍽! 퍽퍽퍽!

지켜보는 사람들은 얼이 빠져 있었다.

상상도 못했다.

오백위 초인이 저렇게 얻어터질 수 있다는 것을.

마붕권은 몸을 웅크린 채 흐느끼고 있었다.

"사, 살려줘. 제발……. 컥컥, 끄어억, 제발. 흐흑."

그는 호신강기를 펼치려 했다. 어떻게든 막으려 했다. 그러나 아무 소용이 없었다. 하단전을 급속도로 회전시키며 있는 공력, 없는 내력을 최대한 끌어냈다. 그러나 그것이 몸 밖으로 빠져나올라 치면 그 즉시 소멸해 버렸다. 상황이 그러니 마붕권은 내가 고수가 아닌 평범한 노인에 불과했다. 그런 노인에게 소나기처럼 쏟아지는 공격은 당최 멈출 생각을 하지 않았다.

무루의 공격은 잔인하게 마붕권을 계속 두들겼다.

지독한 고통, 끝도 없이 쏟아지는 타격.

그건 공포였다.

무엇으로도 막을 수 없는 절대 공포였다.

막아도 소용없고, 빌어도 상대는 대꾸조차 안 했다.

조용한 공포가 육체뿐만 아니라 정신까지 잠식했다.

그는 오백위의 초인이 아니었다.

기? 권경? 권강? 묵혈마공?

그딴 상승 무공은 여기에 없었다.

순수한 인간 대 인간으로서 강한 자와 약한 자만 있었다. 그리고 자신은 예전 마구 사람을 죽이고 때리고 밟으며 우뚝 섰던 강자가 아니었다.

그는 약자였다.

강자의 처분만 기다리는 약자였다.

약자의 설움.

그것을 철저하게 느꼈다.

퍼억!

무루의 격한 발길질이 그의 턱을 가격했다.

그의 고개가 위로 젖혀지며 피분수가 허공을 뿌렸다.

솟구쳤던 그가 바닥에 허물어졌다.

그는 엎어진 채 경련을 일으켰다.

그리고 마침내 무루가 입을 열었다.

"내가 개인가?"

마붕권이 흐려진 고개를 간신히 들어 답했다.

"제… 제가… 개입니다."

"사람으로 죽겠나, 개로 살겠나?"

마붕권이 고개를 힘겹게 들고는 덜덜 떨리는 목소리로 말했다.

"살려… 주십시오."

아마 그가 상승의 무공으로 패했다면 절대 이런 말을 안 했을 것이다.

모욕을 당할 바에 차라리 죽이라고 말했을 것이다.

그러나 그는 모든 것이 발가벗겨져 무루의 절대적 강함과 공포 앞에서 전율했다. 꺾을 수 없는, 무엇으로도 항거할 수 없는 그는 자신에게 신이었다.

진정한 생살여탈권을 가진 자였다.

무루가 그를 물끄러미 보다가 고개를 돌렸다. 그의 시선이 끝나는 곳에 멍하니 서 있는 암독왕이 있었다.

무루가 말했다.

"이젠 당신 차례군."

"……."

암독왕은 침묵했다. 아니, 무슨 말을 해야 할지 몰랐다. 그의 머리는 공황상태였다.

2

머리가 텅 빈 것 같은 사람은 음산곤, 음산검도 마찬가지였다. 자신보다 수준 높은 자의 무공을 본다는 것은 행운이었다.

그것도 자신 같은 경지에 오른 사람은 그런 대결을 보는 것만으로도 상당한 깨달음을 얻을 수도 있었다.

그런데 이건 처음에만 뭔가 있을 것 같더니 시종일관 집중적인 구타만 남았다.

그렇다면 허탈해야 하는 것이 맞았다.

그러나 그의 가슴속을 채운 것은 공허함이나 허탈감이 아니었다.

공포였다.

거대한 힘 앞에선 초라한 자신들의 모습은 마치 범 앞에서 처분을 기다리는 여린 양과 다름없었다.

마붕권이 얻어맞는 것이 마치 자신들을 때리는 것 같았다. 무루가 의자를 내려치고, 탁자를 내려치고, 발길질을 해대고…….

그때마다 자신들이 맞는 것처럼 움찔움찔했다.

그 순수한 폭력 앞에서 남은 것은 공포와 전율뿐이었다.

계산대에 있던 여인은 웅크린 채 고개를 파묻고 귀를 막고 있었다. 그녀를 본 음산곤은 차라리 그녀가 행복하다고 여겼다.

자신은 결코 오늘 본 이 공포를 기억에서 지워내지 못할 것임을 직감했다. 아마 평생 따라갈 것이리라.

숨소리조차 제대로 내지 못했다. 그것마저 저 절대적인 공포를 제공한 인물의 심기를 건드릴 수도 있을 것 같았다.

무루가 다시 입술을 떼고는 암독왕에게 말했다.

"그대도 와라. 너희 말대로 누가 개이고 누가 주인이지 보자."

암독왕은 아무 말도 하지 못했다.

기실 그는 마붕권이 무루에게 금나수의 수법으로 팔이 잡혔을 때 독을 배출했다.

그런데 어이없게도 그의 신형 가까이 다가간 독이 마붕권의 권경처럼 스르르 소멸해 버린 것이다.

마붕권이 궁지에 몰리자 암독왕은 급해졌다. 가장 절친한 동료가 패할 것만 같았다. 그래서 그는 자신의 최고 절기인 섬절독암류(閃絶毒暗流)를 펼쳤다.

그런데 무루는 마붕권의 머리를 옥피리로 땅땅 내려치면서 살짝 입가를 비틀었다.

마치 다 알고 있다는 듯한 표정이었다. 그리고 마붕권을 내려치는 옥피리에서 안개 같은 기운이 흐르더니 접근하던 독을 모조리 삼켜 버렸다.

그 순간부터 암독왕은 멍하니 바라볼 수밖에 없었다.

그 역시 음산곤과 음산검이 느낀 감정을 그대로 밟아갔다.

무루가 짜증스런 얼굴로 말했다.

"나오라 했다."

암독왕은 홀린 듯이 앞으로 걸었다.
주춤주춤.
그의 다리가 벌벌 떨렸다.
그것을 보는 음산곤과 음산검은 감히 웃지 못했다.
자신들이 암독왕이었다면 결코 앞으로 나서지도 못했을 터다.
지금 자신들은 숨 쉬는 것이 어려운 만큼이나 몸도 뻣뻣하게 굳어 있었다. 마치 거미줄에 걸린 곤충마냥.
이런 지경에서 몸을 움직일 수 있는 암독왕이 존경스럽기까지 했다.
암독왕이 입을 열다가 엉뚱한 소리를 냈다.
"나, 나는… 딸꾹딸꾹."
결국 사레가 들려 버렸다.
오백위의 초인이 말이다.
무루가 미간을 접고 잠시 암독왕을 응시하다가 말했다.
"잠시 쉬었다 할 텐가?"
암독왕은 딸꾹질을 하면서 고개를 저었다.
결과가 빤한 싸움이다. 해봐야 어찌 될지는 저기 축 늘어져 있는 마봉권이 너무나 잘 보여주고 있었다.
무루는 미간을 구긴 채 어떻게 할까 고민에 빠졌다.
"이건 좀 형평성이 안 맞는 것 같은데?"
그의 무심한 말에 암독왕의 딸꾹질이 심해졌다. 암독왕은 그러는 자신이 너무나 비참하고 참담했다.
자신에게 이런 모습이 존재하리라고는 한 번도 상상조차 한

적이 없다. 설사 죽음이 코앞에 있어도 의연할 것이라 생각했다. 그런데 아니었다. 순수한 공포 앞에서 자신은 연약한 인간일 뿐이었다.

그 참담한 진실 앞에서 그는 어떤 위세도 부릴 수 없었다.

무루가 황폐화된 일층의 잔해 속에서 아직 멀쩡한 의자 두 개를 찾아냈다. 그는 하나의 의자에 앉아서 앞에 있는 암독왕을 보았다.

암독왕은 마치 처분을 기다린다는 얼굴로 묵묵히 서 있었다. 무루가 고개를 들어 그를 올려다보더니 시큰둥하게 말했다.

"내가 올려다봐야 하는 것이 마음에 들지 않아. 이래서야 누가 개이고 주인인지 헷갈리잖아."

"그, 그러면 어떻게? 딸꾹."

무루가 소리없이 웃었다.

살 떨릴 정도로 삭막하고 비정한 미소.

그러더니 갑자기 일어나 쥐고 있던 하나의 의자를 암독왕의 머리로 벼락처럼 내려쳤다.

콰지직!

암독왕은 혼이 떠나가는 충격을 느꼈다. 그 역시 마붕권처럼 의자가 짓쳐들어오는 순간 호신강기를 무의식적으로 펼쳤다. 그런데 황당하게도 호신강기는 그냥 사라져 버렸다.

결국 그도 마붕권이 평범한 사람처럼 느낀 고통을 느껴야 했다. 그러면서 확연히 알았다. 왜 마붕권이 그처럼 무기력했는지 말이다.

옆으로 쓰러진 암독왕의 코와 입에서 핏물이 줄줄 흘렀다. 뼈

마디가 욱신욱신 쑤셨다. 공포가 머리를 하얗게 비우게 만들었다.

그는 본능적으로 쓰러진 몸을 일으켰다가 다시 무루 앞에 얌전한 고양이처럼 꿇었다.

자신 같은 초인이 누구 앞에서 무릎을 꿇는 일은 결코 있을 수 없는 일이었다. 있어서도 안 되는 일이었다.

그러나 그는 오백위의 초인이 아니었다. 약자를 조롱하고 멸시하던 강자가 아니었다.

그저 힘없고 가련한 한 사람일 뿐이었다.

"다시 한 번 그 잘난 독을 써보지그래? 수많은 사람들을 그 독으로 가지고 놀았을 텐데."

"죄, 죄송합니다."

자신도 모르게 존댓말이 나왔다. 그건 마붕권과 마찬가지였다. 본능이 그렇게 시킨 것이었다.

"거참, 무저항의 노인을 어떻게 하기도 그렇군. 게다가 딸꾹질까지 해대니."

그 순간 암독왕의 신형이 허물어졌다. 그는 부복하며 말했다.

"고맙습니다."

"어? 그러고 보니 딸꾹질 멈췄네?"

"예? 아, 아니, 딸꾹. 아직 사레가 들렸습니다. 딸꾹."

무루가 의아한 어조로 물었다.

"공력으로 제어할 수 있잖아? 나는 이 공간을 장악하고 있는 것이지 네 몸 안까지 관여하지는 않았어."

"딸꾹. 저, 저는 잘… 딸꾹."

무루는 기가 차서 그만 웃고 말았다. 그제야 음산곤과 음산검은 몸이 마비에서 풀리는 것을 느꼈다.

그때 밖에서 말발굽 소리가 일었다. 음산곤이 흘깃 발을 헤치고 밖을 보았다가 무루에게 말했다.

"저, 저기……."

무루가 물었다.

"무슨 일인가?"

"철겁단(鐵劫團)이오. 아니, 철겁단입니다."

음산곤은 반(半) 존대를 깍듯한 존대로 바꿨다. 자신보다 훨씬 상관인 장로들도 존대를 했다. 그러니 이건 당연하다 여겨졌다.

결코 당연한 것이 아니었지만, 객잔에 있는 사람들은 어느 누구도 이를 이상하다 여기지 않았다.

철겁단은 외당 사 개 단 중 하나다. 아까 빠져나갔던 사람들에게서 들은 입소문이 벌써 퍼진 것 같았다.

음산곤이 조심스럽게 물었다.

"어떻게 할까요?"

마치 수하라도 된 듯한 질문에 무루는 눈을 멀뚱하니 떴다. 그제야 음산곤도 자신의 행동이 지금 어떠한지 간파하고는 당황했다. 공황상태였던 머리가 점차 회복하면서 이성이 되돌아오고 있는 것이다.

"귀찮군. 후원으로 가겠다."

그가 자리에서 일어나 후원으로 가는 뒷문으로 가려다가 멈췄다. 무루가 암독왕을 보고 말했다.

"뭐 하나?"

"……?"

"저기 쓰러져 있는 동료 들쳐 메고 따라와야 하잖소. 안에 있는 의원에게 안 보일 거요?"

"아! 아, 알겠습니다."

"원 정신머리가 그렇게 없어서야. 당신은 나하고 할 말이 있잖아."

"예?"

"나를 영입하려던 것 아닌가?"

"……."

"그 얘기를 해야지."

"저기… 그럼 본 문에 들어오실 겁니까?"

"일단 흑룡문주부터 봐야겠지."

"아… 예?"

암독왕의 눈이 휘둥그레졌다. 자신이 이자를 데리고 흑룡문주에게 데리고 가면……. 건곤일척의 승부를 벌이겠다는 말로 들렸다.

글쎄? 과연 건곤일척의 승부일까 하는 의구심이 가슴 한 자락에서 모락모락 피어났다.

무루는 음산곤과 음산검에게 시선을 돌렸다.

"대충 둘러대고 돌려보내라."

음산곤은 다른 선택의 여지가 없음을 잘 알고 있었다. 겨우 철겁단 따위가 나서서 할 수 있는 인물이 아니었다.

"알겠습니다."

음산곤은 고개를 끄덕이며 고민에 빠졌다. 일단 저들은 돌려보내는 것이 맞다. 그러나 그다음이 문제였다.

이 일을 흑룡문의 윗선에 보고해야 하는 것인지 아닌 것인지 말이다.

원래대로라면 보고해야 하는 것이 옳았다.

그러나 두 장로가 개입되어 있었다.

만약 그들이 침묵한다면 자신이 먼저 나서서 말하는 것은 위험했다. 일단 상황이 어떻게 전개되는지를 파악한 뒤에 움직여도 늦지 않겠다 싶었다.

그리고 그건 아주 현명한 판단이었다.

第十二章

흑룡문주 흑룡왕의 초빙

절대고수

絕代高手

1

국야한은 울화통이 터졌다.

사흘 전, 무루란 놈에게 쥐어터진 것을 참을 수가 없었다. 그런데 어찌 된 일인지 음산곤은 함구령을 내렸다. 그리고 그건 마붕권과 암독왕 두 장로가 내린 지시라고 언급했다.

만약 은당객잔에서 있었던 일을 조금이라도 흘린다면 곧바로 죽을 것이라는 경고도 해왔다.

어이가 없었다.

대체 같은 편에게 어찌 그런 말을 할 수 있느냐는 말이다. 위로하고 복수는 해주지 못할망정 겁박을 하다니!

설마 오백위의 두 초인이 그 청년에게 깨졌을 리는 만무했다. 놈이 강하긴 했지만 오백위의 초인이라는 건 무림에서 넘을 수 없는 태산 같은 의미다.

"젠장, 뭐가 있는데……."

국야한은 연초를 신경질적으로 곰방대에 꾸깃꾸깃 쑤셔 넣으며 생각했다.

무슨 야합이 있었으리라.

혹시 돈의 힘인가? 녀석은 돈이 많았다. 돈으로 틀어막은 건가? 일단 그럴 가능성도 있었다.

그는 천천히 흑룡문의 현황을 점검했다. 동시에 마붕권과 암독왕.

"……!"

국야한의 눈이 와락 구겨졌다.

또 하나의 가능성이 있었다.

"빌어먹을! 그런 싸가지없는 놈을 영입하려고 하는 것인가?"

치가 떨렸다.

그런 일이 발생해서는 절대 안 됐다. 그자가 흑룡문의 주요 간부로 발탁된다면 그건 차라리 재앙이었다.

겨우 침이 튀겼다고 반죽음으로 몰고 가는 미친놈이었다.

그런데 생각을 거듭할수록 그럴 공산이 높았다.

자신이 완전히 정신을 잃기 전에 그들이 나눴던 대화.

분명 그들은 알고 있는 사이였다.

"으으으……."

최악이었다.

그동안 뇌물을 쓴 흑룡문의 간부들을 총동원해서라도 이 일의 전모를 파악해야 했다. 그리고 이 짐작이 틀리지 않다면 수단 방법을 가리지 않고 막아야 했다.

흑룡문 토박이 고수들에게 이 사실을 알려야 했다.

그때 밖에서 총관이 헛기침을 해댔다.

"장주님, 안에 들어가도 되겠습니까?"

"들어와라."

작은 키에 뱁새눈을 가진 총관이 어두운 얼굴로 한 가득 서류를 들고 들어섰다. 그리고는 국야한이 앉아 있는 앞의 책상에 그것들을 내렸다.

그것을 본 국야한의 한숨이 늘었다.

"사흘이다. 난 겨우 사흘 몸져누었을 뿐이다. 그런데 무슨 서류가 이리도 많단 말이냐?"

"그것이……."

"총관, 이제 사소한 것들은 네가 해도 되지 않느냐? 듣기로 총관 생활이 십오 년이라는데 사소한 서류까지 일일이 내가 다 해야 한단 말이냐? 그동안 내가 업무 파악 겸 해서 일일이 챙겼지만 이제는 네가 알아서 눈치껏 할 때도……."

총관이 국야한의 말 도중에 끼어들었다.

"장주님, 일단 제 말을 들어보십시오."

"허어! 내가 한번 봉변을 당하니 너까지 내가 우스워 보이는 것이냐? 내 말이 끝나지도 않았는데……."

국야한은 곰방대로 탁자를 탁탁 내려치며 벌떡 일어섰다. 그러자 총관이 한숨을 내쉬며 맨 위의 서류를 펼쳐 내밀었다. 국야한은 소리를 지르면서도 눈만큼은 종이 위를 달렸다.

그의 눈이 찢어질 듯이 커지더니 전신이 부들부들 떨렸다.

"이, 이게 무슨 일이냐? 무슨 말도 안 되는!"

"지난 사흘간 다섯 개의 전방, 세 개의 도박장, 하나의 지하결투장이 피해를 당했습니다. 주요 책임자들은 죽었고, 건물은 불타 버렸습니다."

국야한은 부들부들 떨었다. 이래서는 안 됐다.

아무리 궂은일은 잇달아 일어난다지만 이건 너무나 가혹했다.

"여기에 있는 것은 바로 그 관련 문서들입니다. 피해 입은 곳에서 올린……."

국야한이 털썩 태사의에 쓰러지듯이 무너졌다. 그는 이마를 짚으며 망연자실했다.

자신이 흑룡전장의 자리에 올라선 지 얼마나 되었다고. 이건 가혹한 문책을 피할 수가 없었다.

방법이 있다면 하나, 범인을 잡아내는 것뿐이다. 그의 머릿속에 무루에 대한 생각은 잠시 접어졌다. 일단 자신이 먼저 살아야 했다.

* * *

안의 땅 근방에 위치한 야산.

한 깊은 계곡으로 어둠이 내리고, 잠시 후 복면인들이 하나둘 나타났다.

시간이 흐를수록 그 숫자가 점점 늘더니 어느새 일백여 명에 달했다. 그런데 그들의 신형에서 나오는 기세가 여간 날카롭지 않았다. 한 명 한 명이 한 자루 잘 벼린 검을 보는 듯한 기분이

들었다.

한 복면인이 너럭바위에 앉아 있는 복면인에게 다가오더니 고개를 숙였다.

"집합 완료했습니다."

"그래? 그럼 슬슬 출발해 볼까?"

그는 무료한 듯 기지개를 켜더니 천천히 일어서며 말을 이었다.

"호혈약을 차지하기 위한 이 숨바꼭질에 종지부를 찍어야지. 그런데 이번엔 정말 우리만 이 정보를 알아낸 것 맞나?"

"저희도 힘겹게 알아낸 정보입니다. 은검지(隱劍地)가 이번에 우리를 방해하는 일은 없을 것입니다."

"그래, 그래야지. 꼭 그 계집을 잡았다 싶으면 끼어들어 훼방하는 놈들 때문에 머리가 아팠단 말이야."

"흐흐흐, 그건 아마 은검지 놈들도 그렇게 생각하고 있겠지요."

"하하하, 그런가? 어쨌든 오늘은 이 지긋지긋한 추적을 끝냈으면 좋겠어. 하여간 진설 그 계집이 미꾸라지처럼 도망가는 건 알아줘야 한다니까."

진설을 쫓는, 더 정확히 말하면 호혈약을 쫓는 복면인들이었다. 사실 그녀가 이들에게서 사 년 동안이나 도망칠 수 있었던 것은 천운도 있었고 진충이 생전에 맺었던 인연들의 도움도 있었다.

그러나 가장 결정적인 건 호혈약을 쫓는 자들이 한 개 세력이 아니라 두 개였다는 것이다. 서로의 견제가 여러 번의 시도를 물거품으로 만들었다.

"그 계집은 최근 보수하고 있는 장원과 은당객잔의 후원에 번갈아가며 기거하고 있습니다. 주로 장원에 있지요."

"그래? 그럼 오늘도 장원에 있나?"

"아닙니다. 오늘은 객잔의 후원에 있습니다."

"아쉽군. 객잔은 사람이 많아 시끄러운데……."

"상관있겠습니까?"

"하긴, 모조리 다 죽여 버리면 되겠지."

"다만 혹시나 흑룡문도들이 객잔에 있다 끼어들 소지의 여부입니다."

"상관없어. 난 정말 이 지긋지긋한 임무가 지겹다고. 내 인내가 한계에 다다랐어. 오늘은 흑룡문주가 직접 나선다 해도 참지 않을 거야. 그냥 베어버릴 거라고."

"흑룡왕은 좀 힘든 상대 아닙니까? 흐흐흐."

"왜, 내가 질 거라고 생각하는 건가?"

수하 복면인이 어깨를 으쓱하며 천연덕스럽게 답했다.

"글쎄요. 저는 솔직히 잘 모르겠습니다. 하지만 총사께서 진다는 상상은… 확실히 안 드는군요. 어쨌든 흑룡문과 충돌을 하면 윗분들께서 역정을 내실 텐데요."

"책임은 내가 진다. 그 소심한 늙은이들의 눈치를 살피다가는 천 년이 지나도 한 게 없을 거라고."

그가 그렇게 말했으면 끝난 일이다.

"예, 총사. 알겠습니다."

그들이 어둠 속으로 움직였다. 희한한 것은 그 수가 백여 명인데 일체의 소음도 없다는 것이다.

2

오랜만에 객잔 후원에서 함께 저녁 식사를 마친 사람들은 원탁에 둘러앉아 차를 마시며 얘기꽃을 피웠다.

"소령아, 글공부는 잘되어가는 거냐?"

무루의 질문에 소령이 입술을 대자로 내밀었다.

"칫. 글 선생님 붙여준 지 며칠이나 됐다고. 우물가에서 숭늉 찾는 거라고요."

그녀의 대꾸에 사람들이 웃음을 터뜨렸다. 구위영도 무루에게 말을 건넸다.

"형님, 한번 장원으로 놀러 오십시오. 이젠 청소와 단장을 마쳐서 꽤 그럴듯합니다. 여기 소령이가 화단까지 만들어놨습니다. 허허허. 겨울이 다가오는데 참 나. 하여튼 일하는 사람들도 뽑았으니 앞으로 제대로 잘 돌아갈 겁니다."

구위영은 소령에게 이제 말을 놓고 있었다. 소령이의 등쌀에 못 이긴 것이다. 하지만 그 늙은 웃음만은 어쩔 수 없었다.

무루가 고개를 끄덕였다.

"그래. 곧 가보마. 그리고… 이젠 좀 쾌차하셨습니까?"

무루가 바라보는 곳에는 소령의 가족들이 있었다.

소령의 조부가 대표로 고개를 숙였다.

"정말이지, 이 은혜를 어찌 갚아야 할지."

"편하게 계십시오. 안 그러면 오히려 제가 부담스럽습니다."

무루는 일부러 화제를 다른 곳으로 돌렸다. 계속 그와 대화를 나누었다가는 금방이라도 눈물을 쏟아낼 것만 같아서였다.

"진 소저는 요즘 뭐 하고 지내십니까?"

진설이 수줍은 미소를 지으며 말했다.

"아주 오랜만에 편한 시간을 보내고 있습니다. 소령이와 같이 흙을 만지며 화단 만드는 일도 거들었고요."

소령이 씩 웃으며 말을 받았다.

"우리 모두는 마음을 비웠어요. 흑룡문이 오든 누가 오든 상관없다고. 그냥 살아 있는 날들을 하루라도 불안에 떨지 말고 살자고 다 약속했어요."

그 말에 사람들이 소리없이 웃었다. 유라가 탁자를 손바닥으로 탕탕 치더니 호기롭게 말했다.

"걱정도 팔자! 제발 그냥 편하게 있으라니까요."

소령이 대꾸했다.

"편하게 있다니까요."

"그래도 사실은 불안해하고 있는 거 아냐? 틀려?"

그녀의 말에 진설 일행과 소령의 가족은 조용히 침묵했다. 유라가 벌컥 웃으며 말했다.

"호호호, 거봐. 내 말 들어요. 무서워하지 말라고."

진설의 호위무사인 곽철이 당당한 모습을 보이는 유라를 황홀하게 보다가 눈이 마주치자 당황했다. 그래서 얼떨결에 아무것이나 생각나는 질문을 했다.

"그, 그런데 정말 한 공자께서 흑룡문 장로인 마붕권을 일방적으로 몰아붙였다는 말씀이 사실입니까?"

유라가 주먹을 불끈 쥐며 말했다.

"제가 왜 거짓말을 하겠어요? 정말 완전 피떡이 된 마붕권을 그 암독왕이 둘러메고 후원으로 치료받으러 왔다니까요."

구위영을 제외한 사람들은 반신반의하는 표정이었다. 그때 내실의 문을 누군가가 밖에서 두드렸다.

이미 알고 있었다는 듯이 무루가 말했다.

"들어오시오, 마 장로."

그의 말에 안에 있던 사람들이 흠칫 놀랐다. 그런데 정말 문을 열고 들어오는 사람은 마붕권이었다.

다행인 것은 놀란 사람들이 마붕권의 얼굴을 모른다는 점이었다. 만약 그의 얼굴을 알고 있었다면 그들은 기겁했을 테니까.

많은 이들이 무루가 말한 마 장로라는 사람이 설마 흑룡문의 그 무서운 마붕권일까 하는 호기심으로 눈을 초롱초롱 빛냈다.

마붕권이 안에서 있던 얘기를 들었는지 씁쓸한 표정을 지었다. 그러나 이내 그 표정을 지웠다.

압도적인 실력 차이였다. 그런 사람에게 진다는 것은 부끄러운 일이 아니었다. 그리고 그는 무루에게 정신까지 무장해제당했다.

결코 넘어설 수 없는 공포의 주관자.

마붕권에게 무루란 그런 존재였다. 그가 무루를 보면서 공손하게 대꾸했다.

"문주께서 찾으십니다. 예를 갖춰 초빙하라 하셨습니다."

무루가 씩 웃었다.

"그가 이제야 결론을 내린 건가?"

"그건 모르겠습니다."

"……."

"어쩌시겠습니까? 가시겠습니까?"

소령이 옆의 구위영에게 귓속말을 속삭였다.

"어딜 가자는 거예요?"

구위영이 뭘 그런 것을 속삭이느냐는 듯이 태연하게 대꾸했다.

"어디긴 어디야? 흑룡문주 흑룡왕의 거처지."

사람들이 말도 못하고 눈을 부릅떴다. 무루는 자리에서 일어났다.

"곧 준비하지."

"밖에서 기다리겠습니다."

그가 물러나자 소령이 다시 구위영에게 물었다.

"설마 저 마 장로라는 분이 진짜로……."

그를 이미 봤던 유라가 대신 대답했다.

"맞아. 마붕권 장로."

사람들이 기함했다. 오백위의 초인인 마붕권이 무루에게 그렇게 공손한 모습을 보이다니!

그렇다면 유라가 했던 말이 전부 사실이란 말인가?

유라가 무루를 따라 일어서며 뒤를 좇았다.

"저도 같이 가야 하잖아요."

"아니. 이번엔 나 혼자 가는 게 낫겠다."

"그래도 저들은 내 얘기도 했을 거예요. 무엇보다 용담호혈(龍

潭虎穴)에 오라버니를 홀로 들어가게 할 수는 없어요. 난 누가 뭐라 해도 오라버니의 호법이에요. 그리고 난 분명 이번 연극의 한 축을 맡고 있어요."

유라가 지지 않겠다는 결연한 표정으로 맞섰다.

구위영이 고개를 끄덕거렸다.

"형님, 그러십시오. 유라는 충분히 제 한 몸 지킬 수 있을 뿐만 아니라 만에 하나 위험한 일이 생기면 꽤 도움이 될 겁니다. 녀석, 제 사매라서가 아니라 진짜 강해요."

구위영의 강변에도 무루는 침묵했다. 사실 그가 요즘 고민하는 것 중의 하나가 바로 유라였다. 갑자기 마음 한구석에 여인으로 자리 잡기 시작한 녀석.

여인으로 보이기 시작하니 위험한 연극에 계속 함께하기가 자못 망설여졌다. 평소처럼 대하자는 마음과 그러면 오히려 더 불편해질 뿐이라는 마음 간의 팽팽한 대치가 무루의 속내였다.

무루의 이런 생각을 모르는 구위영은 유라가 미덥지 않아 그런 것으로 착각하고 말을 이었다.

"형님, 저도 솔직히 걱정이 돼서 그럽니다. 마음 같아서는 사매뿐만 아니라 저도 함께 가고 싶습니다. 그러니 사매라도 데리고 가세요. 그래야 제 마음이 편합니다."

무루는 잠시 생각하다가 어쩔 수 없다는 얼굴로 고개를 끄덕였다.

"알았다. 그렇게 하지."

유라가 좋아 방방 뛰며 외쳤다.

"남아일언 중천금이라 했어요. 나 준비 간단히 끝낼 테니까 마음 변하면 안 돼요. 알았죠?"

그녀가 좋아하는 모습을 보며 무루는 피식 웃었다.

자연스러웠다.

역시 평소대로 하는 것이 옳다 느껴졌다. 갑작스러운 변화는 모두를, 그리고 자신까지 어색하고 힘들게 만들 뿐이란 결론이 내려졌다.

그녀가 무루의 팔을 잡고 각자의 방으로 가기 위해 밖으로 나갔다. 그 모습을 진설이 부럽게 보다가 좌중을 향해 말했다.

"든 자리는 몰라도 난 자리는 안다더니 두 사람 빠졌다고 금방 썰렁하네요."

소령이 약간 미안한 표정으로 말을 받았다.

"너무 미안해요. 아저씨는 우리를 위해서 저렇게 위험도 감수하는데……. 만약 아저씨 잘못되면 어떻게 하죠? 유라 언니도 걱정되고."

그녀의 말에 사람들이 입술을 깨물었다. 유일하게 구위영이 웃으며 소령의 등을 두드려 주었다.

"허허허, 괜찮아. 네가 생각하는 것보다 형님은 더 강하고 침착한 분이셔. 걱정 안 해도 될 거야. 그리고 설마 천하의 흑룡왕이 초빙을 해놓고 꼼수를 쓰진 않겠지. 그건 흑룡문의 수하들에게 스스로의 치부를 드러내는 짓이거든."

기실 구위영도 불안하기는 마찬가지였다. 그래서 억지로 유라를 떠밀어준 것이다.

소령이 그래도 마음이 안 놓인다는 표정으로 말했다.

"그래도 아저씨는 사지로 들어가는데 우리만 너무 안전한 곳에 있으니까 미안해서……."

그녀가 말을 하며 팔을 젖혔는데 하필 찻잔이 툭 걸렸다. 힘없이 찻잔이 바닥으로 떨어졌다.

쨍그랑!

찻잔이 박살 났다.

한편, 객잔 밖으로 난데없는 먹구름이 몰려와 하늘을 뒤덮었다.

『절대고수』 제3권에 계속…

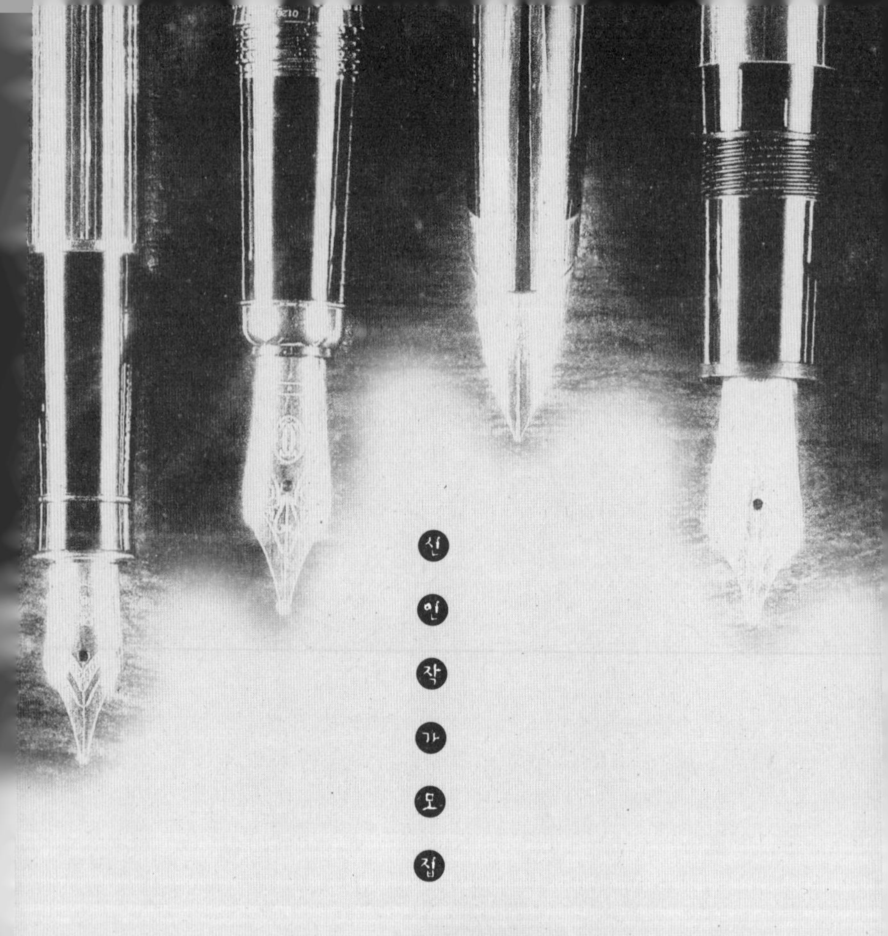
신
인
작
가
모
집

김용희 新무협 판타지 소설
天府天下
천부천하